JN092994

松本清張

閉じた海

社会派推理レアコレクション

中央公論新社

目次

本書は、「社会派推理」をテーマとして、これまで著者の単著・全集に未収録だった作品を中心にまとめたものです。

本文中、明らかな誤りと思われる記述を訂正し、ルビを整理しました。

〔 〕内は編集部による補足です。

また、今日の人権意識に照らして不適切な語句や表現が見られますが、著者が故人であること、発表当時の時代背景と作品の文化的価値に鑑みて、原文のままとしました。

閉じた海——社会派推理レアコレクション

閉じた海

1

僧侶四人の読経が終り、喪主、葬儀委員長、遺族、参列者の主だった人たちが進行係の指名で順序よく霊前に焼香した。喪主である故人の妻は現われずに、その弟という三十すぎの丈の高い、色の黒い男が、会葬者の顔ぶれを意識してか荘重な様子を少々演技がかって振舞った。相貌は、祭壇の白い小菊に囲まれた故人の顔写真とは部分的に似ていた。

斎場の中はスチームがきいて、喪服の下に厚着をしてきた人には汗ばむくらいだった。熱い南方で生命を終えた故人の告別式に、このスチームの利き具合はふさわしいようだった。三月の初めで、戸外は雪がちらついていた。参列者は椅子席にいっぱいだった。

邦栄海上火災保険株式会社社員の葬儀で、祭壇には花輪が盛り上げられていた。挿しこまれた立札には、邦栄海上火災の社長奥田忠明が主宰する二十数社の関連会社名と各社長名とが墨書されてあった。そのなかの南島産業株式会社の名が、心ある者には特に注目された。大手市中銀行であるA銀行頭取の花輪はひとまわり大きかった。A銀行は邦栄海上火災保険会社の主要銀行である。そのほか高名な政界人の名や財界人の名がある。この人たちは故人名取千吉との交際からではなく、準社葬という形式から、社長奥田忠明への敬意であった。

正面の名取千吉の大きな写真はスナップを引伸ばしたものらしく、やや斜めにむいて微笑んでいた。片方に陽が当りすぎて陰影は濃いが、それだけに日常的な特徴が顕われていた。若いのに白髪の多い頭、広い額、くぼんだ眼、黒い影を溜めている頬、高い鼻梁、うすくて切れ長な唇、尖った顎など、明暗の対照が際立っているだけに、よそゆきの写真にはない妙な現実感があった。背景はぼやけているが、邦栄海上火災の本社前らしく、ギリシャ式の円柱が見えていた。

佐々庄作は、会社側の参列者席で前から四列目あたりの中ほどに坐り、名取千吉の写真に眼をむけていた。大学時代の名取の顔はまる顔で豊かな頬をしていたが、三年前に会ったときはこの写真の通りに頬の削げた、長い顔になっていた。名取は卒業してすぐ商事会社につとめたが、三年ばかりしてこの邦栄海上火災に移り、社長の秘書役をしていた。

名取の顔の変りぶりに佐々がおどろくと、会社での苦労が多かったと彼は落ちこんだ頬桁を撫でていた。会社が隆盛に向っているのは奥田社長の腕だが、社長秘書としての名取に人の知らない辛酸があったようである。社長奥田忠明は戦後邦栄海上火災を興した人だが、経営の才能に恵まれた人にありがちな、組織の独裁者であった。

遺族席には、さっきの名取の実弟が代表で端に坐っていた。本来ならここに名取の妻・志津子の喪服姿があるはずだが、夫の急死以来、妻は前からの神経衰弱が悪化して入院したということだった。夫婦の間に子はなかったから、そこには哀しくも面白くもないといった顔をした親戚が何組か居ならんでいた。

写真額の前の白綸子(りんず)に包まれた遺骨箱の中身は、暑いバンコック郊外の寺で荼毘(だび)に付したものである。奥田社長の次が専務、それにつづいて宮島開発株式会社の宮島健治社長が焼香したのは、彼が故人と一緒にタイに出張していた因縁によるものである。遺骨箱を抱いて帰ったのは、名取の変事を聞いて急遽現地に派遣された邦栄海上火災の常務であった。

不吉な予感があったのか、名取は今度のタイ出張には気乗りがしてない様子だった。佐々は、名取がバンコックに出発する二日前の晩に、彼と二人きりで虎ノ門近くの小料理屋の二階で食事をしたものである。二人きりだというのも、その場所の指定も、名取の希望であった。初め、名取は、出張目的は関連会社の調査だというだけで、その内容には具体的にはふれず、いずれ帰国してから話すこともあろうと言った。

その言葉だけでは、二人きりでとくに会いたいという名取の申出の意味にはならない。別なことだが、そのとき名取は佐々にこう言ったのだった。君を邦栄海上火災に引張ってきたのは、どうもぼくの失敗のようだった、君も社長のやり方や性格がだんだん分ってきたろう、将来(さき)になって君に不愉快な思いをさせることになりそうな気がする、ぼくに気兼ねは要らないから、会社を辞めたいときはいつでもその行動をとってくれ。無口な男が珍しく昂ぶった口調だった。

この無口という点だが、佐々の知っている大学時代の名取千吉は、むしろ口かずの多いほうだった。

饒舌ではないが寡黙型ではなかった。頬もふっくらとしていて明るい気分を人に与える男だった。その名取の様子はまったく変った。彼は必要以外にはしゃべらぬ消極的な男になっていた。人に与える印象も、陰気とは言えないまでも、明るいものではなく、閉じこもった固い感じで、接する者に窮屈なものを与えた。

だいたい社長秘書という役目は、社長の公私両面にわたって世話する関係上、社の機密も覗くので、自然と余分なことは口にしないようにでき上がっている。十数年ぶりに見た名取が堅実寡黙型の社長秘書に錬成されていたのは、その環境からいって当然といえた。

しかし、名取のやや暗い寡黙が、その仕える奥田社長の個性に影響されていることも疑いなかった。豪放に見えて細心、率直にみえて計算的、茫洋に見えて強い猜疑心といった資性は、企業家であれば大なり小なり共通してあることだが、これも多分に企業の新旧によってその度合が違うようである。言いかえると、創業の旧い企業は、組織が蒼古とした建築物のように確固たるものに見える。その運営は伝統的な軌道に乗って進むためにたとえ経営者が交替しても大筋の変化はない。その点、官僚組織的でさえある。

ところが創業の新しい企業は、経営者の個性によって運営されるので、経営者即会社である。新興企業の経営者のほとんどがワンマンになるのはそのためだが、伝統をもった企業体とちがい、それを競争し発展させてゆく段階では相当な無理を重ねなければならない。社長の人間的な性格に強引なところがあればあるほど、その独裁性による無理が強行される。それは暗いことがあえておこなわれるという意味でもある。

邦栄海上火災は戦後に興ったのに、現在では戦前からの伝統的な同業会社の列に喰いこむまでになったのは、ひとえに社長奥田忠明の手腕である。いまでは邦栄海上火災の系列企業体が二十を超えている。建設、不動産、余暇産業、海外貿易などがあるが、一つの部門でも数社に上るのである。これらは親会社が発展する過程で自然的に派生したものである。暗い無理は社長奥田忠明の精力的な経営の伸ばし方と不可分でないといえる。

一つの幹が成長し、そのあり剰ったエネルギーが枝を派生させ、四方に伸びたというのが、邦栄海上火災と、それに依存して繁る「邦栄グループ」の形態のようであった。この成育過程のなかには、当然に無理な養分がまじっていよう。

名取千吉は、奥田社長の秘書として十数年も仕えているから、社長の表裏だけでなく、企業が伸展してきた過程の表裏を窺知している。その晩、虎ノ門の小料理屋の二階で名取が佐々に言ったのは、まず、社長をどう思うか、ということと、君を社に引入れたのは失敗だったかもしれない、という後悔に似た述懐であった。

佐々は大学を出ると、大手の貿易会社に十数年居たが、社内抗争に巻きこまれてアフリカに飛ばされる辞令をもらったので辞めた。二年ばかり遊んでいたときに、名取がその消息を知って、邦栄海上火災への入社をすすめに来たのだった。佐々からすると、友人に拾ってもらった恰好になった。

が、名取が奥田社長に佐々を推薦するのにはもちろん理由があった。そうでなければ、企業家が自分の秘書の友だちを人情で採用するわけはなかった。貿易事業と海外への余暇産業の進出を考えている奥田は、ともかく大手貿易会社に十数年もいた佐々の経歴に心が動いたようだった。とくに、佐々の亡父が外務省にいてかつてシンガポールの総領事をしていたころ、現駐日イギリス大使は総督府の若い役人をしていたが、そのとき交際がはじまり、その後、この英国の役人が神戸の総領事としてきていたときにふたたび親交を重ねた関係上、佐々は英国大使夫妻とも親しい、という側面的な事情も、奥田社長にいささかの誘惑を感じさせたらしかった。佐々が入社してだんだん分ったのだが、奥田社長は、かつてイギリス領だったマレーシア方面に企業の進出を考えていたのだった。入社した佐々は、邦栄海上火災の渉外部付として次長待遇であった。ゆくゆくは貿易会社をもう一つ作りたいので、そのときには責任者の一人になってもらうつもりだと、奥田社長は六十を越したとは思えない力の入った大きな声で、名取を社長室の立会人として、佐々に言ったものだった。これは佐々のキャリアを一応考慮したためのようだが、しかし、邦栄海上火災の発展段階にあたる十数年間、秘書として仕えてきた名取の推薦を尊重していた結果にほかならなかった。

　名取の、社長をどう思うかという問いは、むろん否定的な面で感想を佐々に求めたのだった。そこには仲介者としての名取の責任感が滲み出ていた。

　奥田社長の独裁のために社内が暗くて湿っぽかった。大きな声を出す者がいないのである。社員たちはヒソヒソ声で話し、たえず周辺に気を配っているような状態だった。むろん労働組合の結成は当初から禁止されていた。その動きをした者は例外なく馘首（かくしゅ）されてきた。どうして経営者側がその首謀者たちに目星をつけたかと思われるくらい、意外な社員までつまみ出された。はじめはお定まりに会社側のスパイが入りこんでいると思われたが、それだけでは解釈できそうにない深部の摘発があった。社長への批判や個人的な蔭口まで正確に知られていた。そのため、社内の到るところに社長室直通の隠しマイクが仕かけられてあるという風評が立った。優雅なガラスの城のような近代的なビルも、赤黒い煉瓦壁の中世都市国家の城砦(じょうさい)に似た陰鬱な空気をまとっているように見えた。社員たちがひそめる低声も、何か秘密警察を恐れるのと相似たところがあった。もっともこの邦栄海上火災の系列には、奥田社長の方針として古手(ふるて)役人が救済されて配置されてあった。そうした現象もこの雰囲気の色づけになっているようだった。

一代で大きな企業を築いた社長の性格にありがちなことだが、奥田忠明も利益の追求には貪欲だという定評があった。邦栄の株の七〇%が彼とその縁故者の所有だとなればその利潤追求は法人（会社）のものやら私人のものやら区別が曖昧になってくる。事実、奥田忠明の資産は百億円とも二百億円とも噂されていた。しかし、こういう性格は、絶対過半数の株を握る企業の代表者にはたいてい見られることである。労資の紛争が生じたとき、組合側の闘争スローガンに《会社の私物化反対》が掲げられるのも、この種の経営者だった。ただ、奥田忠明の場合はその性格がかなりどぎつかった。なお、残りの株の三〇%は支援メイン・バンクのA銀行が持ち、他は奥田の信頼する役員や、傘下企業体の社長・重役たちに分与されていた。それらは細分化されていたから奥田社長を脅かすこともなく、また叛旗を翻すような気骨ある株主もいなかった。彼らは競ってワンマン社長に忠誠を誓った。だが、その競争段階で奥田社長に潰されたものもあるにはあった。部下たちにたがいに忠誠競争をさせ、利益をあげさせる一方、勢力の相互牽制をおこなわせ、万一、頭を出しそうな者があると、これを敲(たた)き落したのだった。もっとも、これはどこの企業体にもたいてい見られることだが、奥田社長のやり方は少々それが目立ちすぎるといわれた。メイン・バンクから役員が送りこまれてくることも、彼は頑固に拒絶していた。

社長奥田忠明の経歴は、せいぜい敗戦直後にしか遡れなかった。とにかく風雲児である。そうして目先の利く男である。でなくて、どうして現在の邦栄海上火災と系列企業二十数社を築き上げ得ただろうか。とくに着想は素晴しかった。邦栄海上火災が急速に伸びたのも、それまでにない加入者制度をつくったからである。いまでは既成の火災保険会社や生命保険会社が、遅ればせながらその制度を採用しているが、何といっても創始者には及ばなかった。

だが、そのシステムは正確には奥田忠明の独創とは言いがたい。外国にその先例があったのである。しかし、それにいち早く眼をつけ、伝統的な日本の保険界に適応するよう工夫して、自家薬籠中のものにしたのは彼であった。たえず外国技術の趨勢に注目し、機敏にそれを取入れる着眼は彼の身上であった。

いまでも奥田忠明はアイデアマンとして一流であった。着想がひらめくと、じっとしていられないで、たとえ深夜でも早朝でも関係の役員や部下の自宅に電話してそのアイデアの研究を命じた。自分の腹案を話すのに一時間もかかることがある。電話を切ったあと、気づくことがあれば、また二度も三度も電話の追打ちをした。彼にあっては事業が優先した。何か考えつくと落ちつかなくなるのである。そのために、彼の宏壮な邸宅には、いたるところに、たとえばトイレの中にも電話機が設置されているということだった。このような類例は政治家とか財界人にも多少は見られることだが、奥田の場合はそれがいくらか過度だった。こういう頭脳の切れる、行動力に富んだ社長は、決して部下からロボットとして祭り上げられることはない。

――佐々は、社長をどう思うかという名取千吉の問いに、人間的には面白いではないか、おれは君のおかげで社長に拾われて一年も経っていないが、あの社長はたしかに変っている、世間の批判や社内の空気も察しないではないが、もうしばらく様子を観察することにする、先のことは分らないがね、と多少狡いが、当座当り障りのない答えをした。一つは入社の労をとってくれた佐々への遠慮であった。一つは自分の生活のためだった。これだけの給料をくれるところはほかになかったし、辞めても行くところがなかった。また、奥田社長が面白い、というのも口先だけでなく、実際にそう思っていた。旧い型だが、人情味もあるようである。名取にしてみれば、自分がとりもって入れた会社だけに、友人に対する気兼ねからそう訊いたのだと佐々は解釈していた。快適でない部分に対して名取が気をつかってくれていると思った。

佐々のその返事を聞いて名取は、安堵したようだが、その表情はすっかり晴れ上がったわけでもなかった。むしろ盃を重ねているうちに次第に憂鬱そうな顔になっていった。社内で見かけるいつもの重い表情にもっと曇りがかかっていた。名取は、どれだけ盃を重ねても、いつのまにか酒を殺す術を会得していた。たぶん社長に従った宴会で鍛えたのであろう。

社長秘書として奥田忠明の傍に十何年も仕えていた名取のことだから苦痛も一再ならずあったと思われる。が、名取は酒が入っても一口もその愚痴を洩らさなかった。愚痴は、たちまちこれまでの社長の行動や企業運営の機密に通じるので、彼は心に手綱を締めていた。彼は名秘書であった。

しかし、名取の浮かぬ顔が、どうも今度のタイ出張にあるらしいので、そんなに気がすすまなければいっそ身体の調子が悪いと言ってだれかに替ってもらったらいいではないか、と佐々は言ってみた。

出張理由は、奥田社長が系列会社としてバンコックに本社を置いている「南島産業」の業績が上がらないので、それの内容調査にあった。聞いてみると、「南島産業」はタイ領内のタングステン鉱を開発しているという。

　東南アジア進出は奥田忠明の夢の一つである。「南島産業」はその橋頭堡（きょうとうほ）にするつもりだったから、そこの不成績には奥田も苛立っている。送られてくる営業成績は悪くないが、親会社がいくら金を注ぎこんでもあとからあとから送金の要求がくるという状態だった。運営のどこかに欠陥があるらしい。その調査を社長は名取に命じたのだった。

　しかし、そのような調査だったら邦栄海上火災から担当役員なり部長なりが行くべきで、社長秘書室長が行くのは少々筋違いのようである。佐々がそう言うと、名取は躊（ため）らいがちにこう答えた。「南島産業」の役員と邦栄海上火災の役員とは以前から特別な関係をもつものもあって、その実態調査となると、内容の正確を期しがたい。つまり、馴れ合い調査になるおそれもある。だれかれというよりもお前が行け、と社長は命じたという。そうして、同行に宮島をつけてやるが、宮島はタイの海水浴場あたりにホテルをつくりたい男だから、目的は土地の下検分にある。社長秘書室長のお前が単独でバンコックに乗りこむよりも、彼を混ぜたほうが「南島産業」の連中もいくらか警戒をゆるめるだろう。お前は宮島に配慮する必要はないから、思う通りに調査しろ。

　次に、社長はこう言ったそうである。お前も長い間おれの秘書としてよくつとめてくれたが、いつまでも秘書でもなかろう。会社がこれだけ大きくなったのだから、お前にもそろそろ経営部門の責任ある地位についてもらおうと思っている。今度の調査はそのための勉強にもなるだろう。早ければ帰国までにそのポストを準備しておくようにする。

佐々は、名取からその事情をはじめて聞かされ、それは知らなかった、そういうことならこの出張は他人と替ることができまい、目的は違うにしても宮島氏が一緒に行くことだし、元気を出して行けよ、と彼を励ましたものだった。

宮島健治が奥田社長の息のかかった人物だとは、佐々も聞いていた。邦栄海上火災の子飼いではないが、奥田が面倒を見ている経営者の一人であった。邦栄海上火災の傘下の会社には、社員を出向させて経営者にさせているのもあれば、宮島のように経営に困って邦栄海上火災から融資を受け、系列に入った会社もある。

宮島さんはいい人か、と佐々が訊くと、名取は、利口な人だね、と言った。宮島に限らず、名取は自社関係の人物評にはいつも言葉が少なかった。

名取が自分の出張任務についてだけだが、他人に聞かれてならないことを佐々に言ったのもこれが初めてであった。

その打明け話で名取の気持が少しは軽くなったのか、いや、軽くなったというよりも、言い出しやすくなったのだろう、しばらく経って彼はこう言い出した。

さきほども口にしたように、ぼくは邦栄海上火災に君を入れた関係上、君に対して責任がある。社長をどう思うかと訊いたら君は面白そうだと答えた。たしかに面白い。研究に値する。しかし、君が傍観者の立場でいる間はそれでよいが、いつかは社長が君に一つの任務を与えるときがくるだろう。その任務の内容によっては、君に大きな危機がくる。人生的な危機といってもよい。傍観者だった君は社長と直接対決することになるかもしれない。そのときの心がまえとして、社長の真の性格、ひいてはこの会社の実際の体質といったものを君に理解しておいてもらいたいのだ。が、それには具体的なことを話さないと判りにくい。抽象的なことを言ったのでは、ありふれた他社の例の連想になったりして、かえって君を誤解させる。けれども具体的な話となると、どうしても社の機密にふれる。それは社長秘書を長くやってきた自分にできることではない。信用してくれた社長を裏切ることになる。欠点の多い社長だが、信頼に背くことはできないのだ。

ぼくはいろいろ考えた。考えあぐんだ末に、三部の書類の写しをつくって女房に保管させてある。この三部の秘匿書類は部分的なもので、しかもその間には脈絡がない。間が大きく欠落しているからだ。しかし、一つの流れの中に顕われた岩礁の露頭であることはたしかだ。会社の秘密は口が割けてもぼくは言えないが、この三つの「資料」をだれかの推理でつなぐことができたとき、ぼくの言いたいことがおぼろに浮かび上がってくるものと思う。

この「資料」はもちろん真実のものである。だから、知られては困る字句はわざと抹消してある。

佐々は、名取からそう聞いても、奥田社長と対決するような日がくるとは信じられなかった。第一、そんな重要な任務を、かたちだけは中堅幹部社員の恰好にはなっているが入社して日の浅い自分に、社長が下すとはとうてい考えられなかった。だから、対決の日の心がまえとして邦栄海上火災と奥田社長の本当の性格を知っておいてくれ、という名取の言葉はナンセンスでしかなかった。何か気のすすまない海外出張を前にした名取が、珍しく感傷的になっている、いつもの歯車に異変を来たしているのだろうかと思った。

もっとも、名取がその場だけの感情でそう言っているのでないことは、その三つの書類の写しを「資料」として妻に預けているということでも分った。

会社も大きくなったと社長は言ったが、と、名取はそのあとも呟くともなく言った。ここまでくる間には危ない橋をいろいろと渡ってきた。よく乗り切れたものだと思うよ。だが、まだまだその危ない橋は長くつづいているからね。完全には渡りきっていない。

そういう危なっかしさはどこの会社にもありがちなことだから、べつに気にもとめずに佐々はそのとき聞いていた。

2

参列者の焼香が終り、皆はふたたびイス席に戻った。その落ちつくのを待って葬儀委員長の奥田忠明社長が祭壇前の中央にすすみ、一同にむかってマイクの前に立った。白髪の瘠せた細い老人だが、上背があるのでモーニングがよく似合った。傍には遺族総代として先刻の実弟がいささか芝居気に畏(かしこ)まって立っていた。

奥田は馴れた態度で話し出した。金属性の声だからマイクによく徹(とお)った。彼は参会者に対して型のような挨拶をしたのち、故人名取千吉秘書室長の功績をおもむろにたたえはじめた。

故人とわたくしとは十六年間の友人だった。社長と社長秘書という職務上の間柄ではあったが、まさに肝胆相照らした兄弟の仲であった。故人は控えめな性格で、一般的に目立つ行動はなかったが、邦栄海上火災保険を今日の社運隆盛に至らしめたのは、故人のわたくしへの協力である。過去においては会社も苦しい試錬にいくたびか立たせられたが、そのたびにわたくしを励まし、寝食を忘れてわたくしのために努力してくれたのは故人である。このようなことはわが社の役員たちでもほとんど知っていないことである。いつの日かこのことを公けにして名取千吉秘書室長の功績を顕彰し、同君多年の労に酬いたいと思っていた矢先、はからずもこのたび同君の悲報に接して、わたくしは実弟を失ったように断腸の想いである。

　このような奇禍が待受けていると知っていたら、わたくしは名取君をタイに遣るのではなかった。名取君に、わが社の関連会社の用件で東南アジア出張を命じたのはわたくしである。このことは、わたくし一生の痛恨事であり、生涯の後悔である。

　名取君の奇禍については、タイ政府の官憲においてなおも調査中であるから、ほどなく最終的な調査報告書を頂戴すると思うが、名取君の亡くなられた前後の事情については、同君とたまたまタイに同行出張された宮島開発株式会社の社長宮島健治氏にとりあえずここでお話をしてもらい、皆さまへのご報告に代えさせていただきたいと思う。

　奥田社長の眼に招かれて、四十すぎの小肥りの男が社長と交替してマイクの前に立った。軽い縮れ毛は豊富で、頭を下げたとき額の上へ重たげに垂れかかったくらいである。宮島健治は、礼服のポケットから小さな紙を出してひろげ、眼鏡のふちを指でつまんで位置を直し、伏眼がちに渋い声でゆっくりと言い出した。

　名取秘書室長とわたくしとは、タイ出張が同じ時期に当ったところから、バンコックまで同行しました。秘書室長はバンコックに一泊されたのちに、翌日早く出張目的先であるところのプーケート島にタイの国内航空機でおいでになりました。プーケート島と申しますのは、タイ領の最南部でしてマレーシア領にきわめて近く、インド洋側にある島でございますが、そこの南島産業株式会社の支社と採鉱所のご視察だということを、秘書室長からわたくしは承りました。南島産業はそこのタングステン鉱の開発をやっておられるのでありまして、支社ならびに採鉱所は同島の中心プーケートという町とそのはずれにございます。そこで村井英作支社長以下二人の日本人職員と現地人労務者によって採掘がなされているのでございます。

わたくしごとを申し上げて恐縮ですが、わたくしは自分の会社の仕事で東南海岸の保養地パタヤとか、北方にある古都チェンマイなどを一週間の予定で視察するつもりでおりました。すると、三日目の二月二十日の夕方にプーケート滞在中の名取秘書室長からバンコックのホテルに電報が参りまして、都合がつけばプーケート島に見物にこないかという誘いでありました。実は、わたくしは、タイ国の保養地に小さなホテルとかレストランを作ろうという企画のもとにその候補地の下見を目的としていましたから、西南二百二十キロにある避暑地ホワヒンも見たいと思っていた矢先でもあり、プーケート島とホワヒンはわりあいに近うございますから、その電報の誘いをうけ、二十一日の午後の便の国内機でバンコックからプーケートに参ったのでございます。

このプーケート島は、日本人旅行者にはあまり知られておりませんし、わたくしも初めてでしたが、島の大きさは日本の淡路島くらいでございましょうか、西海岸はインド洋に面し、東海岸はマレー半島との湾に面しております。インド洋側は茫漠として雄大な水平線ですが、東側の湾内には大小の島々が点在して、まことに風光絶佳、宮城県の松島や九州の天草諸島のスケールを大きくしたような眺めでございます。気候も、気温が三十度くらいで、まずまずでございます。わたくしは、タングステンとか錫とかはいっこうに不案内でございまして、南島産業の村井支社長や先着の名取秘書室長などからタングステン鉱石の採鉱所を見せていただきましたが、タイ人、マレー人二百人あまりを使っての露天掘りの作業に感心したくらいでございます。

わたくしは、鉱山とか採掘とかはもとより素人ですので、あまり興味はありませんでしたが、自分の専門のレジャー産業には心が動くものですから、いま申し上げた風光明媚な東海岸をゆっくり見て、条件がよければここを保養地として開発したいくらいの気持でおりました。バンコックから国内機で一時間くらいで来られますので、インド洋が一眸のもとにあるし、マレー山脈を背景に松島湾のようなところも見られますので、日本人むけの新観光地開発も不可能ではないと考え、プーケートのホテル、名前はサバイチャイ・ホテルというのですが、三階建の小さな、粗末なホテルに三泊の予定をとったのでございます。到着した二十一日の晩は、ホテルで村井支社長と中村君、植田君という二人の若い職員による歓迎会で、その席では、すでに歓迎会を受けておられます名取秘書室長は陪賓という体裁でございました。想えば、この集まりが秘書室長にとって最後の晩餐会になったのでございます。

翌二十二日は、秘書室長は南島産業支社や島内のタングステン採鉱所の視察業務を続行される、わたくしは東海岸の新天草や新松島の検討にでかけるというわけで、その日の夕方までお会いできませんでした。午後七時ごろ、サバイチャイ・ホテルの夕食をとる前でしたが、村井支社長の発案で、この食事ばかりでも芸がないので、これからパンガーに行ってインドネシア料理でも食べよう、パンガーはちょっとした町で、ここよりましなホテルがある、そうして酒を飲みながら帰りを気にするのも落ちつかないから、みなで一泊して朝早くプーケートに帰ろうという提案がございました。

ところが名取秘書室長は、何だかおなかをこわしたようだから今日はホテルに居残るということを言われました。申し忘れましたが、秘書室長は到着以来このサバイチャイ・ホテルに泊まっておられました。村井支社長と中村君、植田君は支社に付いている宿舎に寝起きされておるのでございます。

秘書室長がおなかをこわされてパンガーにごいっしょされないのは残念でありました。秘書室長は医者に、この医者はタイ人だそうですが、医者に診せるまでもなく、日本から持参の薬を服んでホテルに一晩静養していれば明日は癒るだろう、せっかくのところだから自分に遠慮せずにパンガーの町に行ってくれ、とわたくしや村井さんらにすすめられました。わたくしも商売上の好奇心がございますから、初めてのところには行ってみたい、秘書室長のすすめもあり、事実、お顔色もそう悪くは見えませんし、お元気のようでもあるので、お言葉に甘えて、それではお大事に、ということになって、午後七時二十分ごろ、車でマレー半島の本土にあるパンガーにむかったのでございます。プーケート島と本土の間のせまい海峡には橋がかかっておりまして、到着には約二時間を要しました。

いまから考えますと、秘書室長お一人をホテルにお残しするのではありませんでした。わたくしがいっしょにホテルに居たら、今度のような悲劇はなかったろう、食い止めることができただろうと思われます。わたくしが自分だけの興味であの晩パンガーに行ったのは取返しのつかない過ちでありまして、慚愧に堪えない次第で、責任の重大さを感じております。また、名取秘書室長のご遺族に対しましてもお詫びのしようもない次第でございます。

パンガーの町では、チョクディ・ホテルというのに入り、村井さん、中村君、植田君と食堂に十一時ごろまで居て、各自が部屋に引取りました。翌朝は申合せによって七時に起き、九時すぎにプーケートに戻ったのでございますが、そのときはすでに悲しい事件が起きていまして、南島産業支社の労務監督であるタイ人ソムチャーイ君や現地警察の人がわたくしどもの帰るのを待っていたのであります。

その朝の七時ごろ、プーケートから東に二キロのところの湾内、その湾内でもいくつかの岬がありますが、そのプーケートに最も近い入江に浮いている日本人の男の死体を浜辺に出たマレー人の子供が見つけまして、これを父親の漁夫に知らせ、漁夫が警察に届け、警察はそれが日本人であるところから南島産業に働いているソムチャーイ君を呼んで現場に連れて行ったのであります。ソムチャーイ君は水死体が先日来支社や採鉱所に東京から視察に見えている名取秘書室長ということを確認して大いにおどろき、われわれがパンガーから帰着するのを警察官とともに待っておったような次第であります。

警察の検視報告から先に申し上げますと、遺体は検視時には死後十時間ないし十二時間を経過していたので、死亡時刻は二十二日の午後八時から十時ごろの間という推定であります。死因は溺死でありますが、遺体は半袖シャツと半ズボン、靴下、靴を通常につけておりました。シャツやズボンのポケットにあったと思われる手帳、財布のようなものは海中で流失したのか、発見できませんでした。サバイチャイ・ホテルの部屋にもなかったのでございます。外傷はございませんが、ただ、額のところに長さ五センチばかりの裂傷がありました。警察当局の話では海中に墜落されたときに岩角に当ってつくられた傷であろうということでありましたが、なお他より攻撃を受けたときにつくられた傷の疑いも捨ててないということでありました。現場は、岩礁の多い海岸であります。

　このようにお話しするのは、プーケートの警察当局が秘書室長の水死を、過失死か自殺か、あるいは他殺か、三つの線を考えていたからでございます。水死体というのはよほど顕著な特徴でもない限り、過失死・自他殺の区別がつきにくいそうであります。結果的には水による窒息死でありますから、たとえば海ぎわの岩の上にでも立っているとか、船の舷側（げんそく）に立っているとかというときにうしろから急に海に突き落されても、他殺か自殺か過失死か分らないわけであります。警察の話では、水死体の場合、過失死と自他殺とを区別する目安として、ズボンの前ボタンなりファスナーなりがはずれているか閉まっているか、はずれているなら、当人が立って用をたしているときに何かのひょうしに足もとがよろめいて、海なり川なりに転落したという推測をつけるそうでございます。

　名取秘書室長の遺体は半ズボンの前のファスナーは閉じられておりました。だから、少なくとも右の場合の過失死には当らないわけでございます。警察当局はわたくしに対して、秘書室長には自殺の動機として思い当るものはないか、ノイローゼにかかっていなかったか、としきりに聞きましたが、そのようなことは一切思い当らない、自殺の線はまったく考えられない、とわたくしは確信をもって答えたのでございます。

　残るのは他殺の線でございますが、怨恨による犯行ということはとうてい考えられません。さきほど奥田社長からお話がありましたように、また皆さまもよくご存知のように、秘書室長は人格円満、誠実無比、寡黙なお方ですが、まことに馥郁（ふくいく）たる雰囲気を持っておられまして、わたくしの尊敬するところであります。また、日本より遥か離れたタイ領の最南部プーケート島に、しかも到着されて一週間と経たない秘書室長に怨恨関係が生じる道理もありませぬ。同島には、南島産業支社の三人のほかには日本人は居らないのであります。また、現地人のタイ人、マレー人はすこぶる性質が淳朴でありまして、日本人には悪感情を持っておりません。

　しかしながら、強盗による犯行という線も考えられないではありません。一人や二人の悪い人間はどこにも居ります。げんに秘書室長の遺体の衣服には手帳とともに財布がございません。申し忘れましたが、オメガのオートマティック金側腕時計は遺体の腕に残っておりまして、八時三十二分のところで針がとまっていました。裏蓋を除ってみますと、中は海水に浸されておりました。この時計の針のことはすぐあとから申し上げることと関連がございます。

　財布の中は、ドルやタイ国通貨のバーツなど日本円に換算しておよそ三万円ぐらいあったのではないかということです。ホテルの秘書室長の部屋はわれわれの立会いのもとに警察官が調べ、荷物の中に入っていた金額と綜合して、同氏の出張旅費を出された邦栄海上火災保険本社側のこれは推定でございます。三万円というのは現地人にとって大金でございますが、しかしながらさきほども申し上げましたように、海中に転落されたときに財布や手帳が着衣から脱け落ちて、海流に持って行かれたかもしれないのでございます。現場の海流はかなり速うございます。また、強盗ならば、財布だけを奪って、金側腕時計をそのままにしておくとも思えません。奪るなら両方とも奪るはずでございます。どうも強盗の線はうすいようだと現地警察でも申しておりました。また付近一帯の捜査でも、べつだん嫌疑者はいなかったということでございます。

そうすると、最後に残されるのは過失の線であります。秘書室長の当夜の行動をみますと、二十二日の午後七時五十分ごろにフロントに部屋の鍵をあずけ、散歩に行くような様子で出られた、とフロントの事務員は証言しております。たいへん元気そうだったということでございますから、おなかの具合が快(よ)くなったものとみえます。わたくしどもは七時ごろからパンガーに行っておりますので、秘書室長も所在ない気持になられたのでしょう。

サバイチャイ・ホテルから東側海岸までは約二キロですから、散歩にはちょうど適当でございます。当夜はよく晴れておりまして、満月と下弦の間ぐらいの月で、きれいな晩だったことは、わたくしがげんに同じ夜、パンガーのチョクディ・ホテルの窓から見て思ったことであります。秘書室長もこの月夜に海岸へ行ってみたくなられたことでしょう。

その海岸は、先刻からたびたび申しますように、対岸のマレー本土の山を遠景に、大小の島々が点在し、月光の景色はさぞ墨絵のような美しさであったろうと思われます。異境の月夜の海浜に立って郷愁にひたるのはだれしもありがちなことで、秘書室長もたぶんそのようなお気持で、海浜をそぞろ歩きされたことでございましょう。そうして、なるべく波打際に近いところに寄って行くのは人情であります。ところがこの海岸は砂浜が少なく、ほとんど岩場から成っております。秘書室長は月光の海に見惚(みと)れておられる間に、足もとの岩に靴がすべって身体がよろけ重心を失い、そのまま海中に転落されたのではないでしょうか。波打際の岩礁は飛沫(しぶき)などで濡れておりますから、靴がまことに滑りやすうございます。そのときが、腕時計の針のとまった八時三十二分であったと思われます。これはさきほど申しました現地警察の死亡推定時間とも合致しております。

これはわたくしの想像だけではなく、村井支社長も同じ意見でありますし、警察当局もそういう推定が強かったのでございます。遺体の荼毘を許されましたのも、過失による事故死の線が濃厚であるからでございます。

お忙しい皆さまに、故人の奇禍についてたいへん長いご報告をいたすことになりまして恐縮しております。けれども、故人の不幸が病死ではないことや、異境で突然起った事故であるために、皆さまにできるだけ詳しくご報告申し上げるようにと奥田社長にわたくしが命じられましたので、ここにお疲れのところを顧みずに、お時間をいただいた次第でございます。

——宮島開発の宮島社長がていねいに頭をさげて参会者席の前列に戻ると、一同の間には、ほう、という溜息ともざわめきともつかぬ嘆声が期せずして吐かれた。張り詰めて話を聞いていた緊張が解けた瞬間の、しかし、まだその強い印象が胸の中に揺曳(ようえい)して反芻する部分を残しているといったときの、何やら感動の醒めやらぬ顔つきと吐息であった。

そのあとに葬儀委員長としての奥田社長がマイクの前にふたたび出てきて、最後のしめくくりの挨拶をしたが、さすがの奥田社長も迫真力のある宮島社長の報告のあとでは生彩がなかった。

佐々は、社内で伝わっている名取千吉の死の事情についての噂は聞いてはいたが、詳細を知ったのはやはり斎場での宮島健治の話によってだった。東南アジアの僻地に起ったことなどだれにも分りようがないのである。これがバンコックだとかシンガポールだとかだったら、様子も知れやすい。しかし、いかにバンコックから国内機で一時間ぐらいなところだといっても、名前に馴染のない地域は瘴癘(しょうれい)の奥地のように思われる。

あくる日は土曜日だった。

その午後、佐々は高円寺に名取の家を訪ねて行った。初めてのことなので、社員名簿にある番地をたよりに歩いたのだが、それは中野と高円寺の中間で、中央線南側の高台につくられた住宅地の中であった。

佐々は名取の妻の志津子には大学を卒業する年に一度だけ会ったことがある。名取はそのころすでに結婚していた。志津子は上背のある体格のいい女で、眼の大きいのが印象に残っていた。

さがし当てた家は、大谷石の塀にかこまれた鉄柵の門のある洋風のこじんまりした建物で、いかにも部長とか課長が住みそうな構えであった。近所がみな似たような住宅であった。

名取と標札の出ている脇の門扉は閉まっていた。門柱についているボタンを二、三度押したが、予想したように何の反応もなかった。

志津子が夫の葬儀に出なかったのは前からの神経衰弱が昂じて入院したからだとは、佐々も総務部の人間から聞いていた。夫の急な訃報を聞いて容態が悪くなったという説明だったが、総務部では口を濁して病院の名前を教えてくれなかった。精神病院か綜合病院の精神科か分らないが、そういうところだから見舞は遠慮してもらいたいと暗に言っているようだった。

佐々は、名取の妻がノイローゼにかかっているとは、葬儀のときその欠席から、これもはじめて秘書室の者に聞いたことだった。出張前に名取と会ったときは、名取はそういう話はしなかったし、佐々が奥さんは元気かと訊いたとき、元気でいる、この出張から帰ったら一度家に遊びに来てくれ、そうだ、君は志津子に大学のころに会っているんだな、と彼は言っていたくらいだった。夫の不意な死亡で妻が寝こんだというなら分るけれど、前からノイローゼだったというのが、あのときの名取の言葉からしても佐々には意外であった。もっとも志津子は訃報を受けても現地に行っていないので、ノイローゼのことは事実だったと思える。ほかの病気と違って、名取もあのときはそれとは言いにくかったのかもしれなかった。

佐々には、名取が妻に預けてあるという三部の「資料」のことが気になった。何だかそれが名取の遺言のようにも思えてきた。まさか名取が死を予期してタイ領の最南部に行ったわけでもあるまいが、あのときの気のすすまない様子からすると、虫の知らせで今回の出張を大儀がっていたと見えなくはないのである。それなら同じ理由で妻に預けてある「資料」も、奥田社長と邦栄海上火災保険の実態を佐々に教えたいためだとは言えぬ、そこには彼自身の意志が含まれている。佐々はその「資料」を志津子に見せてもらいたかった。

門の前をうろつく姿を見ていたのか、隣の家から人が出てきた。邦栄海上火災の方ですか、と主婦らしい中年の上品な女は佐々に訊いたが、その警戒的な眼が邦栄の人間では気に入らぬふうに佐々には直感されたので、いいえ、亡くなったご主人の友人です、奥さんはどこの病院においでですか、とたずねた。

主婦は、なおも佐々の人相を見きわめるように眼を彼からはなさなかったが、次第に信用する顔色になって、奥さんは一週間前から留守ですが、入院されているのではありません、その行先はわたしにもよく分りません、と答えた。いろいろと問答した末、主婦は、牛乳屋に配達を止めるように伝えてほしいというハガキを昨日奥さんからもらったと言って、そのハガキを持ってきてくれた。住所は大磯で、田川方とあった。

佐々は立去る前にもう一度家の様子を見たが、主人の葬式が昨日あったというのに、家のまわりのどこにも弔問客をうけ入れる準備は見られなかった。軒下や門内や塀のきわには紙屑やゴミが古くなったまま散らかっていた。斎場に名取の実弟が来ていたし、遺族もならんでいたが、この家に一人として来てないらしいのも奇妙であった。

3

大磯駅前の広場を国道一号線のほうに出ずに、角の店から細い道を線路沿いに東寄りに辿ると踏切があり、渡ると山の崖下になる。その狭い道路を東にすすむと道は二つに岐(わか)れ、一つは山の斜面を登り、一つは谷あいに入ってゆく。両方とも人家があるが、谷底のほうが旧い農家で、道の上は近ごろの建売住宅が石垣の上にぽつりぽつりと見えていた。田川という家は谷底の農家であった。日曜日で、坂道には小型車が走ったり、家族連れが歩いたりしていたが、谷あいの村はひっそりとしていた。

佐々が声をかけると、入口の格子戸から顔色の悪い老婆が顔をのぞかせた。来意を聞くとすぐには返事をせず、困った顔をしていたが、迷いながらもうす暗い土間の奥に引っこんだ。むかし見おぼえの背の高い名取志津子は五分ばかりして出てきた。

裏側に継ぎ足された座敷は改築して間もない新しさで、八畳に三畳がついていた。八畳の濡れ縁の横には素人造りの庭があり、その向うには山の斜面が両方から落ち合っていた。わずかな段々畠もそこに見えた。

志津子に二十年前の面影はうすかった。一度しか会ってないが、佐々にはわりあいに当時の明確な記憶があり、その大柄なところは同じだったが、現在はひどく瘠せていた。ほぼ骨と尖った顎とが目立ち、眼が落ちこみ、脂肪のとれた鼻はけわしいくらいに隆（たか）かった。違う女に会っている感じであった。

志津子のほうでは佐々の顔を憶えていた。しばらくでございました、と丁寧に挨拶し、よくここがわかりましたのね、とおどろいた眼つきを見せた。眼尻には小皺が集まっていた。ぎすぎすした顔で、長い頸（くび）には太い静脈の筋が浮いていた。

佐々はあらためて悔みを述べ、一昨日の準社葬が盛大だったことを伝えた。葬儀の話を志津子は冷たい表情で聞いていた。濃い鼠色のツーピースは彼女の喪服だった。

名取の弟が出ましたから、わたくしは遠慮しました、と志津子は伏せていた眼をあげた。くぼんだ眼窩（がんか）がくっきりとした線を刻み、大きな眼が陽ざしの加減で片側だけ光った。この大きな眼には佐々の記憶があったが、それは黒いつぶらな瞳という印象だった。いまのように白く光った眼ではなかった。

身体の具合が悪いから斎場は欠席しますと邦栄海上火災の人事部にはこの家にくる前に、速達で断わっておいたんです、白々しくお葬式なんかしてもらいたくなかったのです、と志津子は唇の端を歪め、強い語気で言った。

思いがけない言葉に佐々は志津子の顔をそっと見た。険しい目つきにノイローゼの徴候がよみとれないでもなかった。彼女の瞳の焦点は、佐々の顔からはずれた一点に絞られていた。

出発前の晩に名取と二人だけで会ったとき、今度の出張から帰ったら重要なポストにつけると社長が約束していたと言っていたが、残念なことになった、と佐々は述べた。これは会社に快い感情をもっていないらしい志津子を宥（なだ）めるつもりで口に出したのだった。

それは名取からわたくしも聞いていました、でも、資材部長というのがそんなにいいポストでしょうか、社長は人を莫迦（ばか）にしていますわ。志津子はそう言った。こめかみに筋が浮いていた。

資材部長が名取の帰国後のイスだったとは、佐々も志津子の口から聞いて初めて知った。様子では、名取は妻に社内の事情をかなり具体的に話していて、新しい位置にも不満を洩らしていたようだった。

秘書室長から資材部長というのはまず順当なコースで、大きな栄進ではないが、そう不足な待遇とも思えなかった。社の重要な経営面にタッチする部署ではないけれど、資材部長のイスはそこまで行くステップではなかったろうか。佐々の耳に志津子の声が来た。

名取はあの社長に秘書として十六年も仕えていたのです、社長が社業をここまで伸ばした裏にはいろいろなことがあったのですが、名取はそのたびにどれだけ苦労したか分りません、名取の髪が白くなったのはその心労のためです、決して若白髪ではありません、社長が今日まで無事でいられるのも名取が身を削られるような思いで協力し助けてあげたからです、十六年間の名取の秘書は普通の意味のセクレタリーではなかったんです、名取は、こんなことなら自殺したほうが楽だとわたくしに言ったこともたびたびでした。

自殺という言葉に佐々の表情が動いたのを捉えたのだろう、志津子はまたつづけた。

名取はタイの出張先で自殺したのではもちろんありません、過失による事故死でもありません、名取は殺されたのです。

殺されたのです、と言い切ったとき、志津子の唇に痙攣が見え、咽喉の奥に嗚咽がかすかに伝わっていた。

彼女のこの断定が性急なことは、佐々が斎場で聞いた宮島健治の報告に比較して分る。現地でも一度は他殺の線もあったが、それは非常に弱まり、名取が散歩のとき岩場から誤って足を滑らして海に転落し溺死したという推定が強くなっている。しかし、志津子はそういうことはあり得ないと自信をもって言っているのだった。

その通知は会社からもらいました。本社に行きますと、社長が出てきてわたくしに会ってくれました。わたくしがすぐに現地に行きたいと申しますと、社長はこう言いました。奥さんの気持は分るけれどそれは間に合うまい、旅券は特別な配慮ですぐに出るにしても、タイの入国ビザが必要だし、それらに二日間くらいはかかるのではないか。さらにバンコックに行って一泊、翌日現地に向うとして、また二日間を要する。暑い国だからそれまで遺体を保存することはむつかしい、バンコックのような都会と違ってプーケートといった僻地では遺体を冷凍して保存する設備のある病院もない、それよりもちょうど宮島君がプーケート島に行っているので、宮島君に遺体を確認してもらい、亡くなった前後の事情を調べ、また現地警察の調査もよく聴かせる、荼毘にした遺骨は宮島君に持たせて帰国させる、そのほうが奥さんが現地に行かれるよりも早いですよ。

そう聞かされると、わたくしもタイに飛ぶのを諦めなければなりませんでした。けど、わたくしには社長のそのときの言葉がたいそう事務的に聞え、なんとなくわたくしを現地に遣らせたくないようなそぶりに見えました。そのあと、現地から宮島さんの報告電報が次々に五通くらい本社に届き、それらの電報の写しは総務部長さんがわたくしの家に持ってきてくださいました。それは結局、名取が夜の海岸に散歩に出て誤って海に落ちたというものでした。そのとき、わたくしは名取は殺されたのだ、あの慎重な性格の人が歩いていて海に落ち込むわけがない、と直感したのです。

その後、準社葬をとりおこなうから出席してほしいという社長の意嚮（いこう）を、総務部長さんは何度目かに家に見えた時に伝えてくださいましたが、わたくしはお断わりしました。出て行きたくなかったのです。部長さんはいろいろ説得されましたが、名取の弟がでるからそれに代理させます、と言って気持を変えませんでした。総務部長さんは妙な顔をして帰られましたが、わたくしが名取の死を聞いて頭が変になったと思われたかもしれません。そのあと会社からまた人がくると面倒なので、前にわたくしの家でお手伝いさんをしてくれたひとのこの家に身を寄せています。ですから名取の弟や親戚の者にも会っていません。遺骨は義弟が預かったでしょうから、そのうちにそこに引取りに行くつもりでいます。

見えぬ強敵と対峙し眦（まなじり）を上げるという形容が当りそうな表情で志津子は言った。

名取がタイに出張して変死したのを、志津子はまるで会社が殺したようにとっているようだった。神経質なものが昂じて、ヒステリックになったときの女にはありがちな気の回しようで、そこには論理の構成も何もなかった。夫の実弟をはじめ親戚たちが会社のとりおこなう葬式に出席したことも、まるでその人たちが夫の敵に籠絡されてでもいるように、反感を抱いて見えた。同じ非論理でも、名取をタイに出張させさえしなかったらこういう悲運には遭遇しなかったろう、わたくしが悪かった、と告別式で述べた奥田社長の挨拶は、謙虚な道徳的な表現で包まれていた。

鴉が啼いたので佐々は顔をむけた。V字形の谿の向うには横に長い山が正面に塞がっていて、その松林の上で五、六羽の黒い影が輪を描いて舞っていた。松林の上半分に弱い陽ざしが当り、人の声が遠くに聞えていた。この谷底の百姓家は、人が一時身を匿すには絶好の場所に思えた。

その間に志津子はそっと立って次の間に消えた。鍵を開ける音がし、箪笥の環がかすかに鳴った。

十九年前、佐々が名取といっしょに歩いている志津子に遇ったのは神楽坂の毘沙門天の前だった。佐々が坂道をくだり、名取と女伴れとは下からあがってくる。立ちどまって話をしている間、志津子は名取のうしろに隠れるようにしていたが、その背が高いので隠れた恰好には見えなかった。面長な顔だが、頬にふくらみがあって、楕円形に整った輪郭であった。名取の肩越しに彼女のつぶらな眼で凝視されたのが何か眩しい思いだったのを憶えている。歩き出してふり返ると、毘沙門天の隣の田原屋に名取のあとから紅色ずくめの女の着物が入ってゆくところだった。——

大柄な身体が座に戻ってくるのが佐々の視野の端に白い影のような動きで写った。志津子の声で眼を正面に戻すと、そこにはまた、頬の落ちた、ぎすぎすした三十女の顔が坐っていた。

名取からこれを預かっています、と志津子は茶色の大型封筒を佐々の前に置いた。タイの出張から帰ったらあなたさまにお渡しするのだと言ってわたくしに保管を命じて出て行きました、名取がこんなことになったので、どのようにしてお届けしようかと気を揉んでいましたが、ここにお見えくださったので、とてもうれしいのです、これも名取の霊がぜひお渡しするようにしたのだと思います、どういう書類が入っているのかわたくしには分りませんが、どうぞお納めください、と志津子は封筒の上に指をかけてわずかに押した。その指は骨張っていた。

何か書いたものをぼくに渡したいということは、出発前名取の口から聞いています、これがそうでしたらお預かりします。佐々は封筒を受けとったが、中は存外うすく軽かった。大型にしたのは、「資料」の大きさに合せたらしかった。名取はたしか三通だと言っていた。

いえ、それはもうお返しくださらなくてもけっこうでございます、お読みいただいたら破るなり焼くなりよいようにしてください、と志津子は言った。その口ぶりからすると、封じ目に名取の捺印があるものの、志津子は内容を知っているふうだった。「資料」を見たのか、名取から話だけを聞かされたのか、それは分らないが、とにかく心得顔であった。

志津子は言った。名取は佐々さんを邦栄海上火災にお入れしたのを反省していました、ああいう会社に紹介するのではなかった、佐々はまだ気がつかないけれど、この際に社長と会社の実際の体質をよく教えておかなければならない、それはぼくの責任だ、将来佐々と社長の間に何かが生じたときに佐々に予備知識があるのとないのとでは対処の仕方が随分違ってくる、名取はそう申しておりました。

そういう意味のことはぼくも名取から聞いていないでもありません、と佐々は答えた。実はぼくがこうして奥さんのいらっしゃるところを探してここまで伺ったのは名取のその書類の話があったからです、名取と最後に会ったときに出た話だからぼくも放っておけない気持でした。

座を立つ前に佐々は訊いた。奥さんがここにいらっしゃることはだれにも話しませんが、当分ここに滞在されるおつもりですか、もし、さきでご連絡したいときは、どういう方法をとったらよいのですか。お役に立つことがあればいつでもぼくにそう言ってほしいというのを遠慮して佐々はそう言ったのだが、志津子は、ありがとうございますが、この家もいつ出るか分らないし、出ても高円寺の家にまっすぐに帰るとは限らないので、どうかお気にかけないでくださいまし、もしお願いすることがあったら、会社のほうに電話させていただきます、と答えた。

未亡人になったひとだから、佐々もそれ以上には立入れなかった。それに、頑なに何ものをも拒否するといった神経質な志津子の態度の前には、佐々も無力感しかひろがってこなかった。

どうぞ、お気をつけください、と志津子は百姓家の戸口に立って見送るときに佐々に言った。これが、健康に気をつけてくださいという普通の挨拶でなく、他の意味での注意だったとは、佐々がずっとあとになって気づいたことだった。

佇んでいる丈高い女の肩に陽が当り、その顔を光線が白と黒に強（きつ）く分けていた。谷の口を出るまで鴉が啼いた。

佐々は大磯からの列車の中で、志津子からもらった大型封筒をとり出してみた。日曜日の座席は空いていた。封を切る誘惑にかられた。隣は空席だったが、前の座席にサラリーマンらしい四十男が一人いて、蜜柑を食べていた。佐々はその男を要心して、帰宅するまで開封を辛抱した。

家に戻ってから佐々は机のスタンドの下で封筒に鋏（はさみ）を入れた。中には名取の手紙らしいものは何もなかった。「資料」は三種だが、何枚かが一通にまとめられて隅がホッチキスでとめられてあった。注のつもりなのか、その止められたところに①②③というように赤のボールペンで番号が付けられてあった。この順序で読めということなのであろう。

①は、警察署に出した始末書のコピーだった。

失火始末書

私儀昭和三十五年四月二十七日午後七時二十分頃、都内品川区大崎二丁目××番地「東海マンション」七号室居住の友人浜崎芳雄を訪問し、八時四十分頃まで同人と雑談していましたが、まもなく同人が所用があって外出、三十分後に戻ってくると言うので、喫煙しながら読書などして待っていたところ容易に帰ってこないため、十時四十分頃同室を出て、同十一時半頃自宅に帰りました。ところが、私の残した煙草の不始末により、十一時頃に同室から出火、幸い隣室居住者其他の発見が早かったために、同室の窓カーテン、畳三枚および天井の一部を焼いただけで鎮火いたしましたが、原因はまったく私が右煙草の後始末を充分に致さなかった為であります。茲(ここ)に出火原因を明記して私の責任のあるところを明かにし、併せて深くお詫び申上ます。

昭和三十五年四月三十日

東京都杉並区方南町××番地

曽我節太郎　㊞

大崎警察署長殿

——これに添付された三十五年四月二十八日某新聞朝刊都内版のコミ記事の切抜きコピー。

《マンションのボヤ。――二十七日午後十一時ごろ、品川区大崎二丁目××番地「東海マンション」七号室（居住者浜崎芳雄さん）より煙が出ているのを隣室の人が発見、近くの人たちの協力で、畳と天井の一部を焼いて消しとめた。原因は同室に遊びに来ていた浜崎さんの友人の邦栄海上火災保険株式会社損害査定課長曽我節太郎さんのタバコの不始末から。》

――所轄署に出した「出火始末書」には曽我節太郎の職業はないが、新聞記事には邦栄海上火災の社員と出ている。火災保険会社の損害査定課長が友人の家に遊びに行ってボヤを出したという記事は、皮肉に読まれるし、ユーモアを感じないでもなかった。

②の資料グループは、かなり複雑だった。これもすべてコピーである。その中の一つはメモになっていて「曽我報告」という名になっている。筆蹟は名取千吉自身のものだった。文章の体をなさず、断片的なのは、その都度、メモとして取ったのを整理せずに集めたといったものだからであろう。

《5月6日、後6・30。大橋氏と柳橋「月野」に会食、妓の入らぬ前三十分間、S氏についての話を聞く。S氏は省内としても同県人としても二年後輩の大橋氏にかなり気心を許してきた様子という。一般の法人脱税問題について二、三の話あり。とくに邦栄海上火災については口から出ず。大橋氏も水を向けなかったという。

大橋氏の印象では、S課長は噂の通り硬骨漢。同じく省内エリートの直属上司W部長とのコンビで去年は私鉄の重点査察をおこない、二社の脱税摘発をおこなう。W・Sの強硬路線は当分つづく模様。本年の重点査察の一つに保険業界が入るのは決定的。

かねての方針により、大橋氏より火災保険業界の内情についてS氏にいささかの情報を伝えている。

それによってS氏は大橋氏に対して次第に親近感を増しているが、銀行局保険部と保険業界との癒着という先入観の上に立っているためか、保険部保険第二課（火災保険）課長補佐大橋氏には、断片的な情報入手を喜びながらもS氏は警戒心を充分に解くにいたっていないという。大橋氏がS氏に与える情報は火災保険業界の一、二社のもので、邦栄海上火災については触れていないという。

9・30、「月野」を出て例の如く銀座のバー「火焔樹」に行く。お気に入りのホステスを傍から放さず。

5月30日（日曜）、前10・20。大橋氏を車で箱根仙石原ゴルフ場に連れて行く。午前中はプレー、昼食は箱根レークホテル。そのときの大橋氏の話。この前S氏に会ったとき、同氏より邦栄海上火災の社名がはじめて出た。その際、S課長に、邦栄は関連会社を持ちすぎているようだが、本社の営業内容はどうかと軽く訊かれた。現在のところ、不審はないようだと大橋氏は答えたが、なおS氏の様子を見るために、邦栄海上火災の内情について多少の情報を同氏に与えなければなるまい、ついては大きなキズにならないような情報資料はないかと大橋氏から求められたので、自分（曽我）は考えておきましょうと答えた。多少のエサを撒かねばS課長は態度を大橋氏に見せないであろうと自分は推測する。S氏は将来局長まで行くエリート大蔵官僚であるから身辺には気をつけている。酒量は二合程度、趣味はゴルフ（ハンディ17）、マージャン。異性との交際関係は聞かれないと大橋氏は言った。午後は4時まで二回のプレー。6・30車で東京帰着。今日は日曜日なので食事する場所もないからといって、現金十万円入りの封筒を別れるときに渡す。これで大橋氏には現金合計二百四十万円を渡したことになる。そのほかバー、キャバレー、料理屋のツケの支払い合計二百万円弱。

7月12日、後6・00。大橋氏と赤坂のホテルで落合う。大橋氏の話では、S氏は邦栄海上火災の調査を相当にすすめている模様だという。そのときS氏から、この前に君（大橋氏のこと）にもらった邦栄海上火災の資料もだいぶん参考になった、ありがとう、と礼を言われたという。しかし、あの資料は自分（曽我）が周到な用意で作成したのであるから、大橋氏を通じてそれを読んだS氏に役に立つとも思えない。大橋氏も、S課長は他の方面より邦栄海上火災の脱税容疑資料をつかんでいるのではないかということだった。そこで大橋氏に、そのへんをさぐるのがあなたの役目ではないかと自分（曽我）は多少声を励まして言った。大橋氏はいささか悄然（しょうぜん）となり、できるだけ努力すると誓った。7・20、大橋氏を慰めるやら励ますやらの意味で、赤坂の「花山」で食事、9・00に銀座の「火焔樹」に行く。大橋氏は満悦。車で自宅に送って行くとき、S氏に接触するためには食事代その他いろいろと費用が要るだろうからと、二十万円入りの封筒を渡す。

9月2日、6・00。銀座裏の魚料理店「やま作」二階一室で大橋氏と食事。大橋氏によると、S氏は暑中休暇も取らずに役所に出勤していた。また上司のW部長の部屋にしげしげと出入りしていた。内容は極秘だが、邦栄海上火災保険の脱税事実をかなり確実につかみ、ここ一ヵ月以内には邦栄本社への立入査察を決行し、社長からの事情聴取をおこなうらしいというのが、大橋氏の観測。さらに、S課長は最近大橋氏を警戒しはじめ、多忙を理由（これは事実）に、面会に応じなくなったという。自分（曽我）が大橋氏に渡したこれまでの現金は合計七百二十万円。バー、料理屋のツケ支払い合計五百三十二万円余。家庭電気器具その他の贈与品合計四百三十六万円余。自宅の一部改築費六百七十八万円余。これはS課長の動向の情報入手のみならず、本来の大橋氏の業務（火災保険会社に対する行政指導と監督）に対する「挨拶」の意味をも含む。
9月12日、5・30。大橋氏より自分（曽我）に電話あり。6・00に麴町のダイヤモンド・ホテルのロビーにて会いたしという。こちらは先約を急いで取消して、同ホテルに行く。大橋氏は蒼白な顔でいる。大橋氏曰く。極秘情報だが、邦栄海上火災保険会社に対する立入査察は、あと一週間以内におこなわれる公算が大になった。S課長自らが指揮を取る模様だ。W部長・S課長の強靭なコンビだし、S課長の性格からいって徹底的にやるらしい。大橋氏は語尾を震わせてそう語り、どうしたらよいか、と自分（曽我）に逆に相談する始末であった。大橋氏は、自分（曽我）から多額の金品を受領しながら、S課長の動きがかく風雲急を告げるまで正確な中間情報が得られず、その間、邦栄海上火災側の対策が遅れたことに対して責任を感じているようであった。》

この②グループ書類の中の「曽我報告」はこれで終っている。

月日がとびとびになっているのは、その「報告」の中間を名取が省いたからであろう。

ここまで読むと、大蔵省の法人税担当の機関が邦栄海上火災について脱税容疑をつかみ、切れ者らしいS課長が近いうちに自ら指揮をとって本社の立入査察をするらしい、ということである。その情報はS課長の二期大蔵省の後輩で、かつ同県人の「大橋」なる銀行局保険部保険第二課長補佐によって「曽我」に伝えられている。

このような「報告」が社長秘書だった名取千吉の手もとにメモのかたちで残されているのは、あるいは奥田社長が「曽我」に命じて、大橋課長補佐からS課長に接触をなさしめたからであろう。

ところが、この報告を寄せた「曽我」だが、①の「出火始末書」を書いた曽我節太郎と同じ姓である。新聞記事にあるように、曽我節太郎は邦栄海上火災の損害査定課長であった。火災保険会社と監督役人との「癒着」をいうならば、曽我のポストと大橋の銀行局保険部保険第二課長補佐のポストとはそれに当てはまるようである。

だから「曽我報告」の曽我は、邦栄海上火災の損害査定課長と同一人に違いない、とここまで読んできた佐々は思った。

4

②の「資料」グループの一つは、新聞記事で、「またも課長補佐の汚職　今度は大蔵省保険部と火災保険会社」という見出しであった。

《警視庁捜査二課は、九月十八日、大蔵省銀行局保険部保険第二課長補佐大橋良三（三五）を収賄の疑いで、また都内品川区五反田××番地保険代理業「邦栄保険」の社長曽我節太郎を贈賄の疑いで逮捕した。曽我は二年前まで邦栄海上火災保険株式会社損害査定課長をつとめていたが、在職中監査に手心を加えてもらうため大橋課長補佐を供応、または金品を贈り、さらに同社を退職後も保険代理業者として大橋に接触を保ち、ひきつづき金品を贈り供応などした疑い。贈賄の総額は一千万円以上といわれる。大橋はその地位から火災保険業者に睨みを利かせ、他社からも収賄の疑いがあるので、その容疑でも取調べると捜査二課では言っている。

（邦栄海上火災保険総務部長の話）曽我氏の突然の逮捕におどろいている。二年以前にさかのぼる贈賄の疑いということだが、当社とは関係がない。曽我氏は大橋課長補佐と個人的に親しいと聞いているから、在職中は自分が勝手に社の金で大橋氏を供応したのではないか。曽我氏を背任、横領の疑いで当社でも調査する。保険代理店設立後の曽我氏は、当社を退職してのことであるから、どういうことがあっても当社とは関係がない。》

この切抜き新聞記事には佐々もおどろいた。

「曽我報告」の報告者が曽我節太郎ということはこれで明瞭になった。大崎の友人のマンションでボヤを起してコミ記事になった邦栄海上火災保険の損害査定課長は、今回はその在職中の贈賄が保険代理業「邦栄保険」の社長の地位で追及中と派手な見出しになっているのである。ボヤの記事と、この贈賄の記事の間にどれだけの時間が経過しているか、あいにくとこの記事の頭にある新聞の年月日の活字が切れているので分らないが、おそらく三年ぐらいではなかろうか。退社した曽我節太郎が、邦栄海上火災保険会社専属の代理店を設立したことは、その代理店名が「邦栄保険」となっていることでも分るのである。たぶん、その設立資金の大半は邦栄海上火災の本社から出ているのであろう。本社と専属代理店の資本関係は、ただ保険業界に限らず、たいていがそのような構成である。したがって本社員が代理店主になる例はきわめて多い。

代理店社長としての曽我節太郎が大橋課長補佐に贈賄や供応をしたのは、みずからの「曽我報告」にある通りで、これは疑いのない事実である。だが、それは報告文にも見られるように、邦栄海上火災保険に脱税の疑いがあってその摘発に乗り出そうとする大蔵省銀行局に属するらしいS課長の態度を見きわめさせるべく、S課長の郷里の後輩である大橋保険第二課長補佐を曽我が接触させ、その情報活動費として彼が大橋に金品を与えたものである。そうすると、この贈賄の目的に関する限り、曽我節太郎は本社のためにその行為をおこなっていたのである。当然、邦栄海上火災の首脳部の指示が曽我に働いていたわけで、そうでなければ社長秘書だった名取千吉に「曽我報告」のメモがつくれるはずもない。この点からすると、大蔵省の脱税摘発をおそれた奥田社長が曽我節太郎に以上のことをみずから指示した疑いが強くなる。

もっとも、邦栄海上火災の損害査定課長時代に曽我節太郎が大橋保険第二課長補佐に贈賄したのが警察当局に判ったために両人が逮捕されたとなると、別な話になってくる。保険会社と行政監督官庁との癒着はかねてから噂になっていることであるから、当時の曽我は大橋課長補佐に手心を加えてもらうよう会社のために贈賄したことになる。信用を尊重する保険会社が新聞報道をそのまま認めることはできないので、総務部長が談話で「曽我と大橋の個人的関係」と逃げているのも、それが奇妙な言訳だけにかえって会社ぐるみの癒着の事実を想像させるのである。

それにしても曽我節太郎が退社後二、三年も経ってから、なぜこの贈賄関係が警視庁捜査二課に分ったのだろうか。曽我が保険代理店の社長となってからの大橋への贈賄が当局に挙げられ、そのついでにこの過去が暴露したのであろうか。

ここにふしぎなのは、曽我が邦栄海上火災を退社しても後任の損害査定課長はひきつづき会社と大橋との癒着の窓口として彼に贈賄や供応行為をしていたであろうのに、曽我の後任課長が贈賄で逮捕されていないことである。こうした場合、曽我だけがそれをおこなっていたとはとうてい考えられないのである。

②の「資料」グループの他の一つに、邦栄海上火災保険株式会社専務取締役小村政太郎より当局に提出された、曽我節太郎に対する「背任、横領」の告訴状があった。時期的にみて、これは曽我が大橋への贈賄で逮捕された日からあまり経っていない。

告訴状の内容は、邦栄海上火災が大株主となっている保険代理業・株式会社「邦栄保険」の金、約一千万円を、同社の代表取締役たる曽我節太郎がその地位を利用して横領費消し、株主の利益を著しく損じたのは、背任罪と横領罪とを構成するというのである。

その「告訴状」の一部にはこうある。

《而して曽我節太郎氏は、右の費消金は奥田忠明の指示にもとづいて当時の銀行局保険第二課長補佐大橋良三氏に対する工作用であったなどと供述しているようでありますが、当社は社外の保険代理店主たる同人にそのような工作を依頼する必要もなく、その事実もありません。また代理店「邦栄保険」の株の大半を持っている邦栄海上火災保険株式会社社長奥田忠明が自己の会社同様なる右「邦栄保険」に損害を与える背任行為を曽我氏に指示する道理はありません。世の中のどこに自己の会社に損害をかけるような背任、横領をすすめる莫迦がありましょうか。》

これを読むとそれなりの理屈があるようである。

②の「資料」グループの最後は、興信所か私立探偵社の曽我節太郎の行動調査報告書らしい一節である。それには、代理店「邦栄保険」の代表取締役曽我節太郎が大橋保険第二課長補佐と接触していた様子が、密偵式に観察されている。曽我が大橋と会った場所と時間、会食した料理屋などの名前、二次会として何時にどこのキャバレーやバーに行き、そこを何時に出て何時に帰宅したかが連日のよ

うに観察者によって記されているのみならず、その供応に費消した店の領収証まで複写して添付されてあった。それには「曽我報告」にあるようなホテルの名、料理屋の名、バーの名が出ている。これが社長秘書の名取千吉の手に残っていたということは、奥田社長が、一方的な「曽我報告」だけでは信用できずに、曽我の行動をひそかに観察させて、すくなくともその行動面だけでも曽我節太郎の報告のウラを取らせていたことが推定できる。もし、そうだとすれば、奥田社長のそうした面での用意周到ぶりが分るのである。

もう一通、行動調査報告書がある。観察される人は仮名になっているので、だれだか分らない。その人は勤め人だが、勤め先は抹消されていた。これは名取千吉の配慮によるものであろう。何時に自宅を出て、私鉄のある駅（駅名抹消）のホームで新聞を買い、車内では経済記事をとくに注目して読み、何時に勤務先に出て、何時にそこを退出する。そうして帰宅までの行動、帰宅してからの来客の有無、日曜日・祭日には当人が家族と遊びに行ったとか、家族だけが出て当人は留守番をしたとか、同家に配達される小包郵便物の差出人先が分ればその名前の記録とか、ゴルフ場はどこで、その日のメンバーの顔ぶれは誰々で、スコアはどういう成績だったかなど、およそ普通の興信所の調査報告書ならどれにでも記載されているような事項が書かれてあった。

その被観察者の本名と勤め先はもとより、住所の区名も書かれてなかった。よほど地位の高い人かというと、電車での通勤や、帰途立寄る一杯飲み屋の様子からして重役級でも何でもなく、普通のサラリーマンである。どうしてこのような人がマークされているのか、佐々にも分らなかった。

これで②の部分は終りであった。

③の部分は一通の借入証書である。

金額は七阡五百万円也。借主の名前は墨で抹消（名取がおこなったもの）されている。年月日抹消。担保物件名抹消。利子年一割二分。返済期間五年間。借入先、邦栄海上火災保険株式会社殿。

これにだけは名取の筆蹟で「注」がある。

《右、担保物件の土地×××は、本社としては評価調査をなさず。強いて評価せば三百万円くらいか。この貸出金は、借入主に支払能力なしのコゲツキにし、七年後には損金として落す予定》

――このように、名取千吉が遺した「資料」は①②③とあるが、佐々が最も興味を惹かれた邦栄海上火災保険株式会社に対する脱税の摘発予定は、その後どうなったかこの中の記録にはさっぱり出てこなかった。

いったい強硬派といわれる「S氏」は、上司「W氏」の強力な支持のもとに邦栄海上火災の脱税摘発をおこなったのだろうか。そのため邦栄海上火災の本社に「S氏」が陣頭指揮で立入査察に赴いたのだろうか。

それらは一切この「資料」から消えているのである。

佐々は、タイ国出張前の名取千吉と二人きりで会ったときに彼がこの封筒の中身について言った言葉を思い出した。

《さきほども口にしたように、ぼくは邦栄海上火災に君を入れた関係上、君に対して責任がある。社と社長の真の性格、体質といったものは具体的に話さないと分らないが、それは社の機密にふれるので、長く秘書をやってきた自分の立場からは言えない。考えあぐんだ末に、三部の書類の写しをつくって女房に保管させてある。この三部の秘匿書類は部分的なもので、しかもその間には連絡がない。間が大きく欠落しているからだ。しかし、深い流れの中に出た岩の露頭であることはたしかだ。この三つの「資料」をだれかの推理でつなぐことができたとき、ぼくの言いたいことがおぼろに浮かび上がってくるものと思う。この「資料」はもちろん真実のものである。だから、知られては困る字句はわざと抹消してある。》

——雨の午後、佐々は都心に本社を置いている新聞社に友人の石田源吉を訪ねて行った。雨の日が冷たくない季節になっていた。

ビルのエレベーターから現われた石田は、受付の客溜りにいる佐々のところに歩いてきた。茶でも飲みに行くか、地下街にはコーヒーのおいしい店がある、と石田は牛のような声を出した。三年くらい会ってないのに、挨拶めいたことを一切言わない男だった。ぼさぼさの髪の、赤黒い顔だが、耳のわきには白髪が出ていた。大きな眼のふちには皺が目立っていた。ずんぐりした身体が、腹が出たことでよけいに鈍重にみえた。社会部では古いデスクだった。

人の居ないところで話したいと言うと、石田は佐々をエレベーターに乗せ三階に上がった。廊下の片側にせまい応接室がならんでいる。その一室のドアを石田は押したが開かなかった。廊下の突き当りに警備員の姿が小さく見えた。石田はそこから警備員を手招きしたが、人の応対には横着な印象を与える彼も、その笑顔は可愛かった。

警備員が鍵で開けてくれた応接室はガラスと白い壁とが光っているだけで、殺風景だった。ここには女の子が茶も持ってこないと石田は前もって断わった。

石田は、佐々が邦栄海上火災に入っているのも知ってなかった。また、大学時代の友人ではないので、名取千吉も彼は知らなかった。佐々の説明はそのへんからはじめられた。

佐々は、名取が遺した三部の資料集を出して、石田に読ませた。このばらばらな断片的な記録が一本につながるかどうかを訊いた。

一度読んだだけでは分らないね。けど、面白そうだ。どこの会社にもあるような脱税摘発対策が出ているが、これで見ると、所轄の税務署とちがって、大蔵省銀行局査察部が立入査察をするというのだから、会社にとっては大変なわけだ。ことに査察部長と組んだ審査課長がみずから陣頭指揮に立っているのだから、これは防ぎようがない。ところが、この記録には、君の言うように査察の事実が現われていない。これは記録に出てこないというよりも、大蔵省銀行局の邦栄海上火災に対する立入査察はおこなわれなかった、とみるべきだろうな。これを君に遺した名取という人は、資料にそのことを語らせているのだよ。

石田の言葉は佐々の持っている推測を強めた。しかし、はたしてそういうことがあり得るだろうか。大蔵省が立入査察直前になってそれを中止するということは、常識では、とうてい考えられないのである。会社側が降参して、その前に脱税事実を認めたというなら話はべつだ。しかし、資料は会社が追徴金や重加算税を取られたという痕跡を含んでいない。むしろ、会社側がそれを防ぎ得たことを暗示しているのである。だとすれば、それは奇蹟である。どのようにしてその奇蹟は起ったのか。

どうも分らん、と石田は胡散臭げに他の資料を眺めながら言った。ここには友だちのマンションの部屋に遊びに行った邦栄海上火災の損害査定課長の曽我という人が煙草の火の不始末でボヤを出したと出ている。その課長が、何年後だか知らないが、系列会社の保険代理店の社長に納まっている。出火の不始末をしでかしたことと、別会社に転出したこととに因果関係を求めるなら、火災保険会社側が道義上、曽我課長に責任を取らせて退社させ、子会社に移らせたということになるが、それならその人物を社長にするのはおかしい。しかも、二つの因果関係ははっきりしている。曽我という人は邦栄海上火災に対して何やら手柄があったようである。彼の出世はどうやら、損害査定課長時代に監督官庁の大蔵省銀行局保険部保険第二課長補佐の大橋良三という人と癒着した功績にあるらしいが、それなら曽我がマンションで小火(ぼや)を出した記録を名取氏がここに添えているのは妙だ。まるきり関係のない資料が紛れこんでいるように見える。しかし、提示者(名取千吉のこと)は、意図があってこの資料を添付しているのは明らかだから、何か意味を持っているはずだ。その意味がよく解けない。単に曽我の転出理由を示しているだけではなさそうだ。

石田は太い指先で「資料」の紙を上にしたり下にしたりしながら、こうも言った。

保険代理店というのは、本社の意志通りに動くものだ。とくに本社社長が代理店の株の大半を事実上占有していればなおさらだ。いつかある保険会社が、代理店数十社に命じて幽霊加入者をふやし、水増し成績を作って露見したことがある。また本社の損害査定部が代理店に結託させて架空の火災(テーブル・ファイア)をでっち上げた事例も、過去にはしばしばあった。そのように考えると、代理店「邦栄保険」の社長となった曽我節太郎が、その課長時代からひきつづいて大橋保険第二課長補佐に供応・贈賄していたのは、奥田邦栄海上火災社長の意志をうけておこなっていたとみなければならない。奥田社長が曽我にその工作を指示し、担当させていたのだろう。ところが、なぜその濫費(らんぴ)を理由に邦栄海上火災の小村専務は曽我を背任横領で告訴したのか。これは会社側の告訴状中に引用された、奥田社長の指示で大橋工作に費(つか)ったという警視庁での曽我供述に真実味があるが、これに対して自己の会社（代理店「邦栄保険」のこと）に損害を与えるような指示を出す莫迦がどこにあるか、という奥田社長の告訴状の言分は詭弁のように思える。

邦栄海上火災本社側の曽我告訴の理由は、普通に考えて、大蔵省の大橋保険第二課長補佐のバー、キャバレー、料亭などでの金使いの荒いことから警視庁の内偵となって、邦栄海上火災に贈賄の嫌疑が向けられそうになったので、奥田社長が自衛上、先手を打って曽我告訴という作戦に出たという推定になる。だが、そうした場合、社長は、たいてい事前に犠牲者に因果を含めるものだが、曽我が警視庁でも検察庁でも、また裁判でも、あくまでも供応・贈賄は奥田社長の指示によると主張して抵抗しているところをみると、曽我がうしろから奥田社長に斬られたことはまず間違いなかろう。なぜ奥田社長はこんな無理を強行したのだろうか。贈賄事件が邦栄海上火災に及ぶのを防ぐためだけだったら、社長は曽我にあとの報酬を条件に充分に因果を含め、曽我もまたそれを納得しただろうに、この資料でみるかぎりでは、そんなナレアイ告訴ではないようだ。

ここの背任横領の告訴が、大蔵省銀行局査察部の邦栄海上火災に対する脱税の疑いによる立入査察の行方に関連があるのかないのか、どうもはっきりしない。もし同社に大蔵省の立入査察があったとすれば、それは当然にニュースだから新聞に報道されているはずだ。おれにはどうもその記憶がないな。調査部から邦栄海上火災関係の記事切抜きを借りて見てみよう、そうすれば脱税による追徴金、重加算税などを同社が東京国税局から支払いを命じられたかどうかもはっきりするはずだ、すぐに分るから、ちょっとここで待っていてくれ。

石田源吉はそう言って、せまい応接室からのっそりと出て行った。三十分くらいで石田は戻ってきたが、保存の新聞切抜き資料には邦栄海上火災の立入査察も脱税事件も何一つない、とゆっくり腰を下ろして言った。

どうもこれは奇妙な書類だ、と石田はテーブルの上の資料をもう一度指先でひねりながら言った。名取という人は社長秘書を長くしていただけに、社の枢機を垣間見てるね。社長の公私両面の生活ものぞいているよ。その人が、これらの資料に①②③と番号をつけているのだから、この順序の通りに読めということだね。つまり、時間的経過の順がここに示されているといっていい。外部に知られてはならない人名や件名は抹消されて用意周到な配慮が見られるが、この順序の通りに資料を百遍くりかえし読めば、接続してない部分が自然と浮かび上がってくる、全容が分ってくると名取氏は言っているようだね。よろしい、おれも百遍読んでみるから、この資料をコピーさせてくれんか、絶対に他人には見せないから。

佐々は承知した。石田は、新聞社のコピー機械を使ってもいいが、編集局の者にのぞきこまれても困るから、地下商店街の中にある複写屋に行ってこの複写を取らせよう、二人で立会っていれば間違いはない、と言った。

石田は煙草をふかしながら、名取氏はどうして君にこんな資料を渡したのだろう、と呟いた。

佐々は石田に名取千吉がタイに出張するのを大儀がっていたことは言ったが、名取の妻の志津子が、名取は会社に殺されたのです、と断言したことは言わなかった。彼女の体面を考えてのことだが、一つには石田にこの資料を正確に解読させるためには予断を与えたくなかったのである。そこで佐々はこう石田に話した。名取は、邦栄海上火災に佐々を入社させたことを後悔していた、その責任から邦栄海上火災の体質、奥田社長の性格の実際を知るためにと言って、この資料をぼくに残したのだ。

石田は聞いて、邦栄海上火災は、かねてから問題があるように取沙汰されている保険会社だ、と短くなった煙草をまだ指から離さずに言った。

あの会社は、東京周辺では台東区、墨田区、品川区、大田区、千葉市、横浜市などに相当広い土地を持っている。いまは、それぞれが邦栄不動産とか邦栄開発とかいう子会社の名で管理したり、建物を建てたりしているが、もとはといえば貸付金の担保で取りこんだものや、火災保険金の不正取得につけこんで取上げた土地だというんだ。この後の場合など、いかにも邦栄海上火災らしい狡猾な手段だと噂されているよ。

まず邦栄海上火災では、中小企業の営業成績を日ごろからじっと見ている。そうした企業の倉庫からある時に火が出て在庫品もろとも全焼になる。邦栄海上火災からは若い係が損害額の調査に出かける。そのとき、たとえばそれが繊維製品だったら、係は素知らぬ顔で燃え残りの断片をポケットに忍ばせて、企業経営者側の要求する通りの保険金額を承認して帰る。その報告によって、何の苦情もなく損害保険金は支払われる。これで企業経営者は、しめた、とよろこぶわけだ。

そうして安心させているところに本社から損害査定部長か課長かの上級職が相手側に乗りこんで行き、この前は若い者を調査に来させたために調査が杜撰(ずさん)であった、その後の調査で損害査定はうんと少ない額になった、ついては支払いすぎた保険金を返却してほしい、と申込む。先方はもちろんそれに抗弁する。そのとき、本社のベテランは、前に若い係が火災現場から拾ってポケットに入れて帰った焼け残りの繊維製品の断片をとり出して、相手に示し、この製品は色や柄がすでに流行おくれとなって市場から戻された売れ残り品である、したがって商品価値のないものと判断する。前に来た若い者は経験が浅いために商品価値をあなたがたの言いなり通りに認めたが、これは不当であった。訂正した損害査定が適当である、と支払った保険金の六、七割の返金を逼る。先方も証拠物件を突きつけられて蒼くなる。というのは、左前になっていたその種の企業の中には、返品の山を積んだ倉庫に火をつけて保険金詐取をたくらむ例があるからだ。企業経営者はスネに疵を持つ弱味で、保険会社と争うことができない。抗争しているうちに警察に探知されてはたいへんだからだ。

ところが、被保険者側は受取った保険金をとっくに借金などの支払いに費っている。返却しように も金がない。そこで邦栄海上火災では、かねて目をつけていた相手方所有の土地を代償にさし出せ、と逼るわけだ。向うも弱味を握られているから徹底的に争うことができない。こうしたケースでは、邦栄海上火災が最初に若い査定課員を遣ったときに、焼け残りの在庫商品の断片を何気なく持ち帰らせることと、向うの言いなりに査定して保険金を支払っておくこととがコツだそうだ。

このようにして、邦栄海上火災は、繊維業者からだけでなく、玩具製造業、食品製造業、機械部品業、合成樹脂加工業など、意匠の流行遅れ、モデル・チェンジなどによる死蔵品、業界ではこれをデッド・ストックと言ってるそうだが、そういうデッド・ストックの倉庫放火の疑いのある業者から次々と土地をせしめ、現在のように都内や近県、関西など、ほうぼうに土地を持つようになった、というんだな。これはあくまでも噂だ。どこまで信憑性があるか分らないが、とにかくそういう種の風聞があるのでも分るくらいに、邦栄海上火災の体質には問題があるらしい。むろんそれは邦栄の経営者奥田社長の体質や性格ということになるがな。

君も面白い会社に入ったものだね、と石田は笑ってイスから立ち上がった。佐々は「資料」の入った封筒を持って、二人でいっしょに廊下に出てエレベーターに乗った。函(はこ)の中には人が居たので黙っていたが、地下街を複写屋に歩いて行くとき、石田は佐々の傍で足をのろのろと動かしながら、死んだ名取氏は邦栄海上火災の内情をあまりに知りすぎていたんだなァ、とぽつりと言った。

が、佐々は違った感想をもっていた。志津子が言ったことが脳裡にある。出張から帰国後に約束されていた名取の新しいポストは資材部長だったという。志津子の不満顔と不平の口ぶりが、佐々の耳には谷間の鴉の啼き声を背景に残っていた。

5

一週間経ったころ、秘書室の女が佐々を呼びに来た。導かれたのは社長室の隣の、役員たちだけが相談し合う小会議室だった。隣といっても間仕切のドアは好きなときに開閉するので、社長室のつづきといってよかった。

十五、六個ならんだ白いカバーの椅子の端にひとりでぽつねんと坐っていると、奥田社長が小村専務を供に間のドアを開いて現われた。廊下側の出入口でなしに、壁の中央の扉を排して出現するところは、なかなか威厳的な効果があった。

しかし、奥田社長は現われたときからいきなり満面に笑みをたたえ、皓い歯ならびを見せていた。顔に皺があっても、上背があって胸から上の姿勢がいいので、実際の年齢を感じさせなかった。小村専務は頭蓋骨の形がまる見えなくらいの禿頭で、丈が低く猫背であった。社長の威厳を引立たせるために、このような体格の男を専務にしたと思われるくらいだった。小村専務は社長のいいなりになる無人格な男だった。

テーブルの中央についた社長は、佐々に自分の対い側に坐るよう丁寧に招じた。秘書室の女がコーヒーを運んできて引込むまで、社長は主に専務とゴルフの話をしていた。専務はつつましやかに応答するだけで、決して自分から話を取るようなことはしなかった。佐々が社長の問いにハンディが11だと答えると、それはぼくよりだいぶん上だ、いちど一緒にコースに出よう、と機嫌のいい顔で誘った。眼尻を下げて皺を集め、両頬に深い笑くぼをつくって魅力的な相好であった。傍の小村専務が手帳を出して、さっそくに社長が佐々をゴルフに連れて行く話を書入れた。佐々は、名取の資料に、「花野森男」なる仮名の、だれだか分らぬ人の行動調査報告書にハンディ17と記載されていたのを何となく思い出した。この人物の正体はいまだに見当がついていない。

名取君は気の毒なことをした、ぼくもまったく残念だ、と奥田社長はうつむいてコーヒーをかきまぜながら声を落して言った。彼とは社長と秘書の間だが、十五、六年間の交際であったこと、終始誠意をもって仕えてくれたこと、彼の死で弟を失くしたようなものだ、と奥田社長は斎場の告別式で述べたことを、もう一度佐々の前で日常的な言葉で言った。

佐々は、自分がどうして急に社長と専務に呼び出されたか分らず、名取の話を社長がしはじめたので、もしかすると、名取の妻を大磯の隠れ家に訪ねて行ったことが判って、その査問を受けているのではないかとうたぐったくらいだった。社長の情報網は発達しているので、あのときの行動がもう通じているのかもしれない。喪主の席に志津子の姿がなかったことは社長の気がかりであり、彼女がふいにその家から消えたことはもっと気にかかることにちがいなかった。会社に抵抗している志津子をそっと訪ねて行ったとなると、奥田社長も平静ではなかろうから、その訊問のためかと佐々はひそかに推量したのだった。

のっけからの笑顔やゴルフの誘いなどはこっちに油断させるためかもしれず、調子を合せていてはいけないと佐々は気をひきしめていた。名取千吉に対する悔みは、その査問の導入部かもしれないのである。この会議室の片方の壁にある五十号大の印象派ふうな裸婦の画が、急に陰謀ありげな色にくろずんできた。

君のことは名取君から頼まれている、と社長は顔をあげていささか感傷めいて言った。名取君をタイに行かせてああいう結果になったのは、自分の責任である、この上は君をわが社で重用することにする、それが名取君の霊への慰めでもある、もちろんそれは君の有能なことを見込んでの話で、単に名取君への義理立てだけととられては困る。

小村専務が傍から、社長の人間を見る眼は天才的である、人材登用の才能は他の経営者がどう逆立ちしても真似ができない、君はその社長に見込まれたのだから十二分に力倆を発揮してくれ、と感激を強要するように言い添えた。

自分は名取の紹介でこの社に入社し、すぐに総務部付の次長待遇という厚遇を受けていますから、社のために働けという社長の命令であるならば最善を尽すつもりです、もとより才能も力もあるわけではありませんが、努力の点は人にそう負けないつもりでいます、と佐々は言った。

君は貿易会社につとめた経験で、外国人との交渉ごとには慣れているね、と社長は佐々の顔を終始微笑でくるみながらきいた。交渉ごとといってもいろいろありますが、普通の商取引上だと多少の経験はあります、と佐々は答えた。

奥田社長は大きくうなずいた。わが社は損害保険会社として二十数社に上る日本の損害保険会社団体連合会の一員であり、他社とともにロンドンなどの海外市場に再保険に出している。とくに世界最大の保険会社の英国ロイド保険会社とは常から交渉がある。だが、それは保険業務のことで、他の分野での交渉にはわが社の社員は慣れていない。ついては、今度君の力を藉りたいことが起った、ぜひ協力してほしい。社長は丁寧に言った。

どういうことでしょうか、と佐々が問うと、奥田社長は専務のさし出す鞄を自分で開けて一枚の厚手の紙をとり出した。厚手の紙は、新聞の切抜きを貼り付けた台紙であった。

まあ記事を読んでくれ、と社長は言った。最近の日付の工業方面の業界紙だった。記事は短く、小さな扱いであった。

鉄よりも硬度の高いアルミ合金がイギリスで最近開発された模様である。大量生産の見込みもあり、開発したロンドン大学（ユニバーシティ・オブ・ロンドン）工学部と提携した英国鉄鋼金属協会では、目下特許を申請中である。ポリエチレンなど合成樹脂に放射線を当てると変化することは、すでに知られている事実。これをヒントとして、金属が高熱下のどろどろの状態からしだいに温度が下がり固体化してゆくときの分子配列の瞬間をとらえて、放射線を与えることによって、予想を超える金属が生れることは世界各国の科学陣の間でも考えられていた。今回、ロンドン大学の工学部(テクニカル・カレッジ)の科学者が開発したのはやはり右の原理によるものらしいが、実験成果は、その硬度が普通のアルミニウムの五倍、鉄の一・六倍の成績を得た。もし、これが大量生産化されれば、鉄よりも軽くて強いアルミ合金が出現することになり、航空機、船舶、ビル建築、橋梁、車輛、自動車、家庭用品などあらゆる金属製品に大きな革命が起ることになる。しかし、ロンドン大学の工学部でも英国鉄鋼金属協会でも、その開発された技術方法については厳重に沈黙を守っている。——記事にはそうあった。

すばらしい開発ではないか、まさに人類が使う道具の革命だ、と奥田社長は切抜き記事から眼をあげた佐々に感動的に言った。人類は猿のような四つん匍(ば)いから直立したときに前肢が解放されて石の道具を造り、火を作る機能になった。鉄を発見してからは鉄製の鏃(やじり)や刀を造り、やがてそれらの鉄製武器は鉄製日用具となり、今日の鉄筋建築物や造船、橋梁、自動車工業などに発展したが、鉄の重量そのものは、弥生時代や古墳時代から少しも変っていない。いま、鉄よりも軽く、鉄よりも強い金属が出現したらどういうことになるだろうか。鉄筋ビルは内部構造を豊富にすることができる、航空機はもっと多数の乗客を収容できる、船舶はもっと積荷をふやすことが可能だ、橋梁は負担が軽くて強靭となり、自動車は軽快で、衝突しても車体がすぐに潰れたりへこんだりするようなことはない。重鉄鋼産業に代る新しい軽金属時代がやってくるだろう、なにしろ鉄よりも六割硬くて強い、そして軽いやつが出てくるんだからね。さすが産業革命の本場の国だ、蒸気機関の発明につづいてイギリスは途方もない軽金属産業革命をなしとげたものだよ。

奥田社長は昂奮して赤ら顔でしゃべった。それが前段だった。次に佐々への用件にかかった。

わが社としてはこの特許使用権をイギリスから買いたい。鉄鋼・軽金属業界をそれとなく探らせてみたが、まだこの業界紙の記事から思い立って使用権を買おうとする大手の動きは見られない。例によって研究中というところだろう。一つには相手がロンドン大学の科学陣と英国鉄鋼金属協会だということ、一つには特許申請中だからということだろうが、そんなことに遠慮して躊（ためら）っていては機会をのがす。わが社としては、さっそくに先方と交渉したいのだ。ウチは損害保険会社だけど、系列下に邦栄総合開発株式会社というのをもっている。ぼくが代表権のある会長になっているから、この邦栄総合開発が日本での使用権を独占したいのだ。この会社は目下建築工事をやっているが、まんざら鉄鋼や軽金属に縁がないでもない。総合開発という名前も、イギリス側にはぴたりじゃないか。英語では、ゼネラル・デベロップメントというそうだね。日本でこれが特許使用権を独占するといっても、ぼくはこれで金儲けをしようというのではない。大手の一、二社に独占されて利益を壟断（ろうだん）されるよりも、わが社が獲得してその新技術による利益を国民に還元したいのだ。それ以外に私心はない。保険業務を長くやっていると、公共利益第一主義の意識になってくるものだよ。

実はね、ぼくはロンドンのロイド保険会社担当の社員に、その特許権の日本での使用方（かた）を交渉するように内々で命じたのだ。ところが社員ははじめから頭を下げて、その自信がないというのだ。まるきりの畑違いだということと、交渉の手がかりがないというんだね。先方は大学の科学陣で、提携がイギリスの一工業会社ではなく、大手の鉄鋼・軽金属会社のアソシエーションで、それには、政府の強い指導もあるらしい。そういうことで、手も足も出ないから勘弁してくれと両手を突くんだよ。英語ができても駄目なもんだね。しかし、日本の業界が、その特許使用権取得にまだ動いていないのも、そういう困難を前にしてのことかもしれん。

そこでだ、ぼくは君にこの交渉を頼みたいのだ。君を措いてほかには居ないよ。鉄鋼・軽金属業界にもおそらく居ないだろうね。名取君から前に聞いたんだけど、君は現英国大使ととても親しいそうじゃないか。そのへんから交渉の手蔓が得られんもんかね。大使から口添えしてもらえば、ロンドン大学のほうも交渉に応じるのをむげには拒絶できないと思うけどね。ひとつ、このことで働いてもらえんだろうか。日本のためだ。独占企業にこれを金儲けの手段にさせたくないのだ。英国で開発された新技術の利益を日本国民に寄与したいのだ。

小村専務が社長の言葉のあとから、社長があそこまでおっしゃっているのだ、この際君にとっても全力を揮う機会だと思うよ、社長も言われるようにこの話は国家的な仕事だ、男にとって自己を燃焼させ、内在する実力を自らひき出して活動できる機会というのは一生のうち二度あるかないかぐらいだからねえ、とテーブルの上に顔をつき出して言った。

佐々は聞いて言った。ぼくをそうまで買いかぶられているのはお門違いだと思うが、さきほども申し上げたように会社のための努力は惜しみません。個人的な交際しかない英国大使に仕事のことを頼むのは日ごろから自戒していましたが、お言葉によっては自らの禁を破ることにいたしましょう。ついては、いまのお話について社長のお考えを伺いたいのです。ロンドン大学で開発した技術の特許使用権が仮りにわが社に取れたとしても、わが社の系列には鉄鋼業も軽金属工業もありませんが、特許権の使用はどのようになるでしょうか。

その点は心配いらない、ぼくに成算がある、と奥田忠明社長は莞爾として答えた。

その特許使用権がとれたらだな、ぼくは新会社を設立するつもりでいる。工業用地としては北海道の二カ所に二十万坪、信州に八万坪、岡山県北部に十万坪を所有している。これはゴルフ用地としてすでに買収済みで、登記は旭日不動産株式会社の名義でなされている。このうちのどれかに工場を建ててもよい。あるいは全部をゴルフ場から工業用地に転用してもよい。資本の点は邦栄海上火災が過半数出資する。わが社の業績は業界では実質的に一流だ。配当も二割五分を出している。もっと出せるのだが、大蔵省から銀行なみの配当に押えられているのだ。新会社が設立されれば、それに出資や融資を充分にすることができる。また、ぼくの顔で財界の各方面から出資者が集められる。鉄鋼生産だと、現在のように高炉の建設をはじめ重工業的な工場設備が必要だが、アルミニウム金属のような軽金属生産だとそこまでする必要はない。資本金はわが社と財界一部の協力とで充分だ。財界もそういう革命的な金属生産と分れば、向うから出資の申込みが殺到して、こっちで撰択するのに苦労するくらいだろう。また、新会社の設立に当っては、当然に既成の鉄鋼会社や金属会社から猛烈な抵抗を受けるだろうが、ぼくは通産省にも相当な顔利きである。政界方面にも有力なパイプをもっているから、業界からどんな抵抗や反対を受けてもこの設立には充分な成算があるよ。鉄よりも軽くて六割も強い新軽金属の出現の前に、既成の鉄鋼・軽金属業界が降参することは火を見るよりも明らかだ。世の中の進歩という大原則の前には、どんなに抵抗しても川の流れを掌でせき止めようとするようなものだからね。しかし、この計画を具体化するには、何といってもロンドンから特許使用権を取得することが先決だ。その新開発の技術に沿って、工場設備や資本金を決めなければならない。とにかく何とかして早く特許使用権を手に入れてくれないか。これは何度もくり返すように国家的な利益だ。既成の大手一、二社の独占にしないようにする。ぼくは新会社設立に当っては、邦栄海上火災の社長を辞め、そのほうの社長に就任して専念するよ。そうなったら君にも重要な責任ポストに就いてもらわねばならない。あとの受入れ体制のことは心配いらないから、とにかく特許使用権を早急に譲渡してもらってくれ。使用料はいくらでも出すつもりだ。言うまでもないことだが、この交渉はあくまでも秘密のうちに進めてほしい。業界に少しでも洩れたら、えらいことになるからな。企業利益追求に貪欲な彼らのために、どんな妨害をうけるか分らんし、交渉の競争相手が出てくることも必至だ。そうなると、特許権の使用料もせり上がってゆくからな。

そのあと、奥田社長の言葉を小村専務が縷々として敷衍し、猫背をよけいにかがめて佐々を口説き立てた。専務の追従的な話はどうでもよかった。ただ、僅かな業界紙の記事に目をつけて、たちまちこの大仕事を考えついた奥田社長の着想の非凡さに佐々はうなっていた。

6

荘重で、うす暗い英国大使館の応接室で、紋付羽織袴の日本人雇員二人が影のように動いていた。押し黙ったままの彼らは佐々と大使の前に洋酒の銀盆を慇懃に捧げ、オードブルの皿をさし出した。紋付の白い紋章がちらちらと見えかくれし、仙台平の袴がさやさやと鳴った。

外はすぐ前がお濠端の千鳥ヶ淵で、陽光が石垣上の松林にふりそそぎ、白鳥の浮かぶ濠の水面に明るい反射を撒きちらしているというのに、十九世紀ふうの大使館の内部は明治の銅版画のように赤茶けて黝んでいて、ところどころの凹みに緑青がふいている感じであった。その錆の一つとも見えるように、駐日大使の姿はクッションに沈んで凝然としていた。

大使はふとっちょで背が低かった。顔つきはウィンストン・チャーチルにそっくりだった。Sir の称号を持っていた。

紋服の日本人雇員が、壁に大きな日本画の掲った横のドアを音もなく閉めて消えると、大使はグラスの手を持ちかえ、身体を動かした。

そういう技術開発がロンドン大学のテクニカル・カレッジで完成したちゅうことは、あたしは初耳やな。大使は、若いとき神戸領事館に勤務したころにおぼえた関西弁で言った。

大使ちゅうのんは自分の国のことはよう分らんもんでな、ことに、あたしは化学とか工業とか科学のほうは学生のころから苦手で、いまだにその方面の知識がおまへんわ。ロンドン大学と提携して特許権を申請してる英国鉄鋼金属協会ちゅう名前も、あんたから聞くのが初めてや。こらあかんな、この大使はデクノボウやな。大使の値打ちおまへんな。けどな、それというのも、その技術開発の研究が秘密のうちにおこなわれてきたからやろうな。新兵器の開発と同じやろ。そやから、業界が共同防衛のために協会組織をつくったのやろな。あたしらも知らん名前やからな。

けど、新兵器と違うて、人類生活の進歩に役立つような新しいマテリアルが開発されたことはけっこうなことや。こら、ほんまに産業革命でんな。わがグレート・ブリテンもまんざらではおまへんな。

Sir――大使は上機嫌で笑い、佐々のほうにむかって持ったグラスを眼の位置まで挙げた。

よろしし、あたしは工学部のヘンリー・ストレイカー教授と昵懇だから、教授に紹介状を書いてあげましょ。ストレイカー博士は金属学の権威だから、きっとあんたによい助言をしてくれるやろ。教授がその技術開発のスタッフかどうか分らんけどな。けど英国鉄鋼金属協会ちゅうとこのお偉方にも引合せてくれはるやろ。どっちにしても教授に会いなはれ。あんたはいつごろロンドンに発ちはるのんか。さよか。早いのがええのんやったら、すぐにでも教授にあたしから手紙を出しておきまっさ。紹介状も、いま書いて上げまっさ。その特許権の使用を、企業利益でなしに日本国民の利益にするちゅうあんたの趣旨はけっこうだす。

そうやな、と大使は肥った短い頸を傾げた。ツテは多いほどええから、工業次官にも手紙を出しとくわ。次官はわての友人やから、手紙を見てきっとあんたのええようにはからってくれるやろ。ストレイカー教授にも次官からよろししように言うてくれるやろな。そやから、あんたは、まっすぐにテクニカル・カレッジに教授を訪問しなはれ。ほかのところは考えずにな。ストレイカー博士は、頑固な点のある学究肌やけど、根は親切な紳士でな。あたしの尊敬する友人の一人ですわ。

佐々が大使の好意に感謝すると、サー・――はハンマーで叩き潰したような顔をゆっくりと振った。

こんなことで、あんたのお役に立てたらあたしもうれししでな。天国にいやはるあんたのお父はんとの友情も果せるでな。まあ、しっかりやんなはれや。日本国民の利益のためやったら、日英親善の緊密化にもなりますがな。ここらであたしも初めて大使らしい役目になりましたな。あたしの手柄になりますかな。

大使は口をすぼめて関西女のように笑った。暗い室内に窓からの光が射して銅版画の上に一条の金色の輝きが滑りこんだ。その最輝部の集中したものが、大使の書いてくれた紹介状の、これも銅版彫刻の花文字に囲まれた封筒であった。サー・――はイギリスの大使のなかでも最古参で、今年のうちに勇退が予定されている。六十四歳で、引退後は生れ故郷のプリマスに引込み、読書とバラづくりに専念するはずだった。

社長の奥田忠明は社長室隣の会議室にすぐに出てきて、佐々の手を握った。仕事をしたあとの奥田社長の顔はいつも脂（あぶら）が滲み出てどす黒い皮膚になり、眼ばかり光っているのだが、静脈が梢（こずえ）のように浮いたその手は汗ばんでぬるぬるしていた。佐々が大使館に出かけたあとも、大使との会談の結果に奥田は気を揉んで、想像の上から自分もいっしょに苦労した顔だった。

大使の口添えならロンドンの交渉は半分成功したようなものだ、と社長は口笛を吹きそうにうきうきした様子であった。先方の条件は相当きびしいものだろうが、それには難色をその場では示さないで、すべて承知という態度で交渉に当ってくれ。条件はただちに電報で自分宛に打つこと。電報では意が尽きないときは、国際電話を入れてくれ。そのときは自宅がいい。夜中でも早朝でも自分は電話口に出る。

君のロンドン出張の目的を知る者は、社長のぼくと専務の小村しかない。出張理由はヨーロッパの損害保険業界の視察ということにしておく。秘密はどこまでも守ってくれ。言いにくいことだが、奥さんにもほんとうの理由は黙っておいてもらいたいのだ。万一、競争会社が君の海外出張に疑問を持って、家族に様子を聞きに接近するようなことがあれば、たいへんだからな。奥さんを信頼しないというのではなく、接近する相手が巧妙すぎるからだよ。わずかなことから九仞（きゅうじん）の功を一簣（き）に虧（か）いでは取返しのつかないことになる。油断は、蟻の一穴からという戒めもある。

出発は旅券がとれ次第。旅費、滞在費は役員なみの待遇にする。飛行機の座席はファースト・クラス、ロンドンのホテルも一流どころを取りなさい。これは君に贅沢させるというのではなく、そういう教授先生と交渉するからには、ちゃんと体裁を整えねばならんからな。

出張目的は家内にも内緒にせよ、という奥田社長の指示は、それなりに納得できるにしても、それは普通の場合で、奥田忠明にそう言われると佐々は妙な気分になった。名取秘書室長の妻の場合を考えたからである。

志津子は、あの大磯の隠れ家にも居ず、高円寺の自宅にも戻ってなかった。佐々は人事部にそれとなく様子を聞いたのだが、名取の妻はノイローゼがひどくて、どこか地方の保養地の療養所に入っているということだった。人事部ではその所在地も療養所名も言わなかった。外部に教えないというのは、会社がそのように取計らっていることを想像させた。いくら友人の妻であっても、未亡人となった今は、佐々も人事部にそれ以上熱心に訊くわけにはゆかなかった。その躊躇（ちゅうちょ）は、人事部の係の渋りがちな口ぶりでよけいに強められた。

名取の妻は、生前の夫から会社の内情をかなり聞かされていたようである。そのことは佐々が大磯の百姓家で会ったとき彼女の口ぶりや顔色でも知られた。渡された封筒の中身も彼女が読んでいたふしがみえた。会社と社長に志津子は反感を通り越して敵意を持っているように映った。奥田社長もそれは察していると思われる。だから、それに懲り懲りして、奥さんには出張目的を言うな、と自分に口止めしたように佐々には考えられた。

あのように奥田社長や会社に烈しい反撥を持っていた志津子が、よく会社の世話で地方へ療養生活に行くのを承諾したものだと佐々は思った。彼女の行先を人事部にくどく聞けなかったのは、そのへんの事情が不明だからでもあった。煩く質問すれば、それだけでも奥田社長に内報されそうだった。

名取への退職金や慰労金は相当な額で、その点では会社側に遺漏はなかった。むしろ前例のない破格な額であった。これは名取の死亡がタイの出張先だったから、殉職扱いになっているからである。準社葬にしたのもそれだった。告別式での社長の挨拶は、まるきり口先だけでもなかったのである。

ところが、人事部の話では、それらの金の受領者は志津子未亡人ではなく、名取千吉の次弟が、志津子の代理人として受取っているという。佐々は、斎場で奥田葬儀委員長とならんで立っていた、いささか芝居気のあるモーニングの男を思い出した。退職金などを代理人が受取って預かっているというのは、志津子の健康が目下正常でないという理由にあるらしかった。

ところで、業界の競争会社が家族に接近して様子を探る、接近者のほうがよほど巧妙であるという奥田社長の言葉から、佐々は名取の「資料」に入っていたある人間の行動調査報告に思い当らないわけにはゆかなかった。被調査者は「仮名」だと断わって、「花野森男」氏となっている。午前七時から午後十時まで、花野の自宅付近での《行動調査開始》から《本日の調査を打切る》まで、「花野」氏の出勤途上の様子、出勤先での執務ぶり、退出から帰宅までの模様、自宅への訪問客の有無が克明に記載されている。《ホームで電車を待つ間、「花野」氏は暑いとみえてハンカチでしきりと首の汗を拭う》《車内では空席がないため吊革にさがって、黒の洋傘を片腕にかけながら、熱心に経済記事を読む》ことから、何時何分、帰宅途中に駅前の売店で子供の土産に何をいくつ買ったということまで記録されていた。

《昭和××年×月××日（抹消）早朝、花野氏はゴルフ道具を持って臨時仕立てのバスにて××駅より神奈川県××町の「××カントリークラブ」に行き、午後四時ごろまでプレー。花野氏と一緒にプレーした人物については現在内偵調査をすすめている。その接触会社との親疎の内容については近日調査完了の予定である。》

被調査者「花野森男」氏の人物も分らず、またこの調査の「依頼人」がなに人であるか一切判っていない。知れそうなところは名取千吉が上手に墨で抹消しているからだった。

二日経って、奥田社長から佐々に呼出しがあった。英国大使を赤坂の料亭でご馳走したいがどうだろうか、という相談だった。佐々は、英国大使はよほど公的な理由でもない限りそういう席には出ないと言った。とくに一面識もない人が唐突に招待を申し入れても決して応じはしない、政界人や財界人の有力者でも大使招待の実現は困難である、英国大使はそれだけの伝統的な権威と矜持とをもっている、気軽な他国の大使とはそこが違う、それにいまの大使は貴族階級の出身だからことに気ぐらいが高い、もう少し時機を見たがよかろう、ということを述べた。奥田社長は面白くない顔をして聞いていたが、宴席招待のほうはひとまず諦めるが、では、何か贈りものをしてはどうだろうか、親切にも君に紹介状を書いてくれたり、ロンドンに手紙を出してくれたりしたのだからその好意に酬(むく)いるのは当然だろう、また、今度の君のロンドンでの交渉はわが社としても社運を賭(と)すくらいの大事業である、社としてもじっとしてはいられないのだ、大使に贈りものをすればそれだけこっちの誠意が分ってもらえて、交渉に有利なよう側面から一段と尽力してもらえるのではないか、と言った。
贈りものも適当ではないでしょう、と佐々は社長の提言に反対した。当社の誠意は諒解するにしても、いまだ交渉がはじまらない先から贈りものをしたのでは大使に対して暗に一種の圧力を加えるようで逆効果になるでしょう、また大使サー・――の人柄からしてそういう贈りものは性（しょう）に合わないだろうから受けないだろう、これも交渉が成立した暁に、しかるべき謝意の方法を考えればよい、と佐々は言った。

奥田社長は眉間に立て皺を寄せて聞いていたが、ぼくもロイド保険会社の幹部が来日したときなどの交際で、イギリス人の気質は充分に知っているつもりだが、必ずしも君の言う通りでもないよ、それは君の事大主義のような気がする、君はイギリス人の尊大なところを買いかぶっているようだね、英国大使というのはそんなに威張ってて気取り屋なのかね、と皮肉をちらつかせ、不機嫌さを出しかかったが、途中で気がついたようににわかにその表情を引こめ、人の心を捉えるような魅力的な微笑に変った。大使と親しい君のことだから、大使の気性は君がいちばんよく知っているわけだ、なるほどそういう人柄であったか、われわれはこれまで英国人といっても商社の人間ばかりを相手にしてきたので、英国政府の人間がどういう性格なのか知らなかった、そのへんのイキが分らなかったのだ、これからは万事君の意見を尊重するから、今のように思ったことは何でも遠慮なしに言ってくれたまえ、とやさしい声になった。いまここで佐々の機嫌をそこねては損だ、と社長は反省し、逆に持ち上げるような言葉になったのだった。

佐々は、出発前の忙しい中をさいて、学生のころ知合った理科系の男で、いまは大学で助教授になっている友人を訪ねた。佐々としても、業界紙の記事だけの知識でロンドンに渡るのは不安であった。

友人の助教授は記事を読み、もう一度丹念に活字に眼をこらした。

この記事の通り原理には間違いがない、と彼は佐々に言った。合成樹脂に放射線を当てると突然変異的な質的変化が起ることはもうすでに知られている。金属が高熱下の熔解状態から温度が下がって固体化してゆくときに分子の配列がきまって、さまざまな性質をもった金属になる。この瞬間をとらえて放射線を照射することにより、やはり突然変異的に、予想を超える新しい金属が生れることも考えられている。

そこで、アルミニウムにマグネシウムをまぜた合金に、あるパーセントの量のチタンまたはゲルマニウムを混ぜ、高熱下の熔解状態から固体に移行する際に放射線を当て、分子の配列を変えることによって非常に硬度の高い金属が出来る。その硬度は、この記事にもある通り、普通のアルミニウムの五倍、鉄の一・六倍だ。これに照射する放射線は陽子線を用い、一千万エレクトロンボルト以上を必要とする。ここまでは理論として判っているのだ。

ところが、これを実現するための困難な点が三つある。高熱下のどろどろの状態から固体化するときの温度の下げ方、一時間に何度ずつ下げてゆくか、これを温度勾配（こうばい）というが、その温度勾配の計算が問題だ。次は、温度勾配が計算できたとしても、冷え方と放射線を当てるときのタイミングが問題。どの状態のときに放射線を当てるべきか、ということ。第三は、チタンまたはゲルマニウムの量の決定が問題。それぞれの金属の割合がむつかしいのだ。

以上の三点の問題は現在日本も研究中である。あるいは解決しているところもあるかもしれないが、企業の秘密となっている。かりに、これらが日本でも解決されたものとすれば、最後の難関が次にひかえている。それは大量生産のための方法だ。

大量生産のためには特殊装置を開発しなければならない、これが重要な点だ、と助教授は佐々に言った。特殊装置に、シンクロトロンを使うことはすぐ考えつくが、従来のものでは、とても大量生産は不可能だ。実験上では成功しても、大量生産には結びつかない。放射線を一本ずつの線としてではなく、これを面として合金に当てることを考えねばならない。つまり、走査型の特殊シンクロトロンの開発が先決となってくる。この開発があってはじめて大量生産は可能となる。実際にはここがいちばんむつかしくて容易に開発されないとされてきた。開発されても一九八〇年代の後半になるだろうというのが、世界の科学者の一致した予想なのだ。

ところが、この業界紙の報道では、アルミニウム合金で鉄よりも一・六倍強い新物質が開発されたとあるから、まさにイギリスの科学陣は、いま言った走査型の特殊シンクロトロンの開発に成功したとみなければならない。もしそうだとすると、八〇年代後半と予想された開発が七、八年も早く到来したことになり、驚異的な発明である。この点では、イギリスの科学陣はアメリカやソ連のそれに大きく水をあけたことになる。

このニュースはぼくらにとっては初耳だ。しかし、それだからといって信が措けないというわけではない。というのは、こうした技術開発はすべて企業分野に属するので、企業の秘密として学界にも報告されないのが常識だからだ。たいへんなものがイギリスで開発されたものだね。特許を申請中だというが、もちろんこれはすぐにおりるだろう。自国の特許を取ったら、すぐに世界各国に特許を申請するだろうが、その技術開発の内容はしばらく秘密にされるだろうね。

佐々は、その特許をイギリスに貰いに交渉に行くということは助教授に洩らさなかった。助教授はしきりと英国の科学陣の進歩に驚嘆の声を発し、日本の遅れに溜息をついていたが、それを聞くにつけても、これまでの素人考えの安易さが思い知らされた。交渉の前途に困難というよりも絶望感をおぼえずにはいられなかった。

しかし、すでに出発間際であった。今になって交渉成立の見込みのないことを奥田社長に告げるには遅すぎた。社長はおそろしいくらいに意気ごんでいる。とにかくロンドンに発つほかはないのである。交渉してみて、不成功に終った理由と経過を言えば、奥田忠明も納得してくれるだろうと思った。

佐々は、新聞社の石田源吉に電話した。目的は言わずにロンドンに出張すると告げた。あの「資料」の意味は解けたかと訊くと、いま解読中だ、おぼろには分りかけたが、それをはっきりさせるには綿密な調査が必要だ、かなり時間がかかる、君はいつ帰ってくるのか、と石田はぼそぼそ声で訊き返した。

そうだな、早ければ三週間以内、おそければ一ヵ月にも三ヵ月にもなるだろう、と佐々は答えた。滞在の短いのは交渉の絶望を意味し、長びくのは見込みのあることを意味した。いまのところは、そんな茫漠とした予想しかつかなかった。

君が帰ってくるまでには何とか目鼻がついているだろう、と石田源吉は無感動な声を受話器に響かせた。

7

北回りで佐々がロンドンに着いたのは五月の初めであった。空港から市内に入るまでの高架道路の下には桃色をした八重桜のような花が民家の垣根の中に咲いていていた。イギリスの建物の色は、曇り空の具合もあって暗鬱である。

目的地まで行くのに交通渋滞でおそろしく時間がかかった。道路が掘り返されていて一車線のところが多い。予約したホテルはカーゾン・ストリートにあった。アメリカ資本の三十二階のホテルである。近くには〝プレイボーイ〟のような娯楽クラブやキャバレー、バーなどがあった。その晩、佐々はどこにも出ずにホテルでぐっすりと寝た。

翌日午前十一時に彼はタクシーでテクニカル・カレッジに行った。大英博物館と道を隔てて隣合うロンドン大学のさらに北隣りだった。工学部の建物を入ってすぐ右側の、日本でいえば庶務受付口のような窓口でストレイカー教授を訪問した旨を告げ、教授の都合を聞いてくれと頼んだ。駐日大使サー・――からはとっくに教授のもとに手紙が届いているはずだった。

受付の赤毛の女が教授室に電話をかけていたが、受話器を持ちながらメモに走り書きしていた。教授は留守らしかった。

はたして女は佐々のほうに来て、ストレイカー教授は折悪しくオランダでヨーロッパ学術会議があるので昨日からハーグに赴いている、ロンドンに帰ってくるのは五日あとになろう、それまでに教授に電話されるならハーグのこういうホテルだからと、その名前と電話番号のメモをくれた。

佐々はあと五日も待ってはいられなかった。ホテルに戻って、午後五時ごろにハーグのウィッテベルグというホテルに電話した。この時間だと会議も終り、夕食がはじまる前だと思ったからである。交換台に部屋番号を言ったところ、年寄らしい声が出た。ストレイカー教授は在室していた。

教授は佐々の名を聞いて、その電話で言った。駐日大使サー・――からあなたのことで手紙をもらっている、たいへんむつかしいご用件らしいが、とにかくお目にかかるだけはかかろう、自分は五日後にロンドンに帰るが、帰ってから二日間は大学の用事で忙しい、一週間後に自宅に訪ねてほしい、自宅の住所はこれこれだ。

プロフェッサー・ストレイカー、と佐々は電話で押し返して言った。まことに恐縮だけれど、一週間先まで待つというのはわたしにとって苦痛である、会議中のところを申し訳ないが、明日にでもわたしがハーグに飛んでいく、三十分でもよいからわたしの話を聞いていただけないか。一面識もない外国人が気ぐらいの高い英国知識人に強引に頼んだのだから、佐々としても勇気を要した。それというのも性急な奥田社長の顔が絶えず脳裡に坐っていたからだった。教授は電話の向うで当惑の様子だったが、よろしい、明日、分科会が終る午後五時すぎに当ホテルのロビーにおいでください、と承諾してくれた。佐々はサー・――の紹介状の威力がのっけから発揮された思いだった。のみならず、教授はこのホテルは学会のために満室のようだから、あなたに心当りのホテルがなければ、キャステールというホテルをとってあげようと言ってくれ、KASTEEL OUD WASSENAAR と綴りを一つ一つ伝えてくれた。

佐々は、アムステルダムには三年前に来たことがあるが、ハーグは十年ぶりだった。空港から北にまっすぐのハイウェイがついていて、田園や森の間を走っていた。以前に来たときは、小さな運河に沿った旧道で、ゴッホが描いた通りの民家やハネ橋があり、大学町のライデンを通ったりしたものだが、それらは麦畑の向うに消えていた。それでもハーグの町に近くなると見おぼえの風景が現われるようになった。動物園の入口を示す“ZOO”の看板が変ってないので思い出したのだが、ハイウェイはこのへんで旧道といっしょになっているらしい。ここも、民家の垣根に桃か桜に似た杏(あんず)の花が一、二本の樹に咲いていた。ロンドンで見るよりもオランダで見たほうが、やはりゴッホの Bloeiende boom “Souvenir de Mauve” の画になっている。

キャステールは、落葉樹の森の中にロココふうな瀟洒(しょうしゃ)な建物でひっそりと引込んでいた。泉水があり、花壇がある。王女の城といった印象だった。部屋に入って佐々の神経は少し鎮まった。

五時十分前にホテル・ウィッテベルグに着いた。白とクリーム色の高層建築の前には万国旗の列がはためいている。議事堂や国際最高裁判所のある森や並木通りからはずっと北にはずれた静かな住宅街の一角だった。学術会議のせいかロビーは人で混んでいた。その中から白髪で血色のいい、将軍のように肩の張った老紳士が現われ、クッションに坐り眼を配っている日本人の前に近づいた。ヘンリー・ストレイカー教授のほうから直立して手をさし伸べてきた。

スナック、コーヒーショップがいっぱいなのを見て、教授は外に出てお茶でも飲みながら話そうと言った。それが大使の紹介状の手前と、佐々が東京からロンドン、ロンドンからハーグに飛んで来た労に対する犒(ねぎら)いであることはいうまでもなかった。教授には七時からの文部大臣主催の学会出席者招待の晩餐会が待っていた。十分も経たないで、海岸に面した旧い型だが大きなホテルの前に着いた。スナックは、玄関を通り抜けたいちばん奥にあった。窓に砂浜と海とが大きく逼(せま)っていた。夕陽が落ちかけて、北海は朱色を流していた。

ハイボールのグラスを合せたときもストレイカー教授は軍人のように直立の姿勢だったが、顔には柔かい微笑がひろがっていた。教授は、大使とは年来の友人だと言い、佐々に大使夫妻の近況を訊ねた。

予想したように、会談に入ると、その滑り出しは順調でなかった。ストレイカー教授は、佐々の率直な話と依頼を聞いた上、その苦み走った面貌にほほ笑みを絶やさずに意見を言った。

新軽金属の開発について日本の新聞に一部出た情報は、たしかな事実である。しかし、本件はいま厳重な秘密の段階にあるので、内容の具体的な事項は一切申し上げられない。ミスター・ササ、あなたについてはわたしの友人サー・――からもらった手紙、ならびにあなたが持参された彼の紹介状によって信頼する。われわれは軽金属に新技術を開発したが、これの大規模生産化は、英国の一流鉄鋼金属企業体によって組織されたＩＳＡＡ（Iron and Steel and Alloy Association of Britain）が委任されている。あなたの話によると、邦栄海上火災保険株式会社が主体となって新会社を興すというが、損害保険会社と軽金属・鉄鋼とはなんら関係がない。また、邦栄海上火災では、この特許権を日本で使用することによって企業の独占的な利益を排し、これを公共の利益に転化するということであるが、それこそ日本の現在の鉄鋼や軽金属企業の連盟がなすべき任務ではないか。しかし、日本にはイサ（ＩＳＡＡ）のような組織があると聞いていない。あるのはもっと小規模の鉄鋼連盟とか軽金属協会とかいった個々の分野での市場調整機関または親睦団体的なものであろう。

かりに邦栄海上火災保険株式会社が新しく金属会社を興すにしても、それには厖大な資本を要し、さらに新技術の導入にはそれを上回る資金と設備とを要する。それは不可能なことではないか。また、他の大手鉄鋼会社や金属会社と提携するというが、これまで邦栄海上火災の資本が動員できた分野には鉄鋼も金属も関係はなかったのであるから、それは不自然なことである。

現在、ＩＳＡＡとカナダの鉄鋼金属協会との間に話が進んでいるが、カナダの協会はこの特許権の使用自体からなんら金銭的な利益を期待しないノン・プロフィット（無利潤）である。ＩＳＡＡもまたそうである。それではじめてこの新技術が国民の共同の利益になるというものである。カナダとわが国とは伝統的に特殊な関係にあるので、特許設定の申請中ではあるが、世界各国にさきんじて新技術使用の話合いをすすめている。もちろん技術的な内容についてはいささかも洩らされてはいない。

もし、自分に可能な考えを求められるならば、それは邦栄海上火災の資本で新たに規模の小さい金属生産会社をつくり、既存の鉄鋼・金属の連盟に加入することである。そうして日本の生産会社が公益的な意味で新技術の使用権を申し込んでくることである。事実、カナダとの話合いにしても、カナダの協会が各生産会社で構成されているからだ。プロデューサー（生産会社）の連合体とのみ話を進め、個々の会社との交渉には応じない建前は、わたしも理事の一員となっているＩＳＡＡの理事会で決議されている。

ストレイカー教授の落ちついた話を聞いて、佐々はこれは絶望だと思った。

困難の第一は、邦栄海上火災がその資本で金属工業会社をつくっても、既存の企業体でつくられている鉄鋼連盟と軽金属協会とかいったものは、その加盟を認めないであろう。新規の業者の加入を拒否するのは、既存の枠の中で生産を調節する寡占的な性格があるからである。その意味では日本の企業体連合は江戸時代の〝株仲間〟組織から一歩も出ていない。困難の第二は、たとえ邦栄海上火災の資本による新会社の加盟を既存の鉄鋼連盟や軽金属協会のような団体が認めても、特許権の使用による新技術が団体加盟の全部の社に導入されてしまっては、新会社の利益享受はきわめて少ないものになる。なんといっても大手会社にそれが大きいからである。言いかえると、奥田社長が考えるような邦栄系の新会社が特許使用権を独占的に受益する見込みはまったくないことになる。これは奥田社長の性格からいって意味のないことであり、容認できないものだろう。

ストレイカー教授の言葉は、親友の紹介状を携え、かつはイギリス権威筋の助言もあったに違いない遠来の客に対して、言葉は鄭重であったが事実上の拒絶であった。

ホテルの窓から見える海原(うなばら)は朱色が消えて暗瞑の闇の中に融けつつあった。北海に面したこの海岸はスケーブニンゲンといって、夏の保養地でもあり海水浴場でもある。海中につき出た桟橋の端のレストランの白塗りが闇に消え残っていた。昼間ははやばやと砂地に転がって裸身を太陽に当てていた北ヨーロッパの女たちの群もとうに引きあげていた。

沖合には灯をともした漁船が通過していた。北極に近い星空と島影一つない茫漠たる夜の海洋を見ているうちに、佐々の思念はひとつに凝って、そこに一本の藁をもつかむ手がかりを求めた。

手をかけたのは、ストレイカー教授の言葉の中にあるカナダの協会との間にすすめている話合いのことだった。交渉はしているが具体的な技術については厳秘を守って何一つ洩らしていない、と言ったことを。佐々は発言した。

ストレイカー教授、と佐々は眼を挙げて言った。教授は日本の鉄鋼連盟や軽金属協会に公益性を期待されているようだが、それは実現のむずかしいことであろう。それらの団体は結局は日本の鉄鋼・軽金属の生産と販売で利潤を追求する企業の集合体である。新技術を使って国民に利益を還元するような性格の団体ではない。建設、機械、車輛、橋梁、自動車、電気器具、家庭器具、それぞれに大企業がある。これらは鉄鋼や合金を資材として使用する側である。されば彼らこそ鉄よりも軽量で硬度の高い新開発の物質を熱心に求めるだろう。ＩＳＡＡが新開発の技術を与える相手団体は、鉄鋼・軽金属を造る第一次産業だけでなく、こうした資材を消費する第二次産業の企業体の全組織でなければ、技術管理の意味をなさないであろう。残念ながら日本にはそのような総合的な組織体はない。

もう一つ、日本の鉄鋼・軽金属の連合体には受入れ側の性格として大きな問題点がある。それはこの新技術をイギリスが日本に与えるときＩＳＡＡは大きなリスクを覚悟しなければならない。というのは、製品がひとたび市場に出てしまえば、技術の秘密は高度な専門家によって分析される。日本の技術は高水準であるから、情報の片鱗によっても、新製品を先に開発してしまうことがある。これは、日本の新製品からソ連やアメリカや中国などがその技術の追究をおこなって自己で開発の途を開くのと同じである。その場合、ＩＳＡＡの生産品が市場に出るまでどのようにして製法の聖域を守ることができるか。

特許は法的な保護手段ではあるが、同時に公表されるものである。問題は法的保護を受けられない最も重要なノウハウの機密をどうしたら守れるかということである。その場合、日本では一つの企業との契約なら、これを守ることが一社の利益と死活問題に関連するから、必死に対策を考えてやれるが、連盟とか協会とか団体とかいう多数の社の集合体では秘密の厳守は困難である。万一、他に洩れたらどのような優れた新開発の技術も終りである。

既存の連盟や協会は、技術秘密保持の訓練と専門的スタッフを持った経験がないから、これが最も弱点である。といって、それの完全な機関を早急に設置することは、その経験がないから、まったく不可能である。これに反し、技術秘密保持専門の協会があれば、それを義務づけられた加入社にしてはじめて理想的な技術秘密保持が履行されるだろう。

佐々のこの話は、明らかにストレイカー教授の関心を強くひいた。それまでしっかりとすわっていた老将軍のような瞳は、斥候(せっこう)の報告によって気づかなかった敵状を知ったように動揺を見せた。

日本の鉄鋼や金属生産の協会にはそうした技術秘密保持を管理する機関がないのか、と教授はふしぎそうに何度もくりかえした。それはイギリスはもちろん、アメリカにしても西ドイツにしても、またカナダにしても考えられぬことだ、としきりに首をかしげていた。

あなたが言ったその問題はＩＳＡＡの理事会の関心をひくだろう。将来日本に特許使用を認め、この新技術を供与した場合を想定して、あなたの意見は大いに参考になった。自分は次の理事会にこの事を非公式に報告するつもりだ。どうもありがとう。これからもほかに有益な情報があれば、ぜひ自分に伝えてほしい。この学術会議が終ると、わたしは一度ロンドンに帰るが、すぐアメリカ旅行のスケジュールが待っている。次のＩＳＡＡの理事会はわたしのアメリカからの帰国後に開かれる。そういうわけで、あなたともう一度ロンドンで会いたいがそれが不可能なのだ。こういう旅行先に来てもらっただけで会見が終るのはたいそう残念でもあり、申訳ない次第だが、この次はロンドンのわたしの家に訪ねて来てほしい。また、手紙の宛先もここにしてもらいたい。

教授は名刺を出して佐々に渡した。

予定の時間も過ぎていた。教授は腕時計に眼を落し椅子を引いて立上がり、ふたたび軍人のように直立して手を出した。日本に帰られたらわが友サー・――夫妻によろしく伝えてくれと言った。前よりも強い手の握り方であった。

ホテルの玄関にストレイカー教授の車を見送って、佐々はドアマンにタクシーを呼ばせた。キャステールにまっすぐ戻るのは惜しいので、ホテルの裏側に回らせた。窓から眺めた夜の海をもう一度見たかったからである。

海岸に沿って、いまのホテルをはじめ中級ホテルがたちならんでいた。街灯のついた車道の北側が砂地と海だった。砂浜は車道の端にある石垣の下で、太陽に皮膚を灼く客の横たわるキャンバスの寝椅子が、延々とつづく簀の子張りの店のなかにあった。

沖に漁船は見えなかった。星空を中断した暗瞑な水平線からは風が渉って来て鳴っていた。浜辺には波がしらが蒼白く動いていた。

邦栄海上火災の資本運営は損害保険会社の性格からして、鉄鋼にも軽金属にも関係がないではないか、と言った教授の鋭い指摘が佐々の胸につき上げてくる。儲かることなら、どんな商売でも系列会社の名において手を出そうというのが奥田社長の性格であった。だから、邦栄海上火災はその資本で金属会社をつくって既存の企業連盟に加入し、連盟から新技術の分与を受けるといい、というストレイカー教授の考えは正当だとしても、そういう共同受益のかたちは奥田忠明にとって肌に合わないことだった。奥田はあくまでも新技術の日本における独占を狙っているのだ。口にははっきり出さないが、奥田はそれを考えている。その意図を忖度したから、佐々は日本の企業連合体の弱点を述べて、絶望状態から活路を求めた。

教授は動揺してみせたが、こっちの思い通りになるかどうかはまだ未知数であった。わずかに手応えがあったというにすぎなかった。黝(くろ)い海底からひくい咆哮が聞えていた。

8

ストレイカー教授との話合いで佐々の用事はひとまず終った。あとは教授のアメリカ旅行があり、ＩＳＡＡの理事会が開かれるのはその後だった。開かれても、結論が出るまでにはさらに時間がかかる。ロンドンに行って待機していても意味はなかった。

わずか一時間足らずの対話のために、はるばるヨーロッパに来たことになる。表面だけ見ると滑稽だが、もちろん手紙では意志の通じないことだった。人間どうし知り合ったことがどれだけ今後の交渉継続に有利かしれなかった。手紙の上だけだったら、いっぺんに話は拒絶されたろう。とにかく交渉に継続の余地を教授が与えてくれただけでヨーロッパに来た甲斐はあった。ストレイカー教授の人柄に接したことも、佐々は自分でその意義を認めたかった。スケーブニンゲンでの一時間は、無為な一カ月の滞在よりも充実していた、と佐々は思った。

佐々はキャステール・ホテルに帰ってひとりで夕食をとった。東京に電話か電報をすることも考えたが、思いとどまった。奥田社長は結果だけを性急に知りたがっているにちがいない。会談結果は絶望の色彩が強い。その話合いのニュアンスは、電話でも電報でも伝えられなかった。

翌日、タイ国大使館に行って観光ビザをもらう手続きをした。これは日本を出発する前からの計画で、奥田社長には話してなかったことである。席が取れた飛行機は次の日に出る。佐々は、ロッテルダムの港町からユトレヒトの旧い寺院町を回ってゴッホの田園と村落とを見た。晴れた空の下だが、まだうすら寒いのである。重苦しい気分の中での、わずかなひと息であった。

あくる日、タクシーで空港にむかった。ハーグの街を出るとき、ホテル・ウィッテベルグのクリーム色の上部が車窓にちらりとのぞいて過ぎた。ヘンリー・ストレイカー教授はあの窓の中で今日も金属工業関係の学術発表に耳を傾けているに違いなかった。佐々は教授に手を振りたい思いだった。

佐々は、フランクフルト経由でアテネに出て、南回りの機に乗換えた。テヘラン到着が深夜だった。この時刻には発着機が多いとみえて、照明に白い空港は忙しそうだった。バンコックが午前十時だった。タラップから地面を踏んだとたんに熱い空気が洋服を灼いた。

税関を出て、国内機の搭乗口にならんだ。プーケート行きフレンドシップの五十人乗りは、ほとんど満席であった。ヒッピー姿のアメリカ人男女五人のほかはタイ人と華僑だった。機はマレー半島をシャム湾の海岸線沿いに南下した。海の水はそのまま藍の染料になりそうだった。サンゴ礁のまわりだけが絞り模様のようにほの白い輪になって中心の淡紅色を浮かせていた。陸地に密林は見えず、目についてもそれは渦巻文様のゴム林に押しやられていた。オリーブ色のゴム林は、大小の渦巻をくりかえしながら、麓から斜面を匍い上がって山頂へ、山頂から山頂へと連続していた。

見渡す限りのオリーブ色の渦巻がところどころ白く剝げていた。錫（すず）の露天掘り鉱山だった。濁った水溜りが小さな汚点（しみ）のように見える。機は狭（せば）まった地峡を斜めに渡った。インド洋がやって来て、小さな島々をうす青い色で見せはじめた。

旋回につれて、マレー本土から割かれて垂れ下がったような細長い半島が、右に左にあらゆる角度で姿を見せはじめた。半島の先にはふくれた島がとり付いていた。高度を下げきった機は、海面の上からそのプーケート島に直進して行った。佐々は、名取千吉の消えた東側の狭い海峡を覗きつづけた。

プーケート空港には飛行機は一つも見えず、まわりを椰子林で囲んだ中に小さな建物を置いていた。空港の建物は、もし管制塔がなかったら、地方事務所と思われるくらい可愛く、壁や高欄（こうらん）が白いモザイク模様を持っていた。

小さな街を通りぬけて着いたサバイチャイ・ホテルは、半分洋風で半分民族ふうなスタイルだった。色の褪めた青服に金モールのドアマンは四十くらいのタイ人だったが、フロントの事務員（クラーク）は三十くらいの眉のせまった華僑だった。彼は佐々が宿泊名簿に署名する間、パスポートを入念に眺め、ボーイに鍵を渡した。事務員はとっつきの悪い男にみえた。

部屋はまずまずだった。案外に涼しいのはクーラーのせいだけでなく、ここが両側に海岸を持っているからであろう。浴室では、壁に大きなトカゲのようなヤモリがとまっている以外は、それほどきたなくはなかった。壁飾りのようなヤモリを横眼で見ながらシャワーを浴びるのも、東南アジアの宿だった。
佐々は、そのつもりで日本からスーツケースに入れてきた夏シャツとズボンにはきかえ、窓辺の椅子にかけて、名取の痕跡を求める方法を考えた。名取はどの部屋に居たのか、二月二十二日の夜、海岸の散歩に出かけるときの彼の様子はどうだったのか、そうして水死体が上がった海ぎわの現場はどこか、いろいろと訊きたいことがあったが、英語のできるフロントの中国人にいきなりそんなことを話しかけるのは躊（ためら）われた。どうもとっつきにくい男だった。あとは、南島産業の支社を訪ね、村井支社長や中村、植田の支社員に会うこと、土地の警察署を訪問することなどの正攻法しかなかった。

順序としては南島産業の支社を訪ねることだった。邦栄海上火災本社総務部作成の約三十社の系列会社一覧表に、その支社のアドレスが印刷してある。佐々は下におりて、フロントの中国人事務員にそのアドレスの道順を訊いた。

事務員は肩を動かし、その商社はタングステンの採鉱をしていたが、仕事がうまくゆかないので、一ヵ月前に閉鎖し、日本人社員も日本に引揚げて今はだれも居ない、と答えた。一ヵ月前というと、名取千吉が水死して約七十日あとである。

佐々はおどろいた。総務部作成の印刷物はそれ以前のものだから仕方がないにしても、支社閉鎖の事実はここで初めて知ったことだった。仕事がうまくいかなかったという。閉鎖理由はそれなりにうなずける。名取千吉が出張してきたのも経営成績の不振を調査するという名目であった。タイにしてもマレーシアにしても、錫やタングステンの採鉱事業は現地の企業に押えられて日本商社の入りこむ余地はほとんどない。前者はタイの国営的色彩が強く、後者は戦前からひきつづいてイギリス系資本の占有率が高い。貿易会社にいたことのある佐々は、その程度のことは知っていた。

南島産業もこの事情の前には勝てず雄図空しく引揚げたということになるのだろう。だが、それが名取千吉の水死後七十日だったというのは偶然だろうか。名取の死が引揚げの原因に何か影響を与えている気がするのは、臆測に過ぎるだろうか。七十日後というのは、名取が死んであわただしく引揚げたという印象にもならず、ぐずぐずと居残っている危険も避けている。

佐々は小さな町の中心街にある警察署に行った。背の低い、小肥りの警部が出てきて応対した。彼は英語がよくできた。佐々が名刺を出して名取と同じ会社の者であると言うと、警部はうなずいて名取の死について説明した。

ミスター・ナトリの死因は当人の過失による事故死である。この決定は、綿密な遺体の検視と現場検証と捜査の結果にもとづくものである。遺体には、前額部のわずかな裂傷以外に、他より攻撃を受けたと思われる外傷はなかった。前額部の裂傷も海中に落ちたときに岩角に当って受けたものである。

この結論が出るのが少しおくれたのは、二月二十二日の夜、現場の海岸付近に怪しい者はいなかったかという聞込みと、札つきの不良どもの当夜の行動の内偵に手間どったからである。不審な者を見たという目撃者も得られず、不良たちの行動にも訝しいところはなかった。結局、ナトリ氏は当夜ホテルから海岸に出て誤って海中に転落したと推定するほかはない。この結論は内務省の警察部に報告してあるから、日本側に通知されていると思う。警部は早口で、雄弁であった。

名取は当夜は腹の調子が悪く、宮島開発の宮島社長や、村井、中村、植田ら四人が百五十キロはなれたパンガーに遊びに行ったあともホテルに残っていた。それが、告別式での宮島健治の話によると、名取は二十二日午後七時五十分ごろにフロントに部屋の鍵をあずけ、散歩に行くような様子で出たとフロントの事務員は証言したという。宮島らがバンガーに向けてホテルを出発したのは七時二十分ごろというから、それより三十分後に名取が散歩に出たというのは、腹の調子がよくなりかけたにしても、少し早すぎる気がする。ホテルから東海岸までは一キロ半というから、腹具合のよくないときの散歩にしては少々遠いようである。佐々は、名取の慎重な性格を知っている。そのような健康状態の際、彼は無理な散歩はしないはずである。

名取はだれかに呼び出されてサバイチャイ・ホテルを出たのではないか、と佐々はふと思った。呼び出されるにしても、仲間の日本人はみんなバンガーに行っているのだから、ほかに知人はないはずだった。

いや、一人居る。採鉱所の労務主任でタイ人のソムチャーイという男である。支社の調査に来ていた名取は、当然にこの採鉱所の労務主任と知り合っていたはずであった。

佐々はそう気づいたので、警部に、ソムチャーイ君に会いたいので、彼の居る所に連れて行ってもらえないだろうか、と頼んだ。すると警部は顔をしかめて肩をすくめ、ソムチャーイは採鉱所をやめてプーケートから去り、今はどこに居るのか分らない、と言った。ソムチャーイがプーケートを立ち去ったのは採鉱所が閉鎖になってからか、と訊くと、いや、閉鎖される一カ月前だったようだ、と警部は答えた。この話になって、警部は煙たそうな顔だったので、佐々はそれ以上は訊かなかった。

そこで、名取の死体が見つかった海岸の現場に案内してもらえないだろうか、そこに花束でも置きたい、と佐々は申し出た。これには警部も好意を示して、すぐにジープを出させ、英語が少しできる刑事を付けてくれた。

町の花屋を見つけてジープをとめてもらい、佐々は蘭と、ジャスミンの白い花輪をいくつも買った。ジャスミンの小さな花輪はレイのように頸にかけるもので、バンコックなどでは街頭で観光客に売っている。

ジープで十分、東海岸に着いた。蒼い海にはいくつかの島々が点在し、対岸にはマレー本土の山脈がかなりの高さでつづいていた。宮島健治が告別式で表現した松島のような景色ではないにしても、天草の風景には似ていた。

その宮島の説明はこうだった。——対岸のマレー本土の山を遠景に、大小の島々が点在し、月光の景色はさぞ墨絵のような美しさであったろうと思われます。異境の月夜の海浜に立って、郷愁にひたるのはだれしもありがちなことで、名取秘書室長もたぶんそのようなお気持で、海浜をそぞろ歩きされたことでございましょう。そうして、なるべく波打際に近いところに寄って行くのは人情でありますす。ところがこの海岸は砂浜が少なく、ほとんど岩場から成っております。秘書室長は月光の海に見惚れておられる間に、足もとの岩に靴がすべって身体がよろけ重心を失い、そのまま海中に転落されたのではないでしょうか。そのときが腕時計の針のとまった八時三十二分であったと思われます。これはさきほど申しました現地警察の死亡推定時間とも合致しております……。

たしかに佐々がいま現場に立ってもその通りであった。岩場はほとんど台状をなし、その突端は海面との差五メートルくらいの断崖状になっている。佐々は刑事が教えてくれた岩場の突端に立って、眼下にさざなみの寄せる真青な海にむかって蘭とジャスミンの花輪を投げた。白いジャスミンは弔花にふさわしい。花は藍色の上に散ってひろがった。

名取千吉よ。おれは君の死んだ場所に来ているぞ。静かに眠ってくれと言いたいが、どうして死んだのかその原因を聞かせてくれ。君は、ここに出張してくるとき、死を予期していたのではないか。その漠然とした不吉な予感があったために、あの「資料」をおれに遺したのではないのか。おれは志津子さんにも遇(あ)った。志津子さんは準社葬にも出席しなかった。彼女は会社がしつらえてくれた葬式に出るのをいさぎよしとしないようだった。志津子さんは君が「会社」に殺されたと口走っていた。君は奥さんには会社の内情をどの程度かしらないが話していたようだ。真相はどうなのだ。教えてくれ。君は死の出張前に、おれのことを心配してあの「資料」をくれた。おれは奥田社長の命令でヨーロッパに行った。この先どういうことになるか分らないが、あのときの君の懸念のように、あるいは奥田社長と対決するようなことがあるかもしれない。名取千吉よ。死の事実を海の下から語りかけてくれ。

花は断崖下に打ち寄せられたのもあり、沖合に漂って行ったのもあった。が、名取の声は海面の下に閉ざされていた。佐々の指にはジャスミンの匂いだけが残された。汐風がそれを持って行きそうだった。

佐々はこうして岩鼻に立っている間、ひとつ気づいたことがあった。下の波は静かだった。しかもこの岩の断崖と海面とは五メートルくらいの落差である。波打際の飛沫(しぶき)が上まであがってこないことは、岩場が乾ききっていて、日ごろ波をかぶっている痕跡の見えないのでも分った。試みに断崖下をのぞくと、満潮を示す岩の変色の線は、いまの水面から三十センチと上がっていなかった。

波打際の岩礁は波の飛沫などで濡れておりますから、靴がまことに滑りやすうございます、と宮島開発の宮島社長は斎場での報告挨拶で述べていた。いったい、この高い岩場の上まで飛沫があがってくるものだろうか。岩場の断崖のことは宮島の報告にはなかった。実際に来て見なければわからぬものである。

佐々は、同行の刑事に質問した。あまり英語の上手でないタイ人の刑事も、この湾内の海はいつも凪いでいて静かなこと、どのような暴風が吹いても海はそう荒れることもなく、まして波の飛沫がこの岩の上にきて濡らすような現象は絶対にないことなどを確言した。

そうすると、どういうことになるのだろうか。佐々はふり返って周辺を見回した。いま気づいたのだが、この海岸には外灯の設備が一つもなかった。人家は遠いところにある。その窓の灯はとうていここまでは届くまい。明るい街灯がならんで立っているオランダのスケーブニンゲンの海浜散策地とは違うのである。夜は真暗であろう。

当夜はよく晴れておりまして、満月と下弦の間ぐらいな月で、たいそうきれいな晩でした。名取秘書室長は月光の海に見惚れておられる間に——と宮島健治は告別式で報告した。月の晩だと、その明りでこの岩場が危険なく歩けるのだろうか。

二月二十二日の晩、つまり友人がこの海に転落した夜は、月があたりを照らして、岩場もその月光で足もとがよく見えたのだろうか、という意味を佐々は刑事に分りやすい言い方で訊いた。

刑事はちょっと考えていたが、眼を大きく開いて、"It was cloudy night, no moonlight."と言った。あの晩は曇りで、月光はなかった、と聞いて佐々は、それはほんとうか、と思わず強く聞き返した。

間違いない（シュアー）、と刑事も強い声で応じた。あの晩自分は夜勤だったのでよく憶えている、と言った。

これはどういうことになるのか。波の飛沫は岩場に上がることは決してない。濡れることもないから、そのために靴がすべるというわけはない。月光はなかった！

しかし、死者の友人はこう語っているが、との刑事や本署の警部に話しても仕方のないことだった。佐々は黙って刑事といっしょにジープのほうに歩いた。

佐々は二十ドル紙幣と十ドル紙幣とを重ねて刑事の手に握らせた。刑事は自分の掌の中を開いて見てにっこりした。

ソムチャーイはどうしているかね、と佐々はその刑事にいきなりきいた。ソムチャーイ？　ほら、日本人経営のタングステンの採鉱所で労務主任（チーフ）をしていた男だよ。あ、あの男はこのプーケート島には居ないよ、どこかに行ってしまったね。刑事はそう答えて佐々の横顔をぬすみ見るようにした。

彼の居場所は分らないか、と佐々は立ちどまって刑事にきいた。三十ドルの心づけはそれなりの威力をみせた。

これは噂だが、と刑事は言った。ソムチャーイはマレーシアのタイピンに居るらしい、タイピンというのはマレーシア西海岸の北部でね、あのへんは錫の鉱山が多い。奴は錫とかタングステンとかの採掘が上手でね。

彼について何か変ったことを聞いてないかね、刑事さん、と佐々は雑談ふうに煙草をとり出した。刑事は火をつけ、わきをむいて煙を吐き、さあ、なんでも日本人から退職金をびっくりするほどもらったらしいね、だいぶん景気がよかったという話だ、それからすぐにこのプーケート島から消えて行ったんだけどな、と刑事はわき見をして言った。

彼は日本人の経営者からどれくらいもらったのだろうか、それは退職金として適当な額だっただろうか、と佐々は世間話のように問いを重ねた。さあ、どれだけもらったか分らんが、しこたま金を握ったことはたしからしい、なにしろ奴はほうぼうの借金を払ってもまだ景気がよかったというんだから、あんなに退職金をもらったやつもないだろう、と刑事はやはり気のない答え方をした。が、すぐにあわてたように、こんなことを警部に言ってもらっては困るよ、警部はこの話が嫌いでね、と佐々に口止めした。これだけは真剣な言い方だった。

言やしないがね、しかし、二月二十二日の晩にはソムチャーイはこのプーケートにいたことはたしかだ、彼にはアリバイがあったのかね？　いや、これはナトリ氏が他殺だという線を仮定して言うことだがね、と佐々は刑事に問うた。

ソムチャーイには当夜のアリバイはあったということだね、と刑事は答えた。なんでも奴は女のところに泊まっていたという話だが、この事情聴取は自分の担当じゃなかった、ほかの刑事が当人について当って聞いたことだと警部が言っていたよ。これ以上のことは知らんね。ミスター・ナトリの水死の件は警察署内でもタブーになっている。だれも触らんことにしてるよ。あんたもそのつもりでいてくれ。

ありがとう、と佐々は小柄な刑事に礼をいった。ほんとにありがとう。

ホテルの前でジープから降ろしてもらった。フロントでキイをうけとるとき、佐々はとっつきの悪い中国人事務員にオランダの葉巻を一本さし出した。事務員はおどろいたようだったが、簡単に指の間にはさんだ。それにライターの火を当ててやりながら、今年の二月二十二日の晩に、ここに泊まっていた日本人が海岸で死んだのを知っているか、と微笑を浮かべて訊いてみた。そのことは聞いている、と事務員は警戒の色を眼に出して答えた。

その日本人は七時五十分ごろにこのホテルから外出したのだが、それは自分から散歩を思い立って出たのか、それとも人が訪ねて来たり、外から電話があって出て行ったのか、と佐々はつづけて質問した。

存じませんね、と事務員はもらった葉巻をふかして返事をした。その晩はわたしの宿直ではありませんでしたからね。宿直は別な男です。その男ですか。二カ月半前にここをやめましたよ。シンガポールのどこかのホテルのクラークをしているという噂ですが、はっきりとしたことは分りません。

そいつもどこかから金をもらったのでここをやめたのか、と佐々は追及しようとしたが、無駄と知って止めた。キイをぶらさげて階段を昇った。

シャワーを思い切り出して皮膚を叩かせながら、ここに寄り道しただけのことはあった、と佐々は水の入る眼を閉じた。

9

邦栄海上火災社長室隣の小会議室で、奥田社長は、佐々の報告を聞き、最初彼を迎えたときの愛想のよい表情とは変って、きわめて不満げな、不機嫌な顔になった。

われわれが軽金属の新会社を興して、既成の軽金属協会に加入するということはとうてい我慢できない、と社長は激しい口調で言った。第一に軽金属協会はその排他主義からわれわれの小さな新しい金属会社の加盟を認めないだろう。第二に、新開発のイギリスの技術を大小の金属企業の集合体である協会が取っても、その技術的な利益は大手の会社が多く受けるだけで実際は不公平になる、というのである。

この言葉は第一よりも第二の理由が主要であり、そのまま聞くともっともらしいが、その裏には奥田忠明の野心的な利己主義がひろがっていた。佐々が思った通り、奥田は特許使用権をひとりで取得したいのである。奥田にあっては、軽金属会社の設立はその獲得の資格をつくるための手段にすぎなかった。

新しくつくる金属会社にはとうていその資格はない、と佐々は社長に断言した。ＩＳＡＡは、日本の市場占有率の大きな既成の大手企業にむしろ新技術を与えたいだろう。それも一、二の企業でなく、それらが連合した協会はさらにシェアが多大であるから、市場占有率からみても公益性からみても既存の協会に与えたいにちがいない。その点で新会社設立はまったく意味がない、と述べた。妙に気を持たすことなく、言いたいことはこの際言っておいたほうがいいと思った。

社長の不機嫌は、企図が絶望的なところからきている。佐々の報告に合理性を認めざるを得ないだけに、彼は黙りがちになり、指先で卓を小刻みに敲（たた）いていた。苛立っているときの彼の癖だった。佐々も口を閉じた。二人だけにしては広すぎるこの役員会議室に沈黙がつづいた。

なんとか活路はないのかね、と社長はやがて顔色を解いて言った。機嫌を悪くしているだけでは損だと気がついたのであろう。いまは佐々以外に先方と交渉させる人間はいなかった。佐々を上手に使わねば、自分にも益がなかった。感情の対立の前に奥田は自分から降りたのである。人使いの巧妙では聞えた経営者で、無理を見せない微笑をにわかに顔につくり出した。

佐々は、それまで口にしなかったことをはじめてここで言葉にした。ストレイカー教授は日本の企業団体に公益性を認めて将来の特許使用許可をほのめかしていたが、日本の企業団体に技術秘密の保持を期待することはできない、秘密保持の管理機関さえおかれていない、この点がイギリス、西ドイツ、アメリカ、カナダなどと違うところだ、といったところ教授は初めて知ったようにおどろいていた、その問題は次に開かれるＩＳＡＡの理事会でも関心を呼ぶだろうと言っていた。もし、打開の方法があるとすれば、この点に着目して何か工夫を考えることだろう、と意見を言った。佐々は、奥田社長が暴君的な不興で終始するなら、この「気を持たせるような」切り札は出さないつもりだった。が、相手が折れてきたとなると、それに対応する意識にもなったし、その用意もあった。奥田社長の絶望からくる不機嫌を見ていると同情も湧いた。奥田の過大な期待に、音を立てて戸を閉めるわけにもゆかなかった。

そうか、先方はそう言ったのかね、と奥田社長は呟いたが、その眼には微かだが活気のある光が滲み出ていた。

そうすると、技術秘密管理の充分な新組織をつくれば脈があるわけだな、と奥田は接待煙草を卓上から一本ゆっくりつまんで、ひとり言のようにいった。だが、それだけではありません、その組織に公益性があることです、つまり公益的なその組織は、特許権そのものからは何ら利益を期待しないものであり、独占的であってはならないことです、これが必須の条件です、と佐々は言った。独占であってはならないことを強調したつもりだった。

奥田は煙をふかしてじっと考えていた。煙草を喫うだけの気持の余裕が出てきたのである。眼を半眼に閉じ、顎の下を支えるように親指を当てて思念を凝らしていた。彼の思索の前には佐々の姿も消えているようだった。これまで自己の海上火災保険にいくつかの新システムをつくってきたアイデアマンの奥田忠明が、その脳髄をいっぱいに活動させているのだった。

わかった、と奥田社長は眼を細めていった。わかった、君の言う趣旨でよく考えてみる、君も研究してみてくれ、いい考えが浮かんだらいつでもぼくに教えてくれ、とにっこりしていった。いつもの魅力的な笑顔である。彼とてもいま急には妙案が浮かばないようであった。ご苦労でした、遠いところをたいへんだったね、今日は早く家に帰ってお休み、と社長はねぎらった。

佐々は英国大使館に電話した。名前を言うと、いつもの秘書嬢の声が出て、大使夫妻は昨日から関西地方に旅行していて一週間は戻らないということだった。佐々は、とりあえずストレイカー教授に面会した模様の報告と礼状とを書いた。

佐々は、総務部の資料から最近の関連会社の人名表を何気なくとり出させて見た。南島産業のタイ国プーケート支社とタングステン採鉱所は一ヵ月前に閉鎖の辞令が出ていた。同所の村井支社長は沖縄開発室主査となって那覇に転勤となっていた。中村も植田も沖縄に配置転換だった。彼らは自由に逢えない所に行っていた。

名取千吉がプーケート島の東海岸で水死した晩、村井、中村、植田の三人はパンガーに行っていてアリバイがあった。それにはもう一人居た。宮島産業の社長宮島健治である。宮島はバンコックでプーケートにいる名取から誘いの電報をもらって同地に飛んだということだが、それは彼の主張であって客観的な証明はない。着いた二月二十一日の晩にサバイチャイ・ホテルに一泊して、問題の翌二十二日は夕方七時ごろから「気分を変えるために」パンガーに村井らとともに行き、チョクディ・ホテルに泊まった。これは事実であろう。チョクディ・ホテルの従業員に聞いても間違いのないことを証言するにちがいない。しかし、名取千吉がはたして「腹具合が悪いために」サバイチャイ・ホテルに居残ったかどうか、その理由も宮島健治の説明だけであった。

水死体が過失か自・他殺か、その原因をつきとめることは検視でも解剖でも困難であるとは、宮島健治が告別式の挨拶報告でみずから説明したところであった。名取の死体はズボンの前のファスナーが閉められてあった。だから海ぎわに立って用を足すときによろめいて転落したのではない。しかし、岩場の先端に立って月光の海に見惚れている間に靴がすべって身体の重心を失って落ちたらしい、岩は飛沫で濡れていた、と説明した。名取ほどの慎重な男が、足もとがゆらぐらいで海に落ちるような、しかも五メートルもある危険な断崖の先端に立つはずはない。外灯もなかった。月光もなかった。土地不案内な名取が暗夜にどうしてそんなところに散歩に行こうか。現地を見なければ分らないことだった。名取は、知った人間におびき出されて断崖上でうしろから突きとばされたのである。眉間に裂傷があったから、その前に攻撃をうけたかもしれない。海中の岩で打った疵という推定には疑問が多い。

名取の死体には財布とともに手帳が失われていた。財布はともかく、手帳の紛失は重要な意味を持つ。波にさらわれたという推測を否定すれば、だれかが名取を海に入れる前に手帳を奪ったと考えてよい。手帳は、社長秘書として外部に知られるのが好ましくないメモでいっぱいだったであろう。この推定には、死体の額に残った五センチの裂傷の意味が生きてくる。この攻撃で名取の抵抗を封じ、手帳も財布も取り上げられるからである。そのあと海に突きとばせば、海水は過失死の場合と同じく彼の肺や胃を満たしてくれる。

英語のできる労務主任のソムチャーィは名取に対してホテルに居残るように彼にこう言ったろう。今夜はみんなパンガーに行くらしいが、だんな、これはチャンスだよ、タングステンの採鉱所がどうして金ばかり食って実績が上がらないのか、その本当の理由を教えてあげますさあ。村井や中村や植田が居る前では話せません。というのは、彼らのやり方が臭いのでね。はっきりいってとんでもねえ誤魔化しをやっている、あの人たちはまやかし者でさあね。東京から調べにおいでになっただんなには洗いざらいぶちまけましょう。連中が出発したら、あっしがサバイチャイ・ホテルの玄関まで迎えに行きますから、いっしょに外に出やしょう。ホテルの中だと、だれに話を盗み聞きされんとも限らねえ。あっしがだんなに告げ口したと分ったら、あとで、ひどい目に遇いますからね。

採鉱所の成績不振の調査に来た名取が、もし労務主任からこういう誘いを受けたら、ただちに応諾したろう。村井らの裏を知っているらしい労務主任の義憤に感謝し、何の警戒心も抱かずに彼と肩をならべて、一キロ半の道を夜の海岸に「散歩」に出かけたにちがいない。

ソムチャーィは事件後「しこたま金が入って」マレーシアに消えた。当夜、名取の行動に何かを見たサバイチャイ・ホテルのフロントの事務員は、これも事件のあと「相当な金を握って」シンガポールに移った。両人ともプーケート島から逃げたといっていい。プーケート署の小柄な刑事の内緒話は、明快な話をするあの警部よりも信用が置けた。警察署では日本人の水死の一件を話すのは禁忌となっている。だれがその圧力を加えているのか。そこにも金が動いているからであろう。

　名取千吉は邦栄海上火災保険会社の内情をあまりに知りすぎていた。会社というよりも社長奥田忠明の秘密である。が、それだけでは名取の非業(ひごう)な死にはならなかったであろう。奥田社長が、名取に口封じのために充分な手当てをすれば済むことだからである。

　ここで、タイ国出張前に会ったときの名取の不満げな言葉が思い出されるのである。今度の出張から帰ったときの新しいポストについてだった。名取ははっきりとは言わなかったが、志津子はそれは資材部長だと言っていた。彼女はそれに非常な忿懣(ふんまん)を洩らしていた。長い間社長秘書として髪が白くなるほど苦労したのに、その待遇は人を莫迦にしているという意味のことを言った。

　名取は志津子には日ごろから何でも打ち明けていたらしい。秘書としての名取の苦労というのは、奥田社長を補佐して社の困難を切りぬけてきた意味であろう。有能な秘書は、社長の連絡係や覚書係だけではない。困難時の協力者である。社長は告別式で、名取を自分の弟のようだったと言っていたが、あれは儀礼的な表現としても、実際の意味でそうだったのであろう。ことにとかく問題が多いとされている邦栄海上火災だし、それは社長の独裁によってきている。これまで会社の危機を乗りこえるについて奥田社長がどんなことをしてきたか、また名取自身がそれにどんな協力ぶりをみせてきたか、だれもが知り得ない秘密の奥である。その危機の克服には、法にふれるようなこともあったにちがいない。社長のアイデアマン的要素と、その強引な性格面とが合体すれば、さぞかし陰湿な権謀術数が過去におこなわれたであろう。

名取の協力者としての功績からすれば、彼はもっと大きな報酬を奥田社長に期待していたにちがいない。資材部長の椅子に名取が不満をもっていたというのは、それが「不満」という消極的なものにとどまらず、すすんで「正当な」報酬を彼は社長に要求していたのではあるまいか。それが当人にとってあまりに不当と思われた場合、このように受け身から積極に移ることはたいそうあり得ることである。

この積極的な要求を奥田社長が「攻撃」的なそれと見なして、一種の「脅迫」と感じたであろうことは、それほど無理なく推測できる。奥田忠明社長は、あまりに秘書の名取に自己の秘密を公私ともども握られすぎた。奥田が社長として独裁的であるだけに、公私の境界は曖昧であろう。

奥田社長は名取千吉に危険を感じた。そこでひとまず「営業面の責任部署」を漠然と口約束しておいて当面の危機を回避し、プーケートに出すことにしたのであろう。名取は長いあいだ社長秘書だっただけに、さすがに奥田の心底を知っていた。しかし、まさか奥田の手で消されるとは思わなかったろう。そう気づいていたらプーケート出張を断わったはずだからである。が、奥田が決してその口約束を実行するとは、思えなかったにちがいない。いよいよ実行しないと分ったときは、彼は奥田と手を切る覚悟だったろう。それが彼の言う「社長と対立」の意味であったと思われる。「いつか君も社長と対立するときがくるかもしれない」といった名取の注意は、まさに彼自身がそのとき踏みつつあった立場だったのだ。

不覚にも名取千吉はプーケート島に発って行った。バンコックまでは系列会社の社長宮島健治といっしょにである。しかし、さすがにこの出張には心に重いものがあった。名取千吉が、邦栄海上火災と奥田社長の実際の体質を推定してほしいと例の「資料」を佐々に遺したのは、まさか死をはっきりと予知してのことではなかったにしろ、説明のつかない不安な予感に襲われていたからである。

《名取は会社に殺されたのです》と眼をつり上げて叫んだ志津子の声が、また佐々の耳底に聞えた。社長に、と言いたかったのだろう。

10

だいぶん推定がすすんだ、と新聞社のせま苦しい応接室で、石田源吉は佐々に言った。名取の「資料」コピーを卓の上にならべ、説明の必要に応じて、煙草の脂（やに）で茶色の左の指先を動かしてそれをあちこちと移した。

まず、資料の①の小火（ぼや）の一件だがね。昭和三十五年四月二十七日午後十一時ごろ、品川区大崎の「東海マンション」七号室が当時邦栄海上火災保険の損害査定課長をしていた曽我節太郎の煙草の不始末で燃えた。カーテンと畳と天井の一部を焦がした。当人が所轄署に出した始末書と新聞記事が付いている。調べたが、小火のことはもちろん事実だった。その調査のなかで新しい事実も分った。曽我節太郎は、煙草は喫わないんだよ。昔からそうだ。今でもね。

だが、消防署の調べでも煙草の不始末が原因だったことは間違いない。放火でもない。答えは簡単だ。その七号室には曽我節太郎以外に、煙草喫（の）みの、もう一人の人物がいたのだ。その男の煙草の不始末を曽我がかぶったのさ。

三十五年というと、マンションと称する豪華な各室分譲式の建物が出はじめたころだ。七号室を買った浜崎芳雄という人は、三十七年に病死したけれど、奥田邦栄海上火災社長の秘書だった。秘書の給料でマンションが買えるはずはない。それに浜崎という人には自分の家があったから高いマンションを買う必要もない。思うに、奥田社長の指示で自分名義で七号室を買ったのだろうね。そこに曽我節太郎が出入りしていた。近くに居住していた人の話だと、曽我は夕方にやってきては十時ごろまでいたようだが、部屋の中からは電気計算機がガチャガチャと鳴るのが聞えていたという。あの音はうるさいからな。つまり、その部屋で曽我節太郎は夜間作業をしていたらしいのだ。むろん会社の仕事だろう。なぜ彼は残業を会社や自宅でやらずに、社長秘書の名義で買われたマンションの一室でおこなっていたのか。すなわちその残業が秘密な作業だったからだろう。当時の曽我節太郎は奥田社長の腹心であり股肱の臣だったらしいが、そのことと夜間作業の性質とを結んでみる必要がある。やはりそのころ近くの部屋に住んでいた人の記憶によると、七号室には上背のある、五十年配の紳士がときどき夜間にこっそり出入りしていたという。べつに若い女がそこに居たわけではない。曽我節太郎の夜間作業がどう進行しているかを見たり、方向を指示していたにちがいない。その人が煙草好きだったんだろう。

佐々は、奥田社長の煙が眼の前に濛々(もうもう)とたちこめるのを見た。技術秘密保持の充分な管理機関の新組織をつくれば脈があるわけだな、と呟き、煙草を一本つまんで煙を吐きながら顎の下に親指を当て、じっと思案にふけっていた、その顔である。

推測だが、と石田源吉は言った。そのマンションでの夜間作業というのは、脱税のための裏帳簿の作成だったろうね。これは社長がその腹心の部下を使ってよくやる術だ。「始末書」によると、曽我節太郎は二十七日の午後七時半ごろ友人の浜崎芳雄を訪問し、八時四十分ごろまで同人と雑談、浜崎が外出したのでその留守に喫煙しながら読書したが、浜崎が戻ってこないので十時四十分ごろに部屋を出て帰宅した、とあるが、これはつくりごとだろう。十時四十分ごろに曽我が部屋を出たのは背の高い五十男と一緒だったにちがいない。そのとき相手が部屋に残した煙草の火からボヤになったのだ。始末書は、警察や消防署への申立ても同じだったろうが、曽我は社長を庇い、裏帳簿作業のことを隠している。

曽我がその直後に、系列会社の代理店「邦栄保険」の社長に抜擢されたのは、裏帳簿作成の功績があったからだろう。そのマンションの七号室はすぐに他者に転売されてるよ。「邦栄保険」というのは、邦栄海上火災の代理店ではいちばん大きいそうじゃないか。

曽我節太郎が奥田社長の腹心だったことは、すでに損害査定課長時代から、大蔵省銀行局保険第二課の課長補佐大橋良三に接近させて供応・贈賄をやらせていたことでも分るね。大橋課長補佐もご多分に洩れず、課内では課長よりも実力者だ。この課は火災保険会社を行政指導する立場から、とかく火災保険会社とは癒着している。曽我の対大橋工作はまことにうまくいっていたようだ。

ところが資料②にあるように、代理店社長となった曽我の対大橋工作は、銀行局査察部の「S氏」の動きを大橋にキャッチさせるにあった。銀行局査察部はもっぱら法人税脱税の疑いのある会社を摘発するところだ。「W氏」はその部長であり、「S氏」はその課長だ。「W・Sのコンビ」は強硬路線だったらしいね。そのW・Sラインがどうやら邦栄海上火災に視線をむけたらしい。「S氏」がさかんに大橋保険第二課長補佐から邦栄海上火災の事情を聞いていたのはその現われだ。「S氏」は、大橋が邦栄海上火災と癒着していたとはそのとき知っていなかったのだ。この「S氏」の動きはたちまち警報となって大橋から曽我に通知され、曽我は奥田社長に注進に及んだのだろうね。

こう考えてくると、②の資料にある大橋工作の活発になってゆく理由が容易に解ける。曽我は、邦栄海上火災の内情の一部を大橋に与え、大橋はこれを邦栄の情報としてS氏に提供し、それでS氏を信用させ、S氏の邦栄に対する摘発方針を窺い知ろうとしたのだね。その様子がこの資料に躍如として出ている。曽我はその大橋を激励し、歓心を買うためにバーや料亭で供応し、そこで「S氏」の動きについての情報を聴取し、さらに金品を贈っている。大橋課長補佐もいい気なもので、それを平気で受けるのみか、自分が勝手に利用する高級バーなどのツケを邦栄にまわさせている。近ごろ明るみに出ている他省の課長補佐の例と同じさ。

石田は、「資料」を指先でいじり、煙草をふかしながらつづけた。

ところが「S氏」も大橋課長補佐の言動から、これはおかしいと気づいたらしいね。以後は大橋を警戒している。この「S氏」は剛直な性格だけに、清廉潔白な人だったようだ。いわば、正義漢のタイプ。邦栄海上火災の大脱税の手がかりをつかんだ。いよいよ本社の立入査察をするという方針をかためた。もちろん上司の「W氏」のバックアップがあってのことだ。青くなったのは大橋課長補佐だ。このところ「S氏」に疎遠にされていたから、銀行局査察部がここまで来ていたのが察知できなかったのだ。

《邦栄海上火災保険会社に対する本社立入査察はあと一週間以内におこなわれる公算が大になった、S課長みずからが指揮を取る模様だ。W部長・S課長の強靭なコンビだし、S課長の性格からいって徹底的にやるらしい。大橋氏は語尾を震わせてそう語り、どうしたらよいか、と自分（曽我）に逆に相談する始末であった。大橋氏は自分（曽我）から多額の金品を受領しながら、S課長の動きがかく風雲急を告げるまで正確な中間情報が得られず、その間、邦栄海上火災側の対策が遅れたことに対して責任を感じているようであった。》

という曽我報告書は、大橋課長補佐の狼狽ぶりを手にとるように見せているね。

石田源吉は別な、もみくちゃの煙草を出してつづける。

問題はその次だ。君も察したように、邦栄海上火災の銀行局査察部による本社立入査察はもとより、同社の脱税摘発はおこなわれなかった。いまでも、その方面の公式発言によると、邦栄海上火災には脱税容疑はなかったと言っている。不可解な話だね。S課長の陣頭指揮で本社の立入査察まで実行しようとしたのに、なぜ中止になったのか。中止だけではなく、脱税容疑そのものが、どうして雲散霧消したのか。税務署ではない。また国税局でもない。名にし負う大蔵省銀行局査察部がだよ。

この謎解きは、どうやら奥田社長が小村専務の名でやらせた曽我節太郎の背任横領の告訴にあるらしい。名取氏は慎重に日づけを抹消しているのではっきりしないが、多分、警視庁捜査二課へのこの告訴は、銀行局査察部の邦栄本社に対する査察が中止になった直後であろうと思う。告訴によると、大橋課長補佐に供応や贈賄をするため曽我節太郎が代理店「邦栄保険」の帳簿に大きな穴をあけたというんだが、これはあきらかに言いがかりだ。曽我の贈賄・供応はすべて親会社の社長奥田忠明の指示によってなされたもの。奥田は、自分は「邦栄保険」の株の大半を持っているが、自分の会社の金をその社の者に横領させる指示を出すようなバカはどこにもいない、と主張して曽我の言い分を否定しているが、まことに巧妙な言い逃れだな。悪いことに、曽我の側は奥田の指示でやったという立証ができない。奥田も証拠を残さないようにすべて口頭で曽我に命じたのだろう。曽我節太郎は大橋課長補佐とともに起訴され、彼は二審の懲役二年・執行猶予三年の判決に服している。問題は曽我を告訴する直前の時点にあった。ぼくの推測では、奥田社長は立入査察に乗りこもうとする銀行局査察部のW部長にこういったと思うね。本社への立入査察はどうぞご自由におやり下さい。強権をもってなさるのだからいたし方がない。当方も査察にはご協力いたしましょう。しかしながら、S課長が当社の情報をとられていたのは、銀行局保険第二課長補佐の大橋良三氏からである。大橋氏は当社の系列会社である代理店・株式会社「邦栄保険」の社長曽我節太郎からしばしば供応を受け、また多額の収賄をしている。曽我の贈賄の件には当社は関知しないが、近く曽我を背任横領で告訴するつもりである。そのような問題人物である大橋氏とS氏は昵懇であり、たびたび会食をともにしながら話を聞いている。その会食費は大橋氏がいつも払っていた。おそらくS氏は大橋氏が月給高に似合わず金使いの荒い噂も聞いていただろう。それは曽我が大橋氏に贈賄していたからである。あるいは他社からの贈賄もあったかもしれない。S氏はその事情を知らなかったとはいえ、一応の疑惑を世間から受けるだろう。それに部課が違うとはいえ、同じ大蔵省銀行局の中で、査察の対象になっている会社の関係者とこのような汚職スキャンダルを起しているとき、その社への立入査察が果して妥当かどうか、S課長は考慮されているのか。それでもよろしかったら、どうぞ査察においでください。大橋銀行局保険第二課長補佐は、曽我に対する背任横領の告訴に関連して近日中に収賄の疑いで逮捕されるであろう。奥田社長は、たぶん、このような通告を銀行局査察部に与えたにちがいない。曽我告訴がナレアイ告訴でなかったのは、君が推量している通りだ。

石田は、新聞社の狭い応接室で佐々にむかってこうつづけた。口の重い石田源吉にしては珍しいことだが、それだけ彼の興味がたかまっていたのである。

ぼくが思うに、と石田は言った。この奥田社長の爆弾通告で、S課長指揮の邦栄海上火災本社の立入査察は一時延期となったと思うのだ。この間に、奥田社長の政界方面に働きかけての銀行局査察部に対する猛烈な巻き返しが演じられたものと思う。ウチの政治部や経済部の話では、大蔵省に影響の強い大物政治家が邦栄海上火災から相当な額の献金を受けているというが、その献金のはじまりが時期的に言ってこの立入査察一時延期のすぐあとになっている。一時延期が永久中止になったことはいうまでもない。それ以後、邦栄海上火災は一度も大蔵省査察部から脱税容疑の対象になってないのだ。

それは少しあとの話、当時は奥田社長も爆弾通告はしたものの、S課長の動きが心配だったにちがいない。大橋の逮捕によりS課長に関する情報も得られなくなった。そこでだれかに頼んでS課長身辺の情報をとることにした。「資料」にある仮名「花野森男」氏の行動調査報告書の写しがまさにそれに当る。「花野森男」氏とは、S課長その人だ。張込み・尾行などの方法によってS課長は執拗に「調査」されている。それはほとんど連日である。電車の中でS課長が汗をふいたことから、役所からの帰りに駅で子供の土産を買ったこと、どこかのゴルフクラブでS課長とプレーした人々の身元調査までやらせている。S課長の行動を監視するとともに、S課長にアラあらばさぐり出して脅しの材料にしようというつもりだったろう。この「調査」は、前に、曽我が果して大橋課長補佐と「交際」して大橋から報告をうけているかどうかを第三者に観察させてウラを取っていたのと同じ方法だ。奥田社長は猜疑心の強い人らしいね。

しかし、まだ分らないのは、この③の「資料」だ。邦栄海上火災宛の一通の借用証書さ。七阡五百万円也。借主の名前も年月日も担保物件名も名取氏が入念に抹消している。ただし、名取氏の「注」では、担保物件の土地の評価額はせいぜい三百万円とある。してみれば、この七千五百万円の貸付金は某氏に対する邦栄のまったく恩恵的な支出であって、事実上の贈与だろう。年利一割二分、返済期間五年間と一応は借用証書の体裁にはなっているが、名取氏の「注」のごとく、不良貸付金扱いにして七年後には損金として帳簿から落すことははじめから決っていた。

なぜに邦栄海上火災ともあろうものが、このような性質の金を七千五百万円も某氏に出したのだろうか。これが奥田社長の意向であったことは、社長秘書の名取氏がこの写しを保存し、「注」を付けていることでも分る。考えられるのは、奥田社長がよっぽど某氏に弱点を握られていることだろう。その弱味とは何なのか、名取氏が慎重に名前を抹消した借主の本体はどうなのか、こればかりはぼくにもどうしても分らないでいる。

名取氏の遺した「資料」の欠けた輪はだいぶん推測でつないだつもりだが、この③の意味だけはまだ解けないでいるよ。これを解決するには、まだ当分時間がかかりそうだね。

一時間以上もかかった石田源吉との話合いだった。社会部の若い部員がデスクの石田を応接室に呼びにくるまで彼も忙しい朝刊早刷り版の締切時間が迫っているのを忘れていたのだった。

ロンドン出張からえらく早く帰ったようだが、もう行かないで済むのか、と石田はテーブルをはなれるときに佐々に訊いた。いや、また行くかもしれない、と佐々が言うと、それまでには何とかして③の謎を解いてみたいものだな、と石田は言った。

長い廊下をエレベーターのほうへ肩をならべて歩いているとき、ヨーロッパに出張するのもいいが、君も気をつけたがいいぞ、としゃべりまくったあとの石田源吉はあくびまじりに佐々に言った。名取千吉の二の舞にならぬようにしろと忠告しているように聞えた。

11

奥田社長は、佐々を呼んで腹案を示した。

日本の鉄鋼連盟や軽金属協会に技術秘密保持の能力がないとすれば、ＩＳＡＡがその開発した技術を与えたくないのは当然である。イギリスが日本の開放性を心配しているのは、君の話でよく分った。そこで、ぼくは考えたのだが、既存の鉄鋼連盟や軽金属協会と同格の新しい工業協会組織をつくって、これに厳重な技術秘密保持の管理体制を布く。そうして新組織には、現在の大手鉄鋼会社や軽金属会社を加盟させるのだ。大手も現在の組織ではイギリスから画期的な新技術が導入できないと分れば、この新組織の協会に加入せざるを得まい。新組織に大手の参加があり、しかも厳重な技術秘密保持の体制があれば、ＩＳＡＡもこれを認めるのではないか。この案ではどうだね、とまるい眼を輝かして言った。

佐々は、奥田の着想におどろいた。ぼくはね、この思いつきをトイレの中で考えたのだよ、と自慢するだけのことはあった。新しくつくる金属会社を既存の協会組織に入れるのではなく、逆に大手会社をこっちに参加させようというのである。消極的な、今までの計画ではなく、スケールの大きい積極的な企図であった。まさに独創的な着想といってよかった。

大手会社も、鉄よりも一・六倍強く、しかも軽い新金属の出現という全貌が分ってくれば、その技術欲しさに、現在の協会組織を脱退してでも奥田の考える新組織に入ってくるにちがいなかった。

その場合だがね、加入の会社はできるだけ少なくしよう。でないと、数が多くなれば秘密保持が困難になってくるからな。加入会社の選択には厳選主義がとられるわけだ。こういえばＩＳＡＡも安心するだろう。

それなら見込みがないでもないでしょう、と佐々は奥田に言った。しかし、新協会の母体となる組織はどういう性格のものですか。

もちろん公益性のある組織だ。財団法人の設立だね。ここではイギリスが希望するように、特許権そのものからは何らの利潤を取得しない。ノン・プロフィットだ。ただ、加盟の生産会社に特許権の使用を許し、その使用料のみを徴収する。したがって新組織の財団法人はＩＳＡＡから特許使用権を買い、加盟会社の使用料は買い値に按分して分担徴収するしくみなのだ。そうして各社の特許使用の管理は新組織の財団法人の協会がおこなう。これは技術の秘密保持を管理するためだ。ここが新協会の眼目だ。したがって秘密保持の管理部門は新協会の最も重要な位置にある。ぼくはいまのところ、その管理責任者には君になってもらいたいと思っているのだよ。

奥田はそう言って煙草をしきりとふかした。機嫌の悪いときと、上機嫌のときと、両方の場合に奥田忠明の喫煙は激しくなる。佐々は、大崎のマンション七号室の煙をそこに見た。煙の中で奥田は言う。

新財団法人の会長には、政界か財界の大物で、立派な人を据えるつもりだ。理事長はぼくが引受ける。理事には関連各界から人材を集めるが、君は技術秘密管理という重要部門の責任者になるのだから、専務理事か常務理事に就任してもらう。この構想だと、いけそうだよ。

ＩＳＡＡから特許使用権を買う金はどこから出るのですか、と佐々は質問した。これが肝腎のツボだと思った。奥田忠明が理事長になれば、邦栄海上火災の資金がそれに充てられそうな気がする。そうなると新組織の協会は邦栄海上火災と同じく奥田理事長の独裁となり、ＩＳＡＡから買った特許使用権も奥田の私的所有物になりそうだった。会長はどうせロボットになるような人物を持ってくるにちがいなかった。

その点は公明正大にゆく、と奥田社長は明朗な表情で答えた。新協会の基金と特許使用権の取得料は、鉄鋼や軽金属企業とは関係のない財界人から資金を募る。この分野に無関係な財界人でないと、新協会がヒモつきになるおそれがあるからね。で、とにかく協会を設立し、定款をつくり、早いとこ財団法人の認可を取るようにする。早急に認可が下りることは、政界人や関係官庁の役人にぼくが根回ししておくから間違いはない。君はそういうことは懸念せず、早くＩＳＡＡのストレイカー教授と折衝を開始してくれ。

新協会の名前を「新金属開発協会」とつけたのも、奥田忠明だった。“New Alloy Development

Association of Japan”、略してNADA。ナダと読める。銘酒の「灘」と語呂が同じで、おぼえやすいし、縁起がいいではないか、と奥田は自讃した。

しかし、新協会の認可がおりる前に、ロンドンのストレイカー教授から佐々に手紙が来た。ISAAの理事会にお申し越しの件を諮ったところ、日本の現企業団体に技術の秘密保持が期待できないというお話は理事会で大きな関心を呼んだ、しかし、それだからといって貴殿の所属する損害保険会社が新しく軽金属生産会社を興しても、これにISAAの特許使用権を与えるということは困難である、との意見の一致をみた、せっかくロンドンやハーグにお越しになったのに、ご期待に沿えない回答になって相済まない。内容はそういうものだった。

佐々がこの手紙を奥田社長に見せると、これは前段階の話だ、今は新協会の設立で、状態も性格も違う話になっている。あらためて教授に新体制を説明して、ISAAの理事会の同意を得るようにしてくれ、なんだったら、いますぐにロンドンに行ってくれ、と社長は性急に言った。

財団法人「新金属開発協会」の認可は二週間くらいで主務官庁から下りた。おどろくべき早さだった。ある石油会社関係の財団法人が認可に二年以上もかかったという前例からみると、異例の迅速さであった。ここに奥田の政界に対するひそかなパイプの存在が推測された。佐々は邦栄海上火災の者から聞いたのだが、新協会の定款つくりには主務官庁の役人たちが数人で料亭にこもって当ってくれたそうである。自分らの作文だから認可するのも早いわけであった。定款の要旨は「新金属の研究・開発・普及を目的とする純粋に公益的な団体」と記されているのに尽きる。

会長には工学技術畑の古い官僚が就任した。七十歳の老人で、もとより奥田忠明のロボットであった。十二人の理事には政治家や元高級官僚などが目立つが、協会の性質上、工業大学の教授も適当に混ぜてある。他の理事は邦栄海上火災の関係者で占められていた。その理事の中には宮島開発株式会社社長宮島健治の名もあった。佐々は常務理事兼協会の事務局長を奥田からあてられた。

　佐々はそれまで宮島健治とはほとんど話をしたことがなかった。宮島開発は邦栄の関連会社といわれていたが、実際は少しも邦栄の資本または奥田社長の資金は入っていなかった。邦栄系とはいえるが、宮島開発はまったく独自であった。その事業は簡単にいえば不動産業で、安い土地を買い漁っては住宅地、別荘地、ゴルフ場、レジャー施設をつくっていた。名取と、タイのバンコックまで同伴の予定で行ったのも、タイ国内にレジャー施設の建設地を物色するためだったとは、彼自身が告別式で述べたことである。

　それでも佐々は、この宮島健治とはときたま邦栄海上火災本社の廊下ですれ違うことがあった。佐々のほうから目礼をするのだが、宮島はうつむき加減な顔から一瞥をくれた。冷たい眼だった。豊富な髪は軽く縮れていた。

「新金属開発協会」が発足してから初の理事会のあと、この宮島がはじめて佐々に話しかけてきた。理事会といっても理事たちの顔つなぎ程度で、奥田理事長の演説がすむとすぐに終ったのだが、宮島健治の話というのも短かった。どうも今回はご苦労さまです、よろしくお願いします、わたしは理事の末席をけがさせていただきましたが、名目だけです、新金属開発協会がどんな仕事をするのかも分っていませんから、すべてお任せいたします。顴骨（かんこつ）が出て、顎（あご）が張っていた。その四角な顔に眼を細め、うすい唇を愛嬌たっぷりにしていた。

佐々はこの新協会の設立趣旨、定款、役員名簿などを英文タイプにさせてストレイカー教授のもとに送った。奥田社長は、この場合は理事長というべきだろうが、彼は佐々に早くロンドンに行けとせき立てたが、佐々は、この書類を先方に充分に読んでもらうこと、ＩＳＡＡの理事会にかけなければ教授の意志だけでは返事ができないこと、その前にロンドンに飛んでも待たされるだけで意味がないことを言った。奥田はじれったそうにしていた。

佐々がぼつぼつロンドン行きの準備にとりかかっているときに、ストレイカー教授の返書が来た。佐々が思ったよりも早くＩＳＡＡの理事会が開かれて、教授が「新金属開発協会」を議題にしてくれたのだった。

返書の大意はこうだった。

①新金属開発協会の趣旨には賛成する。②日本の鉄鋼連盟ならびに軽金属協会が一致してＩＳＡＡに対し特許権の使用を直接交渉してきている。これは佐々氏と会った以後の新情勢である。③したがって「新金属開発協会」が既成の日本の協会（鉄鋼連盟・軽金属協会）に加盟ができれば、その加盟社として他の加盟社と同様に非独占（non-exclusive）の資格が得られるだろう。④しかし、既存の協会に加盟が許されないとすれば、既存の協会とは別な公益団体として「新金属開発協会」に同様の資格を認めることを考慮してもよいが、それはあくまでも新技術の非独占（ノン・エクスクルーシブ）の建前である。⑤その場合、「新金属開発協会」の生産計画・生産施設ならびに販売数量・販売シェアに関する実体資料がＩＳＡＡの基準に達していることが必要である。

それみろ、と奥田社長は佐々に言った。鉄鋼連盟や軽金属協会がこっちの動きを察知して、ＩＳＡ

Aに直接働きかけだしたのだ。もっとも、あの業界紙の記事に眼をつけない法はない。おくればせながら向うでも気がついたのだ。気がついてみると、ウチが動いているので、よけいにあわてたのだろう。これはえらいことになった。鉄連や軽金協には大手がほとんど加盟しているから手強いぞ。競争には負けるかもしれない。君は早くロンドンに行け。奥田はまたせき立てた。

ストレイカー教授の書簡は、ＩＳＡＡの理事会の意見とあったが、これには教授の意向が入っていると佐々は思った。「新金属開発協会」といっても、これまで何らの実績も持たず、専門的キャリアの人員も、影響力も持ってないものが、開発された技術の特許使用権の取得に直接来ても理屈が通らない、と教授はたしなめているように思えた。

とうとう夏がきた。夏にロンドンに行っても教授は居ない。八月でも女性がカーディガンをひっかけるロンドンの夏を避けて、人々は身体を灼きに南欧の海岸に出かける。ＩＳＡＡの理事会も休みである。

九月半ばを待ちかねて佐々は北回りでロンドンに発つことにした。奥田社長が佐々の傍に寄ってきて、秘書を遠ざけて耳もとでささやいた。帰りも北回りで帰ってくるんだよ、こちらは待っているからな。そう言うと、にやりと笑って横からはなれた。

何気ない言い方だったが、佐々の胸を刺した。あのことを奥田は知っているのだ。この前のヨーロッパからの帰りを南回りに乗ってタイのプーケートに寄ったことをである。だれがそれを奥田に報らせたのか。プーケートに行ったことなど帰国してから佐々は家族にも言ってなかった。遠い土地での行動を奥田はどういう方法で知り得たのだろうか。奥田のささやきは、道草を喰って帰るな、余計な好奇心を持つでない、という警告以外にどういう意味があるだろうか。佐々は心臓に冷たい空気が流れこんできたような感覚になった。

アンカレッジでの一時間以外、十八時間機内の椅子に縛りつけられて佐々が考えつづけていたのは、この出張がはじめから望みのない結果になることだった。イギリス人の意志は頑固なくらいである。理屈は全面的にISAAやストレイカー教授の側にあった。それに奥田忠明の野心はイギリスの特許権を日本で独占するにある。「非独占」などというのは、奥田忠明にとっては笑いごとでしかなかった。隣二つの席でヨーロッパ旅行にはしゃいでいる若いカップルが、窓ばかり憂鬱そうに眺めている佐々をときどきふしぎそうに見ていた。

ハイドパークの角にあるホテルに荷を解くと、佐々はすぐにハーグでもらった名刺をたよりに教授の自宅に電話した。取次のあと教授自身が声を聞かせた。いまからでもよい、すぐにおいでなさい。

クラーケンエル通り(ロード)というのは北の高台にあった。閑静な住宅地で、すでに黄ばんだ木立が小さな区域に分けていくつにも囲んでいた。屋根に短い煙突をいくつも置き、蔦を匍(は)わせた赤煉瓦の館が、タクシーの運転手の探し当てた教授の家だった。前庭に秋の花が畑のように微風にそよいでいた。

大きな炉のある客間でストレイカー教授は、まる顔の夫人をひき合せたあと、ロッキングチェアに身を凭(もた)せた。軍人のような態度に変りはなかったが、ハーグのホテルで初めて会ったときよりは家庭的であった。グラスを捧げ、日本のいまごろの季候と行事を聞き、共通の友人であり知人である駐日大使サー・――を話題にするまでは愉しげだったが、夫人が退き、話が佐々の来た目的に入ると、その表情はまた将軍のようにきびしいものになった。

教授は、熱心に佐々の話を聞いたあと、ポケットからメモを出して言った。

NADA（新金属開発協会）がISAAの特許権の日本での使用権を取得するには、次の条件が必要である。ⓐNADAが日本の業界の五〇％以上のシェアーを占めているという証明。ⓑその年度の生産計画量の明示と証明。ⓒ国際特許出願中の機密保持の保証。ⓓ業界のみでなく、専門学術団体の五〇％以上の影響力をもつという証明。ⓔNADAの財源の保証証明。

以上がISAAの理事会の決定的な意志です、とメモを棒読みにしてストレイカー教授が言った。過酷な判決を宣告した裁判長のように当惑した顔になっていた。佐々にとって絶望的な条件だということは教授にも分っていた。

佐々は、教授が何度もISAAの理事会にこちらの申込みをかけてくれた好意に感謝した。実際、海とも山とも分らない日本の損害保険会社のために、というよりも佐々のためにこれだけの取計らいをしてくれたのには感謝のしようもなかった。佐々は教授の前でなるべく平静を保つようにした。覚悟はしてきたけれど衝撃はどうしようもなかった。これを隠すのに苦労した。ロンドンまで来たのに、ねばる気力もなかった。とりつく島がないのである。会見は、スケーブニンゲンのホテルのときの半分の時間だった。

ドアの外まで見送った教授は佐々に別れを言う前に、ほんの短い声をかけた。いま出した条件をよく考えてみることだね。そのときは打撃の念押しだと佐々は思った。直立した教授は莞爾としてタクシーの窓に手を振った。ホテルに帰ってベッドに靴のまま横たわった。精も根もなかった。窓外ははや夕方になりかけていた。佐々は仰向けになったままで、教授からもらった紙片を窓の夕陽にかざした。この五つの条件の中で、新金属開発協会が受諾できる可能性は、最後のⓔの「財源の保証証明」だけだった。

しかし、眺めているうちに佐々はあることに気づいた。この条件の中に、日本の業界の五〇％以上のシェアーを占めていることというのがある。ＩＳＡＡはどうなのか。イギリスの鉄鋼・軽金属シェアーの一〇〇％近くを占めているのではないか。アメリカの鉄鋼・軽金属協会などは全米の九〇％ぐらいを占めている。カナダにしてもそうであろう。してみると、日本の五〇％以上という条件はＩＳＡＡの大譲歩である。以上とあるから五一％でも、五〇％でもよいのである。しかも、そのような大譲歩のもとに、ＮＡＤＡに特許使用権の独占を認めることを暗示しているのである。

ストレイカー教授が別れ際に、この条件をよく考えてみよ、と言った意味が佐々に分ってきた。日本の大手生産会社を三社ぐらいＮＡＤＡに加入させれば、五〇％のシェアーに達するではないか。そうすれば年度の生産計画量も、専門学術団体の五〇％以上の影響力という条件も自然とみたされる。日本の鉄鋼・軽金属の各会社は技術顧問として工業部門の大学教授陣を招いている。財源保証も易々（いい）たるものである。教授がドアの外でタクシーの窓に笑顔で手を振っていた理由もはじめて佐々には分ったのだった。

大使サー・――の側面援助があったのだ、と彼は気づいた。でなくて、ハーグで初めて会ったストレイカー教授がどうしてこうまで佐々のために努力してくれようか。あんたのお父はんとは友だちやったさかいな、息子のあんたにこのくらいするのは当り前やがな、気ィせんでよろし、まあ、頑張りなはれや。紋付羽織袴で鞠躬如（きっきゅうじょ）として人影の動き回っている銅版画の中で、ウインストン・チャーチル卿に似た顔がへらへらと笑っていた。

窓の上には夕闇が急速にひろがっていた。緯度の高いイギリスの秋は日本よりも日暮が早くくる。瓦斯燈（ガスとう）かと見紛うハイドパークの街燈に葉を落す前の梢の先が光っていた。佐々は東京に電話を入れた。早朝でも奥田社長は自宅で眼を覚ましているだろう。習慣で、井戸端で冷水摩擦をしているかもしれなかった。

一時間と待たないうちに東京が出た。そうか、そうか。大手を三社ぐらい入れんといかんのか。奥田社長が呟いていた。佐々の電話を聞きながら思案している。考えておく。とにかく帰国してくれ。それまでに対策の目鼻をつけておく。――今度は南回りをとるな、という念押しはしなかった。佐々の電話報告でさっそく対策の思案にかかって、それを忘れたのかもしれなかった。

12

ぼくが推測するに、と新聞社の応接室で石田源吉は、ロンドンからとんぼ帰りした佐々に言った。

資料③の借用証の謎だがね。あれはこの前考えたように事実上の贈与だ。つまり奥田社長が会社の貸付金の体裁にして誰かにくれてやったのだね。おそらく一回だけではあるまい。あのコピーは最初のだろうがね。日付が抹消されているのは残念だが、おそらく邦栄海上火災に対する大蔵省銀行局査察部の脱税摘発が沙汰止みになった後だろう。ここで浮かんでくるのは、査察課長S氏の行動調査を奥田忠明社長がだれにやらせたかということだ。これは被調査者の職業が職業だけにめったな者には依頼できない。なぜ、そんな調査を頼むのかと、被調査者の地位から考えて逆に疑惑をもたれるからね。そこで、奥田社長は気の許せる周辺のある人物に調査を依頼したと思う。それは邦栄海上火災の社員ではあるまい。社外の人間だろう。大橋課長補佐と接触している曽我節太郎を監視していたのもその人物だろうね。あの借用証書は、奥田社長が脱税摘発をのがれる対策にS氏の動きを調査させた弱味を、当の調査した人間に衝かれて、おどし取られた金だろう。大蔵省銀行局査察課長の個人的行動までなぜ密偵式に奥田社長は調査せねばならなかったのか。これを明るみに出されると、銀行局査察部はその卑劣な手段に激怒する。意地になって時効以外の、過去の脱税摘発に乗り出すだろう。脱税の資料はすでに査察部が握っているはずだからだ。現場がこう湧いてくると、いくら大蔵省に影響力の強い大物政治家でも抑止できなくなる。脱税額がどのくらいか分らないが、厖大な額だろうね。事件が明るみに出ると、奥田社長も退陣に追いこまれるよ。その人物の「無法な」要求を断わってこの羽目になるか、応じて危機を免れるか、二つに一つだが、答えはもちろん後者だ。何十億円もの追徴金と重過算税とを取られ、独裁社長のイスを失うよりも、一億円そこそこの金をその人物に払ったほうが安くつくね。

奥田社長の周辺で、邦栄海上火災以外の人物で、にわかに羽振りのよくなった者はいないか、と石田は言った。それが名取氏が名前を入念に墨で抹消した借用証書の当人だ。その人物はいまでも奥田氏の周囲をうろついているはずだよ。

佐々は、宮島健治だと思った。口には出さなかったが、その顔が眼の前いっぱいに拡大された。宮島健治の事業が急に活気づいたのは、四、五年前からだという。その時点が、邦栄海上火災の脱税摘発が中止になった直後に違いない。名取は各資料の年月日を丹念に消しているが、資料の①②③の時間的順序は変えていなかった。

すると、その宮島健治が名取といっしょにプーケートまで行ったのは、どういうことになるのか。名取千吉の水死を演出することによって、宮島健治は奥田忠明にもっと密着しようとしたのだろう。

第三回目に佐々がロンドンに着いたのは、十二月二十一日だった。同行が「新金属開発協会」の理事宮島健治で、これは奥田理事長の命令だった。

今度は、いよいよ大詰めの交渉だからな、と奥田忠明は佐々に言った。宮島君を補佐役として君につけるよ。手抜かりなくやってくれ。ＩＳＡＡの特許使用権が独占できれば、これは大儲けだ。何百億円になるかわからんな。とにかく特許使用権を獲得するまでは、なるべくＩＳＡＡの機嫌を損わないようにしてくれ。ＮＡＤＡが公益団体であるというのを極力強調してな。そのためにはごまかしの作戦も必要だ。特許使用権さえ渡してもらえば、あとはこっちのものだからな。早いとこ契約書の調印に漕ぎつけてくれ。

傍で宮島が言った。ぼくは何にも分りませんでね、佐々さんの足手まといになるでしょうが、ま、よろしく願いますよ。宮島健治は縮れ毛の頭を垂れた。

宮島は補佐役ではなく監視役だろう、と佐々は思った。これまで「新金属開発協会」の方針で奥田社長と何度も烈しい対立をしてきたのである。奥田はロンドンに着いての佐々の態度を疑っている。本当に自分の命令通りに動くのか。そのために宮島「理事」を監視に同行させたのだろう。それ以外に宮島を付ける理由がなかった。

北極回りは長い夜の旅だった。東京からアンカレッジに着陸したのが朝だったのに、離陸のときにはもう夕方の陽になっていた。宮島健治はファースト・クラスに居る。疲れるから自分で切符を買ったと言っていたが、ときどき、無料の洋酒をエコノミーの佐々の座席に運んできた。坐って話しこむのでもなく、すぐに前部に引返す。佐々がプーケートでの様子を個人的に聞く余裕はなかった。

佐々は、新金属開発協会が英国の開発技術特許使用の独占を断わるつもりでこのロンドン行きに乗っていた。

奥田理事長はＩＳＡＡの要求するシェアー五〇％の条件を充たすために、鉄鋼の大手一社と、軽金属の大手一社とにＮＡＤＡ加盟の交渉を終えていた。どの社も新技術となると、独占を欲する。そこで、奥田理事長は鉄鋼のA社には貴社だけに新技術を与えると約束し、軽金属のB社にも同じ約束をしていた。奥田によると、鉄鋼と軽金属とは生産分野が違うというのだが、画期的な新技術となれば大手の鉄鋼会社も生産の転換をおこなうことは分りきっている。一社だけだといっても、その欺瞞（ぎまん）はあとですぐに分ることである。第一、ＩＳＡＡの意志は非独占の公益性にあるのだから、一社のみに独占を与えるのは趣旨に反する。

その上、この二社だけではシェアーが五〇％に足りなかった。ＩＳＡＡは各社について市場占有率と加盟の証明を提出せよといっているから、「新金属開発協会」は二社それぞれの資格と加盟契約書を見せて、その立証にするのである。

シェアー五〇％に足りなければ、別の三社の加盟同意があるといってその仮契約書をＩＳＡＡに見せてやればよい、と奥田理事長は勝手なことを言い出した。つまりは仮契約書の偽造である。奥田の肚は、とにかく条件の体裁をそろえて特許の使用権を取る、取ってしまえばこっちの勝ちだ、というのである。

特許使用権の取得値段は約五十万ポンドであった。日本円にして約四億円である。これを正規な銀行の外国為替にしては、値段がほかに分ってしまう。協会は手数料だけでは困る。仕入値が分ってはメリットがないから、銀行の正規な外国為替によらずに、秘密ルートで送金するという。秘密ルートの存在は知る者ぞ知るで、銀行によってはこのルートを利用しているのがある。

仕入値が分ればウマ味がないというのは、奥田理事長が特許使用権を契約会社に高い値段で売りつけることである。おそらく十倍ぐらいにふっかけるにちがいない。最初の二社に限らず、あとでは数社とも契約するだろうから、そのつど特許使用料を取るつもりなのだ。何百億円の儲けになるかもしれないというのは、特許技術の適用範囲が想像がつかぬほど広いので、まんざら誇大な期待でもなかった。

これも日本の協会に公益性とノン・プロフィットを求めるISAAの趣旨に反する。

五十万ポンドの金はイギリスから取った特許使用権を担保に、邦栄海上火災が新金属開発協会に融資する形で、その資金を動員するつもりだと奥田は言った。ほかから借金したのでは「元値」の推定をつけられるので、奥田の言いぶんは分らないでもない。しかし、奥田忠明は一人で邦栄海上火災社長と財団法人「新金属開発協会」理事長とをかねている。内部取引は違法であり、担保の特許使用権は奥田個人がこれを私物化する危険があった。いや、それが奥田の狙いだった。

このようなことから佐々は奥田社長兼理事長と激論をたたかわしたが、奥田はとにかくこれでやれと命令した。しかし、佐々が抵抗して辞めなかった理由が二つあった。

一つはサー・――とストレイカー教授への義理であった。二人の好意に対しても、理事長と意見が合わないので辞めました、では申訳が立たなかった。もう一つは、イギリスの協会に対して、理事長の背信を理由に特許使用権の返上とは言えなかった。日本の業界の恥をさらすようなものである。拒絶は他の理由によらなければならなかった。佐々にはその考えがあった。

奥田のほうでは、自分の主張した条件でＩＳＡＡとの交渉を承知した佐々のロンドン行きに、不安と危惧を持っていた。カンのいい男だから当然である。それで宮島健治を「理事」の資格で傍にぴったりとつけさせたのである。奥田の計画は読めている。言う通りにしないとブーケートの轍を踏むぞ、という恫喝である。

着いた日から三日間はストレイカー教授に先約があって会えなかった。旅行社が予約したホテルはカーゾン・ホテルといって、クラブ・プレイボーイやカジノのある通りを曲ったところにあった。通りにはバーやキャバレーもある。ホテル・ロンドン・ヒルトンは前の角にある。申しぶんのない「遊び」の横丁だった。カーゾン・ホテルの部屋も壁の色は桃色で、大きな鏡がとりつけてあった。ベッドは白色のロココ風な意匠だが、安ものなので侘しい感じがする。どう見ても連れ込み宿だった。この横丁には夜の女が出没した。

宮島は、三日間の空費をそれほど苛立ちもせず、ひとり寒風のロンドン見物に出かけていた。夜は凍てた横丁界隈を厚いコートに首巻きをして徘徊しに行く。帰りも遅いようだった。この三日間は佐々も交渉に動かないから眼を離して大丈夫だと安心しているようだった。

二日目の夜には日本人の男が二人づれで宮島の部屋を訪ねてきた。すぐに帰ったようだが、宮島はあとで佐々に説明して、あれは邦栄海上火災のヨーロッパ駐在員で、ロイド損害保険会社をはじめパリやブラッセルやボンなどの損害保険会社と連絡に回っているのだと言った。邦栄海上火災でもこれらの保険会社に再保険の契約をしている。

二十四日、約束の午後九時に佐々はクラーケンエル通りのストレイカー教授宅にむかった。クリスマス・イヴの九時とは異様な事務訪問（ビジネス・コール）だが、教授の指定だから仕方がなかった。宮島健治は一緒について来ると言い張ったが、教授への紹介が済んでいないからと佐々は断わった。夜の訪問だからこの理由は通る。いつ紹介するのか、と宮島は激しい口調できく。明日にしよう、明日、教授に再訪問の約束をとりつけて必ず君を連れて行く、と佐々は宥めた。今夜の話の様子は、帰って必ずぼくに報告してくださいよ、ぼくは部屋で待っていますからね、詳しく報告してもらわないと困ります、と宮島健治は気色ばんで念を押した。何も分りません、従（つ）いて行くだけで、佐々さんの足手まといになりましょうね、と言った男がこの変りようだった。教授との話合いの様子を佐々から聞いて、その真偽のほどを鑑定し、電話で東京の奥田社長に報告でもするらしかった。

雪が降って、夜は通りの両側がかなり積っていた。ストレイカー教授は佐々を煖炉の客間に迎えた。クリスマスの飾りものがしてあった。向うの広間でピアノが鳴り、人々の話声が聞えていた。教授の家族が集まっているらしかった。

ストレイカー教授、と佐々は硬くなって言った。新金属開発協会の常務理事として、わたしはＩＳＡＡから新技術特許使用権の譲渡を辞退いたします、ご好意に対してまことに心苦しい次第ですが、このように報告せざるを得ません。頭を深々と垂れた。

ストレイカー教授は弾丸が耳のそばを通過したような顔をした。ミスター・ササ。どうしたのだ、何かあったのか。

ＩＳＡＡが提示された条件を守る自信がないからです、と佐々は答えた。それは条件のどれに当るのか、と教授はしばらくして訊いた。条件のⓒ項です。技術秘密保持の厳守です。日本ではそれが至難であることが分りました。わたしは新金属開発協会の常務理事として、また技術秘密保特の管理責任者として、職責に自信を失いましたから、辞退に参ったのです。ほかの条件だと克服の方法があります。しかし、技術秘密保持の項はＩＳＡＡがＮＡＤＡに期待した最も重要なもので、これに自信を失ったからには辞退のほかはないと思って参ったのです。

その辞退はＮＡＤＡの理事長（プレジデント）も同意の上か、と教授は鋭く訊いた。もちろん理事長も同意であります。佐々はきっぱり言った。醜態を見せずに断わるのはこれしかなかった。自分の投げた言葉の行方に、佐々は暗い海を見た。

そういうことならやむを得ない、と教授は沈黙のあとで言った。ミスター・ササ。そのことはＩＳＡＡ理事会の承認するところとなろう。まことに残念であった。ついては、と教授はつづけた。実は、日本の鉄鋼や軽金属の大手企業からＮＡＤＡとは別に特許使用の申込みが来ているのだ。実に熱心に言ってきている。しかし、日本の企業がそういう状態なら、技術秘密保持に大きな懸念があるからいずれも拒絶することにしよう。心配しないでもよい。断わる口実はいくらでもある。第一にまだこちらも申請中の特許がおりてない。第二に、開発した技術には部分的に検討しなければならないところが残っている、ほんのちょっとした技術的な問題だがね。そう言ってやるよ。将軍が片眼をつむり、子供のような笑顔をみせた。

教授は、ＮＡＤＡの内部に何かあると察したようだった。呑みこみは早いのである。佐々の顔をたててくれた。日本の他社からの申込みもそういう理由で断わるというのだった。どこまでも佐々を大事にしてくれていた。

呑まされたコニャックの酔いと、溜まった疲労で佐々はソファで眠りかけた。眼は開いているのに、別な光景が映っていた。宮島健治がカーゾン・ホテルの、壁に大きな鏡のはまった桃色の部屋で待っている。奥田忠明の内部を知りすぎた男を。絞めるのには手ごろな紐を指に巻きつけて——。名取の妻の志津子がつり上がった眼で何か叫んでいる。

はっとして醒めた。教授夫妻が前に立って微笑んでいた。何が起るか分らないホテルに帰らねばならなかった。教授が、呼んだ車に佐々を入れるために門までの雪の中を腕をとって歩いた。雪が佐々の眼と襟の中に入った。教授の声がささやいた。あなたのために、よきクリスマス・イヴであるように。

佐々が部屋に帰ったとき、宮島健治はカーゾン・ホテルに居なかった。ひと晩じゅう戻ってこなかった。近くのハイドパーク・コーナーの地下鉄駅入口の階段から下まで転落して首の骨を折っていた。酔った上での事故死とされた。転落の現場を見た者はいない。夜十時ごろのこの地下鉄駅は、人のいない時間が墳墓の穴のようにあく。

宮島健治をおとといホテルに訪ねてきた男二人は邦栄海上火災のヨーロッパ駐在員だと、宮島健治は言っていた。男たちはそう名乗っただけで、会社の連中ではないのかもしれない。宮島も彼らの顔に見おぼえはなかったろう。だが、ロンドンでだれが宮島がカーゾン・ホテルに宿泊する予定を知っていたかである。大蔵省銀行局査察課長の尾行調査からプーケートの殺人まで、その命令者にとって宮島健治はあまりに恐喝的で懸念的な存在になりすぎていた。恐喝ということでは、宮島が調子にのって無価値担保の「借用証書」を邦栄海上火災宛に少しばかりよけいに濫発しすぎたからであろう。

帰国は佐々が一人だった。飛行機の窓には北極圏の氷海があった。氷原は、反対側からの夕日で、甘い色にうすく着色された菓子のようだった。海はその下に閉じられている。

よごれた虹

1

はじめて手紙を差上げます。一面識もない私から、このような長い手紙、というよりも原稿を小包便にしてお送りしたので、あなたはさぞかし、また地方の文学青年がよけいな原稿を送りつけてきたとお思いになって、書庫の片隅に抛(ほう)り込まれるかも分りませんが、これはそんな文学作品ではなく、私が今まで誰にも話さなかったことをあなたにぜひ聞いていただきたくて、下手な文章を綴ったのであります。お忙しいあなたですが、時間の余暇に最後まで眼を通していただければ幸甚です。

まず、私の身分から申しますと、表記の通り西沢吉雄というのは本名です。生れだとか、現在の境遇だとか、家族だとかいう戸籍関係は、この件には関りがないので、一切省略させていただきます。ただ、私は元平福相互銀行頭取古屋勝義の秘書をしていたことだけは申上げておきます。

平福相互銀行といってもあなたはご存じないと思いますが、古屋勝義といえばご記憶にあるかも分りません。衆議院議員に二回当選し、一度は大臣にもなった男です。

この平福相互銀行というのは、元旧陸軍の師団のあった××市にあるのですが、この話には地理的に特に関係はありません。東北でもいいし、中国でも、九州でも、四国でもかまいません。ただ、平福相互銀行は現在も営業中ですから、名誉のために地名と銀行名（もちろん、ここには仮名です）とは伏せておきたいと思います。

少し固くなりますが、以下しばらく辛抱していただくとして、平福相互銀行というのは現在資本金四億円ですが、これは昭和十六年に地元の三つの無尽会社が統合されて出来たもので、戦後、相互銀行法により現在の名前になったものです。

店舗は各地方に二十有余を有していますので、地方としては戦前も稀な無尽会社でありました。前の社長に替って昭和二十一年に就任したのが古屋勝義です。もともと、古屋勝義は他県出身で、それまで勤めていた別の会社の支配人だったのが、その会社の倒産により先輩を頼ってこの地方に都落ちしてきた人なのです。

この市は、敗戦と同時にアメリカ軍第××師団の進駐するところとなったのですが、それにつれて急速に街も発展しました。なにしろ、米軍の師団司令部がそのまま旧軍の師団司令部あとに置かれ、兵舎や練兵場には瞬く間に米軍の施設が出来ましたから。空襲に遭ってみすぼらしい残骸をさらしていた街も忽ち復興が成り、同時に戦前同様各地から人が集って、忽ち、市の人口がふくれ上がりました。尤も、この中には進駐軍相手のパンパン嬢も含まれていて、それにつれて特殊施設もけばけばしい姿で目立つようになりました。

街が好況に向うにつれ平福相互銀行の取引数もふえ、預金も空前の額に上るようになりました。

しかし、その裏面には、市の政財界の有力者がこぞって軍需物資の隠匿に狂奔していた事実があったのです。これはこの市だけでなく、混乱期の日本人の欲望は、すべて軍の名において保管されていた物資獲得に集中していたわけで、のちに衆議院法務委員会で出来た隠退蔵物資摘発特別委員会（委員長世耕弘一氏）の活動があるまで、この狂奔はつづきました。

尤も、いわゆる「世耕機関」の摘発は、すでに大量の物資が隠されたあとなので、この市に限ってはそれほどの効果はなかったようです。当市のこれらの物資は、南方や大陸方面から運ばれて来たのですが、米軍に引渡しの際、その員数から洩れたものが大部分あって、誰が何を運んで来たか、皆目記録されていない状態でした。

当時、一般の市中銀行では、その九九パーセントまでが戦時補償打切りで軍需会社から貸付金の取立てが出来なくなり、預金の払戻しが不可能となっていました。このため資本金を九割から十割近くまで切捨てたり、また封鎖預金のうち一部を第二封鎖預金として引上げを制限し棚上げしてゆくようなことで、やっと再出発したという状態のところが多かったようです。

ところが、平福相互銀行では、戦時体制下で（このときはまだ無尽会社といっていました）、軍需工業に対する貸付は行わず、もっぱら国債を買うことによって戦争に対する危険負担を政府に負わせていました。利回りは低くとも、最も確実な投資だったのです。国家が存在する限り回収不能になるということはないわけです。だから、平福相互銀行だけは資本金、預貯金の切捨ては全然行わずに済んだのです。これは、頭取の古屋勝義が一流会社に永い間支配人をしていた前歴の経験と、彼一流の達眼によっての勝利でした。これで平福相互銀行は確固たる信用を市中に獲得し、業績は見る見るうちに上がり、近県を合わせても押しも押されもせぬ第一流行にのし上がったのでした。

この手腕を買われて、古屋頭取は市の復興委員長に選ばれ、さらに昭和二十一年四月の総選挙には××党から出馬して当選しました。これは、古屋が翼賛議員が追放されたあとの地盤をそっくり貰ったからです。

私は、古屋が平福相互銀行の頭取となってから、その秘書となったのですが、事実、彼はかなり進歩的な考えを持っていました。つまり、普通の地方財界人としておくには、ちょっと勿体ないくらいの学識があったのです。人間は紳士的で、いつも物柔かい態度で部下にも接していました。こういう人ですから、市内各方面の評判は大へんによろしい。彼が代議士に当選したのも、あながち前議員の地盤を貰ったというだけのためではなかったのです。

それから三年経って、古屋は代議士二期でK内閣の××大臣に就任しました。

ところで、古屋は銀行頭取と主務大臣を兼任することは、特別国家公務員法第一〇三条の一に抵触するので、一時的でも頭取を辞めざるをえなくなりました。

このとき彼の腹心といえば、古屋が前会社時代に自分の部下としていた八木修治が同銀行の常務をしていました。

古屋頭取は、この八木常務を呼んで、自分が大臣期間中は、この頭取を辞めざるをえないが、内閣がそう長くつづくとは思えないので、さし当って頭取の席は空席とする、その間、君が専務となって万事をやってもらいたい、と言渡しました。八木常務は感激をもって古屋頭取に忠誠を誓いました。

私はその場に立会っていたので、それをよく知っています。

ところで、この八木修治ですが、古屋が腹心として見込んだだけになかなかの才腕家です。年齢(とし)は古屋より五つ下でしたが、肥っているだけに、その押出しといい、きびきびした命令ぶりといい、まことにこの銀行の常務として申分ありませんでした。だから、彼の専務昇格は当然といえます。むろん、この銀行は古屋ワンマンですから、誰もこの人事に異議を唱える役員はありません。

ところがです、古屋勝義が新内閣の大臣として中央に行ってしまうと、そろそろ八木専務の態度が怪しくなりました。はっきり云うと、彼は古屋の留守に平福相互銀行の乗取りを図ったわけです。

私は頭取秘書を辞めて庶務課長に戻っていましたが、どうも雲行きがおかしい。変だな、と思って気をつけていると、その私の警戒を気づいたのか、ある日、八木専務が私を市内の料理屋に呼んでご馳走してくれ、こういうことを打ち明けました。

「西沢君、君を見込んでひとつ相談がある。これは絶対ほかの者には云っていないから、そのつもりで聞いてくれ。その前に訊くが、君は頭取に全面的に心服しているかね?」

私は、ははあ、来たな、と思いました。この訊き方は、云うまでもなく、彼が古屋頭取を駆逐して平福相互銀行を占拠しようという下心なのです。事実、その兆(きざし)を私は早くも見て取っていました。ここで私は考えました。なるほど、古屋頭取は、人格といい、手腕といい、申分のない人で、平福相互銀行の育ての親ですが、どこか線が弱い。それに引きかえ八木専務は、頭取以上のカンのよさと、仕事に対する手腕を持っている。私の見るところでは、どうやら、すでに役員の大半が古屋から八木に移っているようでした。それは、庶務課長をしていればよく分ります。

私は、ここで八木専務につくことを決心しました。あとで考えてみると、古屋氏が東京に去って銀行にいなかったということが、私に決定的な変心を起させたといえます。何と云っても現場にいる者が一ばん強いのです。

八木専務は私の返事を聞くと大そう喜び、これから君はぼくの秘書になってくれ、ゆくゆくは役員に推薦するつもりだ、と約束してくれました。

「いつかちらりと拝見したが、君の奥さんはなかなか美人だな」

八木専務は、そんなお愛想まで云うのです。

私は古屋頭取の代りに八木専務に忠誠を誓ったわけです。これを私の出世主義とだけ嗤わないでください。一たん秘密を打明けられたら、部下はそれに反逆することが出来ないのです。昔で云えば、恰も陰謀を打明けられた武士がそれに背くと、直ちにその場で斬捨てられたのと同じです。私は家族のことを考えて専務の言に従わざるをえませんでした。

その内閣は短命でした。古屋勝義は大臣を辞め、予定通り平福相互銀行に帰って来ました。ところが、この短期間に、八木専務の手がすっかり役員の間に回ってしまっていたのです。何よりも真先に古屋の頭取復帰を反対したのが、なんと一ばんの信頼をおいていた八木専務だから、古屋も仰天しました。

古屋は八木に会って、その背信行為を詰りました。しかし、八木の言分は、役員全部があんたの復帰に反対しているので、自分としてもやむを得ないのだ、ここであんたが強引に頭取に就こうとすれば、銀行は内紛を起す、それでは外に対して信用を失うので、この際銀行のために眼をつぶってくれ、と云ったといいます。

が、古屋が八木の策謀だと分ったとしても、株主総会や役員会が古屋を頭取として推薦してくれない限り、頭取はおろか、役員としても復帰することは出来ないわけです。

ここに古屋として一ばん痛いのは、それまでの彼の選挙資金が、自分の平福相互銀行から出ていたことです。なにしろ、ワンマンだったのですから、そのへんは自由に出来たわけです。平福相互銀行頭取の喪失は、即ち彼の政治的地盤の喪失につながることで、非常な痛手だったのです。彼は何とかして専務に対する巻返しを行おうとしたが、すでに八木に買収されている大部分の役員たちはどうにもなりませんでした。

2

その株主総会前の取締役会は、開会前から悲壮な空気が満ちていました。すでに頭取の席を失うことが決定した古屋勝義は、オブザーバーとしての出席をようやく許されました。彼はその席で、特に議長の許しを得て声涙共に下る演説をしました。いかに自分が今日の平福相互銀行を育ててきたか、いかに地方だけでなく中央にもその信用度が高いかなど、約四十分に亘り、それこそ熱弁をふるって説いたわけです。席上はさすがにしんとしてその演説に耳を傾けていました。昨日まで独裁家として一切の采配を振っていた人が、今日限りその銀行から追放されようというのです。誰しも感慨無量というところでしょう。

その結果、同情ある発言が役員の中から出され、古屋は代表権のない取締役会長にようやく留まることができました。しかし、代表権のない取締役会長にどのような権限があるでしょう。ただ、彼は、自分が生みの親となって育ててきた平福相互銀行内に席だけをおくというにすぎませんでした。八木専務の乗取りは完成しました。

平福相互銀行のお家騒動は、こうして表面的には古屋会長就任で一応ケリがついたかに見えましたが、それでは古屋派の連中が納まりません。今度は逆に八木専務の追放を画策しはじめました。

言い忘れましたが、古屋のあとの頭取には、八木の推薦で役員の一人が選ばれたのですが、この人は温和な実直居士で、いわばそこを見込んで八木がまつり上げたのです。ですから、彼の云いなりになる人物でした。

ところで、この八木専務追放を実行しようとした一味は、当地の市議や、会社社長、県会議員などのほかに、土地の新聞を発行している池田康作と、土地の興行界を握っている本間政一などでした。

この本間政一というのはヤクザの親分で、古屋が頭取時代に古屋から金を貰い、且つ自分の経営している映画館などの資金融通を特別に図ってもらっている、いわば古屋に恩顧を感じている男でした。また、ここに挙げた池田康作というのは、元は共産党員でしたが、途中から共産党と切れて平福相互銀行につながった男です。この次第はあとで詳しく書きます。

さて、八木専務を追放する古屋派の工作の最終的謀議は、市内の料理屋で行われました。この料理屋というのもボス本間の息のかかった家で、本間は市内の興行はもとより、キャバレー、料理屋、パチンコ屋などを一手に握っていたのです。

八木専務を退陣させる錦の御旗は、八木の不良貸付と情実貸付の収賄を理由としていました。これは彼らに通謀する役員の一人がいたので、八木にぐうの音も出させないデータは揃っていたわけです。

「もし、八木が勧告通り平福相互銀行から退陣しなければ、この不正事実を新聞に暴露する」ということに一座の意見が一致し、これを持って本間政一がすぐに使者として八木家を訪ねることになりました。それはむし暑い真夏の夜でした。

さすがの剛腹な八木専務もこれで降参するものと思い、あとに残っていた反逆組は、彼らの鹿が谷で前祝いの宴会に浮かれていました。なかには早くも女を呼んで別間に退いている者もあったほどです。つまり、彼らの誰もが工作成功を疑ってなかったわけです。

ところが、数時間経って戻ってきた本間政一は、一同の期待とはまるで反対のことを報告しはじめました。

「八木専務に会っていろいろと事情をきいた。そこで、この一件はおれが預かることにする。一応、何も無かったことにしてもらいたい」

まさにヤクザの親分らしい態度で一座を睥睨し、一気に宣言したものです。むろん、彼の裏切りです。彼は八木専務に会って、何か有利な条件で取引をしたに違いありません。意外な本間の裏切りで、気負い立っていた連中もこそこそと解散する始末で、せっかくの謀議も他愛なく雲散霧消してしまいました。

あとで分ったのですが、本間政一は八木専務に深夜、その自宅で会うと、専務はにこにこ顔で、

「自分に荷担すれば、一億円の枠内で君の事業に融資を保証する」

という条件を出され、忽ちそれを呑んでしまったのです。

そのあと、八木専務も徒らに古屋前頭取を圧迫するだけが得策ではないと悟りました。いつまた第二、第三の反逆組が陰謀を企むかも分らないからです。そこで彼は、俄然、古屋懐柔策に転換をし、古屋に熱海の別荘新築と外車一台を提供しました。むろん、これは平福相互銀行の金から捻出したものです。

八木は、そのとき古屋に、

「陰謀者たちは、あなたの名前を利用して大義名分をつくろい、実は自分たちの私利私欲のために銀行幹部に楯突いたのです」

と吹込みました。

これで古屋前頭取も簡単に納得したといいます。古屋前頭取は、保守革新派の看板こそ得ていたが、実は利己主義者で、熱海の別荘と外車一台を貰えば手もなく降参したように、今まで自分のために八木打倒に働いた味方を弊履のように見捨ててしまったのです。

こんな具合ですから、次の総選挙に古屋勝義が落選したのは当り前です。平福相互銀行という資金網を失い、彼の選挙地盤にしていた二十有余もの各地支店を失っては、まるで手足をもがれたようなものです。彼の落選ぶりは見事でした。

ここに哀れなのは私です。それまで利用されて、将来のうまい餌につられて八木のために働いていましたが、それは古屋が代議士をしている間だけでした。というのは、実は、私は自分の裏切りを古屋には黙って、相変らず彼の秘書格で仕え、そこから取った情報を八木に流していたのです。だが、代議士の席を失った古屋には、すでに魅力も実力もありません。八木は遂に私まで捨てました。私は平福相互銀行を馘首（くび）になり、失業してしまいました。愚（おろか）なと云うもあまりに哀れですが、ここで綿々と自分の愚痴を述べようとは思いません。私はこの平福相互銀行に関（かかわ）る奇怪な事実を述べることであなたの参考に供したいと思います。

　平福相互銀行は、八木の頭取昇格によっていよいよ安泰になってゆきました。そこへ勃発したのが朝鮮動乱です。特需によって日本経済は異常な活況を呈しました。その恩恵は米軍師団のあるこの××市もむろん受けました。というのは、ここには旧陸軍時代の兵器工廠（こうしょう）があり、それを基幹として軍需生産の出来る工場が幾つもあったからです。

　朝鮮動乱が勃発した昭和二十五年六月以降の市内のドル交換高は月平均千四百万円だったが、翌年の一月からは十倍の月平均一億四千万円に跳ね上がりました。これに加え、市内駐留軍の軍費は二十五年までは月平均二億五千万円だったのが、二十六年からはほぼ倍額の五億円に増加したのです。これを見てもいかにわが市が空前の活況を呈したかが分ります。

　もう少し数字をならべますと、昭和二十六年に入ってから特需として市内にばら撒かれた円は、月平均七億二千万円前後と推定され、このほか駐留軍の諸施設や物資供給費、駐留軍労務者の給与等に支払われる終戦処理費が月平均一億三千万円程度あり、これにドルのヤミ交換、物資の密売を加えると、駐留軍関係がわが市内で費消する円貨は月平均十億円をはるかに超過するといわれました。

　従って、この特需景気は直ちに市内金融機関の預貯金に反映し、昭和二十三年以降ずっと貸付超過だった勘定高は、戦乱が勃発した翌年の二十六年末には逆に約三千万円の預金超過となったのです。

平福相互銀行がこの好況でぐんぐん伸びて行ったことは云うまでもありません。名前は相互銀行ながら、市中銀行顔負けの好景気で、まさに八木頭取の怪腕と相俟って平福相互銀行は市経済界の法王的な存在といわれました。

ところがここに問題が起りました。

というのは、この円貨による正式な特需のほかに、ヤミドル密売がしきりと行われていたことです。経済調査庁は休戦会談がはじまった二十六年七月に、駐留軍のいる各特需基地でヤミドル密売の一斉手入を行いましたが、他の都市では数十件のヤミドル密売団が検挙されたのに、わが市では僅かに二、三人しか挙げられませんでした。

当然、この検挙率に地検の検事長が不審をもちました。

3

地検が特捜班を置いて摘発にかかった結果、当地のヤミドル密売には現職の警察官が関係していることが分りました。即ち、市の警察署渉外係巡査部長と、四人の渉外係巡査と、経済犯の逮捕令状請求受付係の地裁書記、旅館経営者、ドルブローカーなど二十数名が逮捕されました。この中に、平福相互銀行常務の萩原誠一と、課長クラス二名が含まれていたのです。

現職警官がドルブローカーと結託していたのだから、容易に検挙されなかったはずです。地裁書記は、経済調査官の逮捕、捜索令状請求の情報をこのドルブローカー団に売っていたのです。

召喚された平福相互銀行の萩原常務は、係官の取調べに対し、個人の情実で取引先の便宜を図ってドルを円貨に交換してやったものだとつっぱねました。しかし、銀行自体がこのドル稼ぎをやっていたことは歴然としていたのです。萩原常務は結局一切をかぶって銀行から相当の補償を受け、遂に刑務所入りをしました。事実、地検特捜班では平福相互銀行がドル密売の本拠であることを突き止めようとしたが、萩原常務が引責自爆したために行詰って解散したのです。この裏には、例によって八木頭取が同常務に因果を含ませていたのは云うまでもありません。つまり、銀行内では反主流派である萩原常務が貧乏籤を引いたというわけです。

八木頭取は萩原常務に口約束で、刑務所を出たら相当なポストを用意しておく、と云ったのですが、もちろん、それは実行されるわけはなく、萩原は、いま、銀行側から貰った僅かな報酬を資本に或る町で雑貨屋を細々といとなんでいます。彼は完全に八木頭取にしてやられたのです。

こうして八木頭取は、萩原常務の追放後、いよいよ本間政一へさきの内通の報酬として本間の経営する興行会社に融資をはじめました。つまり、貸付担当重役としての萩原常務がいては本間との連繋に邪魔だったわけです。

ところがここに、平福相互銀行に奇怪な噂が立ちました。それは、朝鮮動乱勃発後に、この市でCIA（アメリカ中央情報局）系統の朝鮮動乱向け謀略要員が募集されたり、参戦した航路啓開隊（海上警備隊の前身）の終戦処理がなされたが、その資金はいずれも平福相互銀行の金庫から出たというのです。しかし、これは外部から調べる方法もなく、立証されませんでした。が、いつとなく、平福相互銀行は米軍諜報機関の一支流である、という印象が強められたのです。

このことを少し詳しく述べます。

朝鮮動乱には、数多くの日本人がさまざまなかたちで密かに参戦しました。米軍に後方任務要員として傭われたり、民間人の形式で米機関に雇傭せられたりしたのですが、このうち海軍関係がいわゆる「私設海軍」といわれるものです。もちろん、日本の政府機関がこのことを絶対に否定していたのは新聞などでご記憶の通りです。

だが、その機関は、海上自衛隊の前身である海上警備隊の、そのまた前身の海上保安庁の航路啓開隊で、その母体は、終戦処理に当った海軍省軍務局の掃海部です。従って、それに携るものは生粋の「帝国海軍」の末裔だったわけです。この航路啓開隊は運輸省管轄下の海上保安庁に所属していたが、任務は、ポツダム宣言に基づくGHQの一般命令によって「日本及び朝鮮水域の掃海」という戦時勤務でありました。これには日本の主要港湾が基地になっていました。

二十五年九月三十日に、国連軍海上部隊司令官であったアメリカ極東海軍司令官ジョイ中将は、この「帝国海軍」の技術を踏襲した熟練掃海艇を実戦部隊として指揮下に編入する旨を、啓開隊長の村田元海軍大佐に命令しました。

これは海上自衛隊を編成した委員会が立案した作戦で、そろそろ再軍備をも示唆していたわけです。朝鮮動乱勃発後の七月四日付マッカーサー書簡に基づいて、当時の岡崎勝男官房長官が海上保安庁長官に命じて旧海軍の将官、佐官級から十名、委員補佐十四名で組織した委員会がY委員会とよばれるものです。いずれも彼らのパージ解除を条件に朝鮮動乱作戦用に集められたのです。

朝鮮戦線では、釜山北方まで追詰められた米軍が反撃に転じて、北鮮軍は三十八度線の北に後退していました。米軍は取返した戦線の整備を図るため、最前線の兵力の強化、防禦線を確保しなければならなくなり、兵員揚陸地点には、朝鮮半島東部海岸の元山と、西部海岸の仁川が選ばれていました。しかし、この辺の海面には北鮮側による機雷が敷設されているので、兵力輸送のためには、まず、この機雷原の掃海が先決でした。そこで、朝鮮海域に詳しく、技術も高度な、旧帝国海軍の掃海隊の後身である航路啓開隊が引出されたという次第です。

この掃海艇の艇長、指揮官クラスには、前記のように、パージ解除を条件に旧海軍士官が就役しましたが、このときは、恰度、戦犯追放解除とレッド・パージとが交叉していて、日本国内の事情もようやくアメリカ初期の占領政策による「行過ぎた民主主義」から右旋回をなしつつある時代でした。つまり、GHQの指令で、日本民主化に障害となるべき人物を追放する審査機関であったはずの特審局が、情勢の変化で今度はアカ追放の役目に転回しはじめていたころです。従って、この機関の特殊な裏面は誰にも感づかれずに、編成は極秘裡に進められました。

この「戦時」編成は、掃海艇だけでなく、機雷を処分する特務艇の補助が必要だったので、警備救難部の巡視艇も編入されました。Y委員会が第一回目の正式会議を開いたのが九月三十日で、その翌日には早くもこれらに出動命令が発せられています。

「指名された船艇は、防寒外套を準備、下関唐戸桟橋に集合せよ」

このY委員会は、日本側委員五名に米極東海軍参謀が加わり、共同作戦会議といった情景だったといわれます。

十月一日から二日までに、指定された下関港には航路啓開隊のMS（掃海艇）十隻、警備救難部の

ＰＳ（特務駆潜艇＝現在の巡視船）四隻が集結しました。唐戸桟橋沖には、この掃海艇の指揮をとる濠州海軍の甲型巡洋艦が碇泊(ていはく)していたのです。

ところで、それまで何も知らされなかった乗組員は、行先と任務を察して、大半、朝鮮海域の掃海のための出動を拒否、下船しました。

おどろいた保安庁幹部は、米軍並のダブル・ペイ（戦時手当）に準じて基本給の約十倍を支払う、と説得しました。このような騒動で出港は延び延びとなり、やっと必要なだけの乗組員約六百余名を集結させ、十月八日、村田隊長が乗船した〝はつかぜ〟を先頭に出動しました。ところが、その乗員の三分の一は、上陸したまま船に帰ってきませんでした。そのほかの船に乗った者は、出征と同じ気持で身のまわり品を整理、故郷に宛て遺書を書いていたといいます。さらに岸壁には戦時中そっくりの見送風景が再現されたということです。

ＰＳ一、ＭＳ四は仁川、ＰＳ三、ＭＳ六は元山へ向いました。両方面とも交戦圏内ではないが、作戦区域だったのです。

このときの作業は、掃海艇二隻がワイヤーを曳いて機雷の沈錘(ちんすい)を切断、浮上した機雷の信管をあとからつづいてくる巡視船上からライフル銃で射撃、爆発させるというしくみでした。

ところが、小雨降る十七日午後四時ごろ、ＭＳ－４号（船長以下二十四名乗組）が機雷にふれて爆発しました。いわゆる轟沈です。海面に飛ばされた乗組員約二十三、四名は、すぐに僚艦に救助されたが、主計係の中谷某は遂に発見されませんでした。

これが他の艇の乗組員に衝撃を与え、八隻の日本人乗組員は一斉に、馘首になってもいいから帰港する、と騒ぎ出しました。彼らは掃海道具と、爆発用のライフル銃を海中に棄てるという有様です。そのうち三隻は、艇長以下全員一致して帰り支度をはじめました。これを見た米巡洋艦の指揮官はアメリカ極東海軍司令部へ、日本の掃海隊が叛乱を起した、と打電したそうです。

とにかく、残った掃海艇に米巡洋艦は砲門を向けて、作業を強制してつづけさせました。

この主計係の死も、海上の爆破作業も一切、隊員に緘口令（かんこうれい）がしかれました。掃海隊の出動ももちろん秘密です。

MS－4号が轟沈する前日の十六日、朴憲永（ぼくけんえい）北鮮外相は、

「朝鮮戦線に日本人部隊が参加している。これは国連憲章及び日本憲法第十六条に違反する」

と国連安保理事会議長に抗議しました。これに対して国連スポークスマンは、

「これは中共を介入させるための下工作である」

と否定しました。むろん、日本政府は黙殺しました。この事件は、完全に闇に葬られたわけです。だが、新聞社の一部は知っていました。殊に掃海艇が出港した地元の通信部は、これを記事にして本社に送ったが、占領軍の命により没となりました。いわゆるＧＨＱのプレスコードによって報道は陽の目を見なかったわけです。

しかし、この事件は、翌二十六年一月、ＡＰ通信がスクープしました。最高司令官の職を解かれて帰国したマッカーサー元帥は、この事件について問われ、

「日本の掃海艇を元山上陸作戦の掃海に使ったのは事実だ。しかし、降伏条件に基づく戦後の処理のために使ったまでだ」

と、とにかく事実だけは肯定しました。

そこで、この問題は、その月三十日の衆院本会議で、川上貫一代議士が吉田首相に対する質問となりました。

4

「川上貫一（共）　私はここで、吉田内閣が過去幾年の久しきにわたり、平和を念願する方法ではなく、アメリカのために戦争の拡大に協力した事実を指摘しなければならない。即ち、朝鮮戦争の際に吉田内閣は直接これに参加しておきながら、その事実を国会においても、また国民に向っても秘密にしてきたということは、総理大臣ご自身が一ばんよく知っておられると思う。（与党席騒然）しかるに、今日に至って、元山上陸作戦には海上保安隊の掃海艇のほとんど全部が参加して、その一隻が沈没しておるという事実が報道されております。私は、これは単なる報道かと思っておりましたら、当時の国連軍最高司令官であったマッカーサー元帥の最近の証明によって、このことははっきりと裏づけさせられたのであります。（野党席拍手）総理大臣は、今日のこの事実をお認めになるかどうか。また、このような重大な事実を今日まで国会にも国民の前にもひた隠しに匿（かく）しておき、国民の耳目（じもく）を欺いたことに対してどういう責任を考えておられるかどうか。（拍手、与党席騒然）総理大臣として本当に国際緊張の緩和を望まれ、平和を念願するといわれるのであれば、この際、一切の事実をここで明白にし、政府の責任をはっきりと明らかにされるべきであると私は考えます。（野党席拍手）」

「吉田総理大臣　お答えをいたします。朝鮮の捕虜送還に日本の商船が傭われたということの事実は、私は未だ存じておりません。また、掃海艇が沈没した、マッカーサー元帥云云を云われるのでありますから、マッカーサー元帥が日本におられるときのことであろうと思いますが、私には現在記憶がございません。（与党席拍手）」

以上が、その本会議における速記録の一部です。しかし、吉田首相が何と強弁しようと、この事実は匿せるものではありません。事実、吉田首相は、その後、前記主計係の墓碑に自ら筆を執って「嗚呼忠臣中谷君の墓」と書いて与えたそうです。

日本政府は、この事件を抹殺するため莫大なヤミ資金を用意しました。つまり、参戦出費は正規の窓口から出せないからです。

掃海隊が解散するとき、乗組員は戦時手当と口止料代りの一時慰労金を支給されたが、一人最低三十万円だったといわれます。そのほか、戦死した中谷氏の遺族に対する補償金、病院に入院したMS－4号乗組員の治療代等があります。参戦者は、第一次出動後、第二次出動後には交替要員（人員不明）が補充乗船していますから、推定六百名から八百名と思われます。つまり、給与だけでも最低二億四千万円出ている計算になります。

一体、その金はどこから支払われたのでありましょうか。

私は以上、書きつづってきましたが、当地に無関係のことを書いたのではありません。

米軍五万名が元山に上陸した二十六日、マッカーサー元帥の特使と称する米海軍佐官と陸軍将官がMS－4号の乗組員の入院している病院を見舞い、見舞金を各人に十万円ずつ渡して行ったのですが、そのときの百円札を千枚入れた封筒が、なんと実にわが平福相互銀行の札入れ封筒だったのです。

そこで思われることは、マッカーサー特使の覆面将校は、患者の見舞いがてらにこの軍資金調達に当地に来たのではないでしょうか。さらに、その金が保管されていたのが平福相互銀行ではないでしょうか。こう私が考えるのは、あながち無理な推定ではなさそうです。

というのは、平福相互銀行は、当時、アメリカ・ナショナル・バンクの代理店のようなことを兼ねていたから、ドルを円に交換したものか、別個のルートの金か、判然としませんが、その金がこの土地で調達されたところに重大な意味があるのです。

この市の平和産業建設という市民の願いを覆して、アメリカ軍事基地化の気運をつくる運動資金を保守系の政治ゴロに流していたのは、地元経済の動向を左右していた平福相互銀行でありました。その腰の入れ方が営利企業の枠を越えていたところをみると、これは謀略資金だったと思われます。

従って、朝鮮動乱参戦費は同じヤミ資金から出たのではないでしょうか。

しからば、なぜ、そのヤミ資金が平福相互銀行にあったのか。それを解くためには終戦直後の混乱に遡ってみなければ分りません。この土地が朝鮮動乱の前線基地に近いとはいえ、そんな莫大な資金が中央から送られて来たとは考えられないからです。

参戦費は、もともと中央で調達されるべき性質のもので、それを地元で調達したところに意味があります。つまり、この土地に米軍のヤミ資金が隠匿されていたのが、朝鮮動乱の謀略資金として活用されたと考えるほうが至当だと思います。

そのヤミ資金は、一体、いつ蓄えられたのでありましょうか。

それには、砲兵工廠事件と呼ばれる旧陸軍隠退蔵物資事件当時の宝探しに遡らなければなりません。話を昭和二十一年のころに戻すと、前にも述べました隠退蔵物資処理に関する勅令が出たのが二月で、全国の旧日本軍施設があった所には旧軍物資が多量にあり、埋蔵、あるいは隠匿されていました。この勅令の機関活動がいわゆる「世耕指令」であります。なにしろ、この土地は旧軍の師団も砲兵工廠もあったのですから、「隠退蔵物資は(公)[*1]で三百億円はある」と云われていました。

これらの隠退蔵物資が、一体、どのように始末されたか。これは、この声明にあわてた地元の政財界の有力者たちが、その地位を利用して占領軍幹部や警察官と結託して取込みに狂奔したのです。その方法の一端を云いますと、時の市長は占領軍幹部に、オンリー付の新築の住宅を提供したのをはじめ、他の人々は将校級の私設通行証を貰い、買収した私服警官を同乗させて、トラックで関西方面へ輸送売却したといわれています。占領軍発行の横文字の書類が万能だった時代です。

従って、その摘発も進みました。その結果、県賠償課保管倉庫、農業会倉庫、復員局補給部保管物資倉庫、民間会社倉庫といったところが捜索され、それぞれ隠匿していた亜鉛、亜鉛地金、タイヤ、ドラム罐などが多量に押収されました。

したがって、特捜班が捜査にかかった三月の終りから五月の下旬まで、市内の有力な政財界人が続々特捜班本部に召喚され、このため市のあらゆる機構が空転し、経済界は息をひそめました。全市が隠匿物資と汚職事件の渦の中に巻込まれたのです。

衆議院では、この問題を不当財産取引委員会が取上げ、地元の県知事、市長、市会議員、県会議員、会社社長などを続々証人として喚問、追及しました。地元の要人たちは、さらに旧悪が露顕することをおそれて、市会議員を煽動、摘発のメスが汚職に向った二十三年四月に、突如、全員協議会を招集、次のような申合せを行いました。

「このたびの事件に対する検察官の労苦には感謝すると共に、この際、禍根を一掃するため徹底的に摘発のメスをふるっていただきたい。しかしながら、この摘発によっていま建設途上にある当市の復興を遅らせるような結果となった場合、われわれ市民としてはまことに遺憾にたえない。出来得るならば、これが処置の一日も早く終らんこと、全市民の名においてお願いしたい」

この奇妙な申合せの裏には、当時まだ平福相互銀行頭取から××大臣となったばかりの古屋勝義の中央における火消し作業が進んでいたのです。それが功を奏してさすがの大摘発も下火となり、八月末には特捜班は解散しています。つまり、この事件は、結局、徹底的なメスがふるえず、中途はんぱに終ったわけです。

この日本側の摘発とは別に、米軍は独自の立場で旧軍隠退蔵物資を摘発していました。すでにそれまでに日本側によって金属、皮革、繊維、ミシン、機械、燃料類が押収されていたが、米軍が捜していたのは軍資金です。そのため米軍は旧日本軍の謀略機関のヤミ資金を重視していました。追放された日本側旧特高、諜報機関員が、この捜査のために傭われました。

この市に駐留していたCIC〔対敵諜報部隊〕は、まず、昭和十九年末に、台湾基隆（キールン）で原因不明の爆発を起して沈没した輸送船の事故原因を調べていました。

その船は、シンガポールで日本軍が押収した貴金属を内地に輸送する任務を大本営から与えられていたのです。この沈没を米軍は偽装沈没と推定し、船荷はシンガポールから基隆に入ってほかの船に積替えられたのではないかとみていたのです。

シンガポールで押収したのは山下奉文大将の第十五軍で、保管責任者は辻政信参謀でありました。量はトラックに十五台分で、邦貨に換算して十兆円を超えるとみられました。そして、前記の船に積込まれたのはその一部としても、莫大な金額の物資だったわけです。

捜査の結果、CICは、シンガポール財宝の一部を台湾に陸揚げして、その船から持出し、香港の海軍諜報機関員が終戦直前特務艇に積んでこの土地に運んだという情報の裏づけを得たようです。

その特務艇は近くの港に乗棄ててあったので、終戦後、米軍に引渡されていたのですが、その特務艇に誰が乗っていたか、荷物は何を積んでいたのか、一切記録というものがありませんでした。

終戦直前とはいえ、旧海軍の警備の眼を盗んでの物資揚陸は不可能とみられたから、この物資はどこかよそで匿し、乗組員だけがこの土地に上陸したものと推定したのです。

このCICの捜査は狩猟に偽装して行われたが、昭和二十三年の冬に、この土地から数十キロ離れた入江の松林の中にそれと思われる貴金属を発見しました。しかし、これは噂ですが、彼らは大きな梱包の七、八個を陸揚げし、大型ジープ三台に分載して基地の中に消えたといわれています。このとき発見した財宝は軍の金庫には収納せずに、平福相互銀行の金庫に収められ、一部は換金されて運用されていたのではないでしょうか。というのは、このときの捜査隊長が汚職を名目に解任されている事実があるからです。

すなわち、このCICの責任者が解任された直後に、平福相互銀行の前記ヤミドル密売事件が検挙されています。まことに符節を合わせたようではありませんか。

私が思うに、このＣＩＣの責任者は財宝を日本円に換金したが、私物化するためには、本国に持帰れるドルか、ドルに交換が利く軍票が必要だったため、ヤミドルと交換していたと思います。その交換も自分たちでするわけにはいかないので、財宝を預けた平福相互銀行に交換を委託し、円貨の運用を任したというところが真相ではないでしょうか。

だから、この勘定外の莫大な円貨の運用が平福相互銀行に利益をもたらさないわけがなく、銀行は旧陸軍兵器廠隠退蔵物資事件の影響もなく、軍需会社の倒産にもゆるがず、旧資本金と預金を守れたのは、占領政策の司法権を握っていたＣＩＣと気脈を通じていたためだと思われます。

要するに、この財宝と資金は、二十五年ＣＩＣ責任者の解任前に凍結され、米軍が押収保管していたものと思われます。そして、この資金がたまたま勃発した朝鮮動乱の裏軍費として役立ったわけです。

5

この財宝は、昭和三十二年まではまだ米軍の手で発掘されたとは一般に知られていなかったし、米軍も発表していなかったのです。

しかし、ここに財宝が匿されているであろうという推定をつけた者がいます。それは、元海軍特務機関員と自称する高橋吉雄という男が、倉敷市の食品工業社長原田透に話したので、原田はそれを本気にし、そのあたりに埋没した旧軍物資があるものと信じていました。事実、高橋も、原田も、それが十年前とっくに米軍に掘出されていたことは知らなかったのです。

この原田自身も、戦時中、中国で特務機関に働いていたから、この「高橋情報」を信じていました。彼は、「山下兵団没収貴金属の一部が日本に運ばれ、まだ日本人の誰もがその行方を知っていない」と思込んでいたのです。

当時、食品工業でかなり儲けていた原田に、高橋吉雄はこの貴金属埋蔵の情報で取入り、二人は二十九年八月に倉敷から現地に行くことになって急行列車に乗ったのですが、図らずもそこに奇怪な失踪事件が起りました。

これは、隠匿貴金属をめぐる一つの挿話としてお読みください。

高橋が原田に話したのは次のようなことだったのです。

「自分は、終戦直後、支那総軍司令部が上海税関からダイヤなどの貴金属を確保、揚子江を下って快速艇で内地に向った。途中、油が切れ、九州のＡ島に漂着、乗組員二名を誤魔化すために書類を焼くふりをして貴金属を埋めた。その後、自分はこの件で数回米軍に呼ばれ、拳銃を突きつけられて埋蔵場所の自供を迫られた。一たん釈放されたが、怕くなって住所を転々とし、米軍の追及から逃れた」

というのでした。この話がいかにも真しやかなので、原田も高橋を信用したのです。

ところが、彼らが列車に乗るまでの顚末はもう少しあります。

七月の末のことです。高橋は、神戸のＯホテル１４号室の外国人名で八月三日ホテルで会いたい、という意味の手紙を受取りました。しかし、調べてみると、神戸のＯホテルには１４号室もなければ、差出人も存在していないことが分ったのです。高橋は気味が悪くなりました。この怪手紙のことで恐怖を感じて旅館に隠れている高橋のもとに、女の声で、原田社長が急いで会いたいから、そちらに回す車ですぐに来て下さい、という電話がかかりました。

これを信用した高橋は迎えの車に乗ったところ、運転手は一人だったが、途中で四人の男が乗込んできて拳銃を突きつけられ、車を乗替えさせられたのです。そのまま倉敷駅まで連行されて、二等車に押込まれ、神戸の三宮で降ろされました。

高橋は蒼くなったが、彼らに、いま自分が居なくなると捜索願を出されるおそれがある、と云うと、それなら原田社長宛に電報を打てよ、と怪人物に云われ、倉敷駅から、

「三人来た。設計図心配するな」

と、原田社長だけに意味の分る電報を打ちました。

三宮からは米人の車で彼は伊丹飛行場に運ばれ、軍用機らしいもので沖縄と思われる場所に運ばれました。ある家に収容されたのですが、そこは家政婦付きでひどく歓待されました。しかし、もちろん、これは軟禁で、彼は二日間米人と通訳とに挟まれて、彼が運んだ貴金属の行方を追及されました。高橋の眼の前のトランクには、千円札の束が一ぱい詰められてあったそうです。

高橋は、自白すれば必ず殺されると思って口を閉じていたところ、三日後に再び軍用機らしい飛行機に乗せられ、伊丹空港に連れ戻され、やっと釈放されました。

一方、原田社長宛には差出人不明の手紙が来て、それには箇条書で、①高橋吉雄を貴社で社員にする気か。②高橋には重大な秘密がある。③われわれは高橋を見張っている。④高橋の秘密を解くのに貴殿が協力してくれれば、最低五十万ドルの礼をする。⑤返事は電話で貰う。と書かれてありました。

この無気味な手紙がきた翌朝、原田の会社に電話があったらしいが、原田社長は恰度外出中でした。翌々日の午前九時ごろ、佐々木という人物から再び会社に電話がかかってきました。

佐々木なる人物は電話で、ぜひ、あなたにお話したいことがあるので、しかるべき場所でお会いしたい、というのです。原田社長は、会社以外では会えない、と断わりました。もちろん、不安だからです。

こうした手紙や脅迫があったので、例の発掘を早くしようという決心になり、原田社長は、自社の支配人や社員五人に自分が書いた地図を持たせ、名目は地方出張所開設準備ということにして、先に現地に先行させました。

こうして、いよいよ原田と高橋とは前にかいたように急行列車に乗ったのです。

ところが、翌朝午前七時ごろ、二等寝台車に斜(はす)かいに寝ていたはずの高橋吉雄の姿が見えないのです。これに気づいた原田社長は、早速、列車が駅々に着くと、警察に、「同伴していた男が行方不明になった、米軍に拉致(らち)されたらしい」という申出をしたのです。

この届を受けてから騒ぎが大きくなったのですが、このとき原田は本名を名乗らなかったばかりでなく、失踪した高橋も「山本」という名前にしていました。

この原田も汽車が終着駅に着くと忽ち姿を消したので、いよいよ新聞が騒ぐ結果になりました。

あまり新聞が騒ぐので、原田の家族と、先行した社員五名とは、原田社長の捜索願を警察に出しました。そこで、O県警とN県警とが動き出したが、そのとき、土地の新聞の、原田が旅館に潜んでいるという聞込みから、彼の所在がバレ、仕方がないので、原田社長は支配人と一しょに、二十九日昼過ぎ、土地の料理屋で記者との共同会見をしました。

「この事件の内容は詳しく云えない。高橋吉雄が私を騙したとは思われない。高橋が失踪したのは自ら姿を晦ましたものと思う。私は米軍に拉致されたと思ったが、そうではないと考えるようになった。多分、高橋は何らかの危険を感じて自ら行方を絶ったのであろう。しかし、その危険の理由についてはここでは云えない」

結局、これは、どうやら、原田社長が高橋吉雄に騙されて運動資金を相当取られたということが真相のようです。

当時は、こういうケースに似た大小さまざまな事件が全国にあったと思います。つまり、旧日本軍の埋没物資が一種の宝探しとなって流行していたのです。

ここで私は、本題に返って平福相互銀行のことにふれなければなりません。――

ところで、平福相互銀行の背後につながる秘密は、当事者の八木頭取ほか数名の幹部だけが知っていて、ほかの誰にも感づかれなかったかというと、実はそうではなかったのです。

それは、この土地に終戦後から共産党に所属した党員が新聞を発行していましたが、この記者である木内久夫、由井四郎ならびにそのチーフだった池田康作という人物が、平福相互銀行はおかしいと感づいて、しきりとその内容を洗っていたのです。もちろん、これには銀行内部からも彼らの主義に同調した行員の協力があったものと思われます。それでなければ、あの秘密がそうやすやすと彼らに握られるはずはありません。

池田康作という男は、いわゆる筋金入りの党員ではありませんでした。このことは、彼が調べ得たデータをちらちらと銀行幹部に見せ、金を要求していたことでも分ります。こと面倒と思った銀行側では、遂に、この池田康作の買収工作をはじめ、相当な金で彼を抱えこむことに成功しました。この結果、今まで知り得た銀行側の秘密は、永久に握り潰されることになりました。

このために池田康作は党を除名となり、今度は党との関係のない新聞を続刊することになりました。また、彼の手下であった木内久夫も党の情報をＣＩＣに売っていたことが暴露し、池田康作につづいて党から除名を受けました。

結局、入党はしていなかったが、残る一名の記者由井四郎が一ばん純粋だったといえるわけです。その党と絶縁した池田の新聞はスタッフこそ変らなかったが、紙面は地元政財界の追従に変りました。つまり、彼の新聞は、正義や思想を捨てた代りに金づるを握ったわけです。

この利益の分け前をめぐって、三人の仲が急速に悪くなって行ったのは当然です。

前に書きましたように、過ぐる二十七年の古屋派の、当時の八木専務追落しのクーデターに、実はこの池田康作も一枚嚙んでいたのです。新聞は内部分裂で廃刊となりました。

6

この池田康作は平福相互銀行の秘密を握っていたから、銀行の交際費を資金源として私腹を肥(こや)していたわけです。例のクーデターの際には、口座を拡大してもらう約束で古屋派に荷担していました。しかし、前にも書いた通り、この反逆は成功せずに終りましたが、当時、新聞という武器を持っていた池田康作は、例の興行界を握っている本間政一を通じて銀行側から、口封じのために十万円相当の金を受け取っています。

これを知った正義漢の由井四郎は憤慨して、最後の絶縁状を池田康作に叩きつけたのです。

この由井四郎という男は人一倍正義感が強く、勇気を持っていたと思います。彼は兵隊上がりの乱暴者だったが、悪には絶対妥協しない男でした。最初アカ呼ばわりされていた池田の新聞を暴力団から守ったのは、ひとえにこの由井四郎の腕力だったと云っても過言ではありません。

彼はヤクザとの喧嘩には絶対に負けませんでした。もし、彼がその道に入っていれば、一方(ひとかた)の親分にはなれただろう、という人があります。事実、ヤクザの親分本間政一も彼に向ってたびたび身内になるように勧めています。

というのは、さすがの本間政一もこの由井四郎には一目置いていたからです。いや、彼は怖れていました。由井四郎は平福相互銀行に絡まる秘密の一端を例の新聞の取材中に知っていたからです。と同時に、除名共産党員の元記者、池田康作も銀行とつながる自分の弱点を由井四郎に握られています。つまり、二人の共同の恐怖が由井四郎なのです。

そこで、当然の手段として、本間政一は子分を使って再三由井四郎をおどかしました。だが、由井はチンピラにおどかされればおどかされるほど本間に対して反抗的となり、これがいつの間にか彼が反本間派の愚連隊の親分格に奉られるという次第になりました。

それは昭和二十七年の夏の夜のことでした。市内の親分格が集った宴会の席で、この本間政一が親分の風格を見せるため、由井四郎に軽蔑した言葉を吐きました。怒った由井四郎は、ドスで本間政一と彼の一の子分の映画館主を斬り、その男に瀕死の重傷と、本間政一に全治二週間の傷を負わせました。全市民は、永年、この市の明朗を蔽っている暴力団の親玉本間政一が刺されたというので喝采しました。

由井四郎は殺人未遂で起訴され、懲役四年の刑を言渡されましたが、翌年一月に仮出所をしました。今まで誰の手にも負えなかった本間政一に敢然として挑戦した一匹狼の由井四郎に、市民は拍手を送ったものでした。

しかし、由井四郎が出所してくれば、当然、本間の子分たちの復讐がその前に待っていることは予想されました。

その由井四郎は仮出所をして娑婆の陽の目を見たわけですが、一週間経ち、二週間経ちしたが、一向に本間の子分の襲撃はありませんでした。本間は由井四郎に対して復讐を諦めたのでしょうか。いや、実は彼らはその機会を待っていたのです。

由井四郎が仮出所してから五十日経った四月二日の昼過ぎでした。恰度、桜の花の便りを聞く季節で、けだるいくらいに生暖かい日でした。

由井四郎の家に一人の男が訪ねてきました。それは、ちょっと見ると、土建人夫風の男でしたが、当時は本間派の仕返しがあるというので、警察も家族も警戒していたのです。

由井四郎の妹が応対に出ると、その訪問者は云いました。

「私は刑務所で由井さんと一しょだった者です。ぜひ、一目お目にかからせてください」

刑務所で知合った者同士が、出所してから交際するのはヤクザの仁義でもあったので、妹は、

「ちょっと待って下さい」

と云って、奥にいる由井四郎に取次ごうとしました。これがいけなかったのです。

その言葉で由井四郎が奥にいることを察したその男は、いきなり土足で駆け上がると、前を歩いていた妹を突き倒し、奥の間に走り込みました。

折から居間にいた由井四郎は茶を喫んでいましたが、起ち上がる隙もなく、男は刃渡八寸〔約二十四センチ〕のドスで由井四郎の胸を一刺ししました。

由井が何か叫んで起ち上がったが、胸を刺されているので身体の自由が利かない。そこを男は突き倒すようにかかって、刃を胸に通し、遂に滅多斬りにしました。由井四郎は、畳の上に撒いた自分の血の中に仆れたのです。犯人はすぐに逃走しました。

この捜査中に、本間の一の子分の映画館主に付添われて犯人が警察署に自首しました。男は本間の子分で、料理屋の下足番をしている岩淵銀太という二十五歳なる若者で、親分の仕返しのために殺った、と自供しました。由井四郎は、右胸部ほか十一ヵ所も刺されて即死だったのです。

警察ではこの事件をヤクザ同士の単なる喧嘩と取っていたのですが、実はやはり平福相互銀行に絡んでいることなのです。

池田康作はじめ平福相互銀行の関係者は、由井四郎が出所して来たら、さらに人気を得て勢力を伸張するであろうと怖れ、今度こそ彼を抹殺しようと計画したのです。

そこで、池田康作は一計を案じて警察署と本間宛に「おれは共産党だ。平福相互銀行から甘い汁を吸っている本間と池田のことを知っている」という意味の脅迫状を出しました。この場合、警察よりも本間政一がびっくりしました。

なぜなら、本間は、前に申しました銀行の内紛のときにクーデターを鎮圧した理由で、すでに数千万円の融資を銀行から受けていたのです。しかし、これは担保力も何も無い、体のいい強請だったので、これがバレると、自分の刑罰は免れないことでした。のみならず、銀行側もいわゆる不正貸付として摘発されるおそれもあるわけです。

そこで、単純な本間政一は、この密告状を書いた者を殺すといって怒りました。密告状は、西洋紙を畳の上に直接置いて鉛筆で書いたもので、畳の目のために字の癖が崩れて誰の筆蹟か分らなかったが、池田は「この秘密を知っている者は由井四郎以外にない」と断定し、しきりにそれを本間に主張しました。本間は他愛もなくこれにひっかかり、由井四郎殺害を決心、子分の岩淵に命じて殺させたのであります。

なお、岩淵はこの犯行をあくまでも単独犯と主張したので、本間政一は参考人として取調べは受けたが、共同正犯は成立しませんでした。

むろんこの密告状は池田康作が書いたものです。これをあとで知った本間は、今度は、自分を騙した池田康作を殺そうとしたので、池田は土地から姿を消し、本間の怒りが解けるまで逃亡していました。

ところで、この犯人の岩淵は懲役十五年の判決を受けて、第一審で服役しましたが、三年後に仮出所を許されました。

彼は本間政一に盃を返すと、挨拶して、そのまま飄然とどこかに消えてしまいました。

このときの本間政一がどのような生活状態であったかは、あとで書きます。

7

さて、平福相互銀行の隠匿財源は、前に書いたように、米軍の謀略資金として朝鮮動乱で果して全部が費消されたでしょうか。このことは次の事実が参考になります。即ち、昭和二十六年の五月、平福相互銀行本店内に株式会社平福不動産というのが設立されました。これで推定される通り、謀略資金の残りはこの偽装会社の中に引継がれ、八木頭取自らその管理者となったのです。

平福不動産は設立以来今日まで資本金僅か二十五万円ですが、借入金名目の資金で市内の土地、建物を次々に買収して投資する一方、貸金業務を行っています。現在のところ、資金量は百五十億とみられている不思議な会社です。株主は平福相互銀行の一部大株主と現業重役だけで、社長には大株主で人事部次長の宝田久一郎が就任しているが、実際の運営はむろん八木頭取です。

この平福不動産の取引相手は、主として平福相互銀行そのもので、平福相互銀行が担保として取得した含み評価の多い不動産を買収しています。不動産会社といっても別に売買するでもなく、投機は買収一本槍です。

この平福相互銀行と平福不動産の関係は、兼業を禁じた銀行法と、銀行の株主取得を制限した独禁法違反の疑いが濃厚でした。

そこで、元共産党で除名処分を受けた三人組の元記者の一人、木内久夫は、この点から平福相互の攻撃にかかりました。彼は池田康作の部下時代から平福相互の秘密を嗅ぎつけていたのですが、上に池田がいるため介入することができず、永い間雌伏していたのです。

木内久夫は、この秘密を握ると、堂々と八木頭取に面会をしました。ここで八木もあっさり兜を脱いで、現金八百万円と住宅とを彼に提供することを約束し、その口を封じ込めました。これに懲りて、平福不動産の所在を、登記上、その市から十二キロばかり離れた宝田の家に移しました。この家というのは三軒長屋の借家でしたが、何億という資金量を誇る不動産会社の本社が裏長屋になったわけです。いかにインチキかお分りでしょう。しかし、彼らはほとぼりが冷めると、また再び本社を平福相互銀行支店の三階に移してしまいました。

こうして平福相互はトンネル会社の平福不動産を作って両面から操作し、完全に当市の表裏両面にわたる金融機関の独裁態勢を完成しました。

ところで、例のヤクザの親分本間政一ですが、これは平福相互をバックに県下の暗黒街を支配し、土建業界を牛耳る一方、彼が前から持っていた興行方面の「事業」はいよいよ膨れ上がり、当市だけではなく、県下の他の市の映画館まで続々と買収するといった有様でした。当時の県知事も、この本間の金によって知事選に相当運動資金を流したといわれています。

だが、ヤクザの悲しさで、そこまでのし上がった本間政一も、その経営は相変らずゴロツキ的であり、生活もテキヤの親分と一向に変らなかったのです。これが遂に彼の命取りとなりました。即ち、昭和三十二年に恐喝容疑で彼は逮捕されたのです。

この恐喝名目は、彼が米軍施設入札のときに、平福不動産の別会社「平福土建」の入札額の半分で落札した某建設会社を、自分の仕事を妨害したという理由でおどし、三千万円を恐喝買収したほか、隣県の某会社社長を旅館に軟禁、その社長が前社長の妾を横取りし、会社乗取りを策したという理由で七百万円を恐喝取得した疑いでした。

本間は、敗戦後の昭和二十二年以来、数々の横暴を働き、暴力沙汰も一再ではなかったのですが、今まで一度も警察に捕われて起訴されたこともなく、法の目を逃れてきていたのです。いや、法の目をくぐるというよりも、土地の警察官が本間政一に買収されて、本間には手をつけるな、というのが不文律になってしまっていたのです。ですから、今度の検挙も警察ではなく、土地の地検が起ち上がって彼を捕縛したのでした。

これには、よその検察庁から赴任してきた某次席検事が本間の暴状を見るにしのびず、警察とは組まずに極秘裡に独自の立場で本間の身辺を洗い、遂に検挙の糸口をつかんだという裏話があります。

ところで、地検の真の狙いは、異常な伸び方をした本間の事業の背後の追及にあったのです。その第一は、県知事とのつながりです。本間が知事の政治資金を調達し、その代償として県下の興行界の独占に便宜を与えてもらう約束があったとの事実を衝いたわけです。

このために県知事は、本間の取調べが進むにつれて汚職が自分の身辺に及ぶことを知り、同年の末に遂に急死しました。事実は自殺です。この自殺のことは世間には発表されず、一応、心臓麻痺として報道されましたが、県民の一部はうすうすことの真相を知っておりました。

この知事は旧い政党人で、県下の政治ボスでもありました。名前を云えば、中央にも知られていた人でしたし、戦前には代議士にも三、四回当選しています。しかし、金の無い悲しさに新興成金の本間と組んだため、遂に自らの悲劇を択んだのであります。

ところが、このことで一ばん心配しているのは、平福相互銀行の頭取八木修治です。検察庁に呼ばれた本間の口から、平福相互の秘密が洩らされはしないかと心配していたのですが、本間が県知事の自殺後に仮釈放されると、遂に八木は本間に対して絶縁を申込んだのです。

このときの条件として、八木は本間の事業に融資した六千万円の債権を棚上げすると云ったのです。

「八木さん、そりゃあんまり話がひどいじゃないか」

と、本間は八木頭取を睨みつけました。

しかし、ひとたび検察庁に呼ばれて痛めつけられた本間は、すでにそれ以前の本間ではありませんでした。こういうヤクザの親分に限って検察庁が怕かったのです。それもそのはずで、今では警察が絶対におれには指をふれないと思込んでいた彼がそんな目に遭ったのですから、すっかり自信を喪失したわけです。

この弱点を知っている八木は、

「あんたにもいろいろ世話になったが、なんと云っても相互銀行は信用が第一だからな。あんたの裁判がどういうふうになるか分らないが、一応銀行から離れてほしい」

と主張する。

「タダでは離れられないね。わしもあんたには大分骨身を惜しまずに働いたからな」

本間ははかない抵抗を試みました。

「だから、六千万円の債権を棚上げしようと云っているのだ」

と、八木はうそぶく。

「それくらいのことは当り前だと思っている。だがね、その借金を棚上げしてもらってもわしには金が無い。どうだ、それ以外に五千万円現金で欲しいが、それで手を打とうじゃないか」

本間は懇願に近い申入れをします。

「五千万円は多過ぎる」

八木はつっぱねました。こうなると、落目になった彼は昔の睨みが利きません。結局、本間は八木から現金一千万円の手切金を貰って平福相互銀行との絶縁を承知しました。つまり、彼は八木に利用されるだけ利用されて捨てられた一人だったわけです。

今までの金づるだった平福相互銀行と取引を停止された本間の転落は急速でした。経済的な支柱を失った彼は、次々に子分たちにも裏切られ、背かれることになります。すっかり精神的に疲労困憊した彼は、遂に麻薬に手を出し、中毒患者になってしまいました。

なかには、この麻薬中毒のために半分白痴になった本間のことを、あれくらいの人物だから麻薬中毒は偽装だ、あれはみなを油断させているのだ、という噂が立ちました。しかし、これはやはり噂だけで、子分たちに興行界の地盤の大半を横取りされた彼は、遂に御殿のような邸宅も売払い、狭い陋屋に蟄居することになりました。このとき、彼は永年世話をしていた中年の二号と一しょにいて、虚ろな眼で窓から往来の人間を眺めていたということです。

先に由井四郎を刺した岩淵銀太が出所して、親分子分の盃を返しに行ったときの本間政一は、そういう状態だったのです。

八木修治は、こうして次々と、自分の身辺で禍根を残すようなものは切捨ててゆきました。彼は、それから念願の県の教育委員長になりました。金も出来、地位も定まってくると、今度はそういう教育関係のほうに人間の欲望は流れてくるらしいです。昔だったら多額の寄付金でもして勲章を貰うところですが、今ではその名誉欲がこういうかたちに変っているらしいです。

元の平福相互銀行頭取古屋勝義は、昨年、失意の中に病死しました。曽て(かつ)は大臣だった人も、すっかり八木に蹴落されてしまったのです。その八木は、古屋の部下として彼に忠勤を励み、その推輓(すいばん)で平福相互銀行の専務となったのですから、古屋は彼の恩人なのです。が、人間、こういう世界に住むと、そんな甘い感情は許されないとみえます。古屋の葬式は淋しいなかに行われました。その八木修治は古屋の遺族に相当の香奠(こうでん)を持って行きましたが、古屋の家族に拒絶されています。

八木は三人の妾を持っています。一人は芸者出身で、これが一ばん関係が長い。次がキャバレーの女給で、三番目が人妻だった女です。

ところで、なぜ、あれほど声望のあった古屋が、かくも簡単に没落したのでしょうか。また、いろいろ取沙汰されながらも八木修治が現在の巨大な地位を得たのでしょうか。彼の声望はこの市だけでなく、今や全県下を圧しています。古屋に至っては、曽て二度も代議士に当選し、一度は大臣にまでなった男です。そして、平福相互銀行の育ての親ではありませんか。それがもろくも転落したのです。

この秘密を解くのはやさしいです。つまり、八木修治こそ、朝鮮動乱勃発以前から、これまで書いたように、隠匿物資を獲得し、さらにそれが米軍謀略資金と結びついたからだと思います。今や彼はその資金の管理者となっているのです。そのことが彼の生命をいつまでも永続させている隠れた理由だと思います。

——長々と地方都市の内情を書きましたが、これは終戦直後の日本における暗黒面の縮図だと思います。中央政界でも同じだと思いますが、この謀略資金と結んだものこそ、不死鳥のような永い生命を持ちつづけているのです。当市の、いや、日本の不可解な現象は、こんなところから謎が解けるのではないでしょうか。

八木修治にしても、今では当市の金融面を完全に制圧して、その巨大な勢力に刃向う人間は一人もいません。しかし、彼も寄る年波にはかなわず、三人の妾の間を回るのがやっとだということです。これればかりは、彼の金も知恵も役に立ちません。その色の悪い顔と、痩せこけた身体を車の中に見かけるとき、そぞろ彼の哀れさを感じないわけにはいきません。

ところが、彼がみんな愛していると思っている三人の妾には、それぞれヒモがいるのです。これを知らないのは八木老人だけです。むろん、彼らは小遣いなど問題でなく、この八木老人が死んだときの遺産に大きな物言いをつけてぶん取ろうというのです。そのためには、彼が一日でも長く生きるのはもどかしい限りなのです。だから、一日でも早く命を縮めるよう女たちに命令しているのです。八木が衰弱してゆくのが最大の愉しみです。え、どうしてそれが分るかとおっしゃるのですか。彼の三番目の妾、つまり人妻だった女というのが私の表面上、別れた女房なのです。彼のために利用されて、ぽいとおっぽり出された私は、どれだけ生活に苦しんだか分りません。そのあげくの果がこれです。私は八木から手切金として、一旦、七十万円をもらっています。夫婦でもこれくらいに泥んこにならないと、復讐というものは出来るものではありません。

——長々と以上書きましたが、最後までお読み下さったとすれば、私も書き甲斐があったというものです。ご健康を祈ります。

雨

湯治場(とうじば)は山国の奥にあった。

高原の小さな駅から二十五キロも離れた山峡で、日に二回バスが通る以外には、ふだんは町との交通も少なかった。宿は三軒くらいで、ほとんどが自炊客だった。そのため村には湯治客相手の小さな店も出ていた。米、麦の主食から砂糖、醬油などまでを小分けする。魚は海から離れているので殆(ほとん)ど乾物(ひもの)か塩物だった。野菜だけは新鮮である。

新緑や紅葉のころには、この谿谷(けいこく)を見に遠い都会から人がこないでもないが、宿の汚なさに閉口して泊まる者はなかった。宿泊人は近くの農家の者が圧倒的に多いが、殆どが年寄りだった。若い者ですらこの湯治場を嫌い、五つほど先の駅に近い賑やかな温泉に行った。

農村の人間が多いが、なかには、前からずっと居残ったままで自炊生活をしている老人もないではなかった。農繁期になると宿は殆どガラ空きになるが、そうした老人は、この湯治場を半分はわがもの顔に腰をすえている。この湯は神経痛に特効があるので、そうした持病の客が多かった。

一年前から信濃屋に滞在しつづけている上田憲吉という老人も、そうした客の一人だった。彼はたったひとりで一年前の春ここに来て以来、神経痛を癒(なお)しているが、七十を越していた。若いとき立派な体格だったことが、いまでもその太い骨に名残りをとどめている。身寄りはあまりないらしく、手紙もこの一年の間めったに来なかった。ただ、二回か三回、彼の甥という人の書留が届いた程度だったが、老人はその甥からの送金もあまりあてにしてないらしく、かなりの金を持ってのんびり暮らしていた。長期の滞在客には夫婦者が多いが、上田老人は別にそれを羨ましがるでもなく、自分の境涯を寂しがるでもなかった。彼は俳句をつくって、人に見せたが、上手なのか下手なのか分かる者はいなかった。

この上田老人の素姓は初めは知れなかったが、それでも宿の主人と話し合っているうちに、ぼつぼつと彼は自分の身の上を語りだした。それによると、上田憲吉はもと警察官で、長い間、西のほうのある県の警察署に奉職していたのである。辞めるときは警部にしてもらったそうだが、四十五年間、警察官を勤めあげたという。その間に女房を二度もらったが、後妻も十年前に死んだ。子供はなく、いまはお迎えを待つばかりの境涯だと笑っていた。

もと警察官と分かれば、この田舎の温泉宿でもあまり粗略にはしなくなった。それに長期滞在客だし、安いながらも払いもきちんとしている。老人の人柄も悪くはない。道楽の俳句以外、酒もときどきはひとりで買ってきて、宿の主人を呼び、飲み交わすこともある。しかし、深酔いはせず、機嫌のいい声で昔の民謡などを歌った。それは彼が奉職していた地方に遺っているものだった。宿の主人もだんだんに話しているうち、少しずつ上田老人が警官だったころの思い出が聞けるようになった。老人は優秀な警官だったらしく、犯罪捜査の手柄話もかなり持っていた。だが、進んで自分のほうからは話したがらなかった。そのへんが老人の奥床しさである。実際、彼は孤独なせいか、ときどき陰気に見えることさえあった。

そのなかに、老人がふと洩らした事件として妻子四人殺しがあった。宿の主人は、それを何かの雑誌に載っていた「大正・昭和著名犯罪集」といったもので読んだことがあったから、その捜査の当事者が上田老人だと知ると、ひどくおどろき、また興味を持った。彼は老人からこまごまとその事件の捜査のことを聞きたがった。当時老人は村の駐在にいて、犯人の検挙に功績をあげたという。上田老人が三十二のときだから、いまからざっと四十年ぐらい前の話である。大正という年代が終わりを告げるころだった。

そのことを聞いた宿の主人は、妻子四人殺しのことは何も知ってない家族に話している。或る県の草壁村というところで起きたので、雑誌には「草壁の妻子殺し」としてあった。

宿の主人が家族に紹介したその事件の内容というのは、ざっと次のようなことだった。

その年の五月半ばの雨の降る真夜中に事件は発生した。村で醬油醸造業をいとなむ高田小太郎（当時三十五歳）方では、妻の菊子（当時二十八歳）が長女雪子（当時九歳）、長男良一（当時七歳）、次女恵美子（当時二歳）に前夜の食事の際に睡眠薬をまぜて飲ませ、熟睡したところを見計らって、次々と出刃包丁で皆殺しにした。そのあと、実家の両親宛の書き置きを書き、梁（はり）に縄をかけ、自分は首を吊って死んだ。当夜、夫の高田小太郎はかねて情人としていた萩原元子（当時二十二、三歳）の住んでいる町に泊まり、自宅を留守にしていたのだった。

翌朝七時半ごろ、雇い人が出勤して発見したのだが、発見者はすぐに駐在所の上田憲吉巡査のもとに報らせた。上田巡査は、本署に電話で報告したあと、通報人といっしょに高田家に急行している。

高田家は近隣の素封家で、先代から醬油醸造業をいとなんでいた。かなりな財産をもち、商売もまずまずで、醬油を造る工場と倉庫を別にしても、母屋は建坪五十坪の広さだった。凶行は奥の十畳の間で行なわれ、三人の子供は寝たままの姿で絶命していた。その横に菊子の床はあったが、夫の小太郎の蒲団はのべられてなかった。雇い人の証言によると、夫婦はいつもここで床をならべていたというから、当夜は小太郎の外泊が分かっていて、菊子は初めからその蒲団は敷かなかったものらしい。

菊子の遺骸は、一間(ひとま)隔てた隣りの八畳の納戸に首を垂れてぶら下がっていた。足がかりにした踏み台は、うしろに蹴倒されていた。上田巡査が最初に目撃したのは、こういう状況だった。

あとから到着した本署の係官の検視によると、三人の子供は全部出刃包丁で頸部を切断された上、同じ包丁で胸部も刺されていた。子供はみんな晴衣(はれぎ)を着せられて血に塗(まみ)れていた。

菊子の縊死(いし)状態を検証すると、間違いなく彼女が梁にその縄をかけたものと分かった。菊子もときどき醬油樽の荷造りの手伝いをするので結び目に特徴があった。また、検証の結果でも索溝(さくこう)は前頸部に深く食いこんでいて、自縊死の徴候をはっきりと見せていた。菊子は顔にうす化粧をしていた。ところが、検視がはじまったところに夫の小太郎がひょっこり外から戻ってきた。午前九時半ごろである。彼はわが家に戻って初めてこの変事を知ってほとんど動転せんばかりだった。

係官は早速小太郎の前夜の外出先を訊問した。それに対して小太郎はここから約二十キロばかり離れた町にいる情婦の萩原元子のもとに前夜八時ごろから泊まっていたと申し立てた。したがって、彼はこの事件には全く関係がないような態度をとっていた。

菊子が子供を殺して縊死したとみられる理由は、使用した凶器が同家のもので、しかも、その包丁は五日前に菊子が雇い人に命じて町から購入させたものだった。つまり、彼女が新しい包丁を求めたのは、そのころから計画的に子供を殺す考えがあって、切れ味のよいのを手に入れたものと分かった。

それから、菊子の単独犯行と思われる何よりの証拠は、彼女のふところから間違いない同人の自筆と認められる遺書が発見されたことだった。その遺書には、こう書いてあった。

「子供を殺しました。私は死にます。私の不孝を深くお詫びします。何事も因縁と諦めて下さい。私の着物は全部妹に上げて下さい。妹も不幸な姉を持ったと思って諦めて下さい」

短い文章である。宛名は実家の両親で、これは隣りの県に住んでいる。小太郎の両親はすでになかった。

このような事情で、外部的関係を考慮する余地は殆どなく、三人の子供殺しの真犯人は実母の菊子であるという方向に落ちつく状態にみられた。

当時、小太郎は一応容疑者として調べられたが、菊子が真犯人と考えられたために、小太郎は一晩警察署に留め置かれただけで釈放された。だが、小太郎の陳述に不審な点があったため、彼の身辺などについて徹底的な調査が行なわれた。そして次のような事実が判明した。

小太郎が町に萩原元子という愛人を置いていたことは半年前に妻の菊子に分かって、それから夫婦の間にごたごたが絶えなかった。これは雇い人たちの証言でも一致していた。現に、その晩菊子が夫の床をのべてなかったのは、またもや彼が元子のところへ宿泊するものと思い、わざと蒲団を敷かなかったものと考えられた。菊子が子供三人を殺して縊死したのは、夫への嫉妬と、その面当てによるものとも推定されたが、一方、小太郎の性格は残忍性に富み、鳥獣などを常に捕獲して自分でこれを料理し、殊に酒を飲んだときは粗暴な振舞いがあった。また、元子が出来てからは彼は何かにつけて菊子につらく当たり、夫婦喧嘩の際にはよく彼女を殴り、足蹴(あしげ)にするなどの乱暴を働いていた。

警察では、遺書はまさしく菊子の真筆であるが、平素の彼女の人柄から察して、このような大凶行を演ずるものとは思えないと考えるようになった。それに、遺書は死後他人から同情を受けるように書かれるものだが、彼女の書いた遺書はあまりにも簡潔乱雑で、しかも、遺書をただ一通実家の両親にあてている点は普通ではない。これは明らかに何びとかに威嚇または騙されてしたためたものと思われた。

萩原元子は、もと、その町でカフェーの女給をしていたが、一年半前から遊びに行っていた小太郎と親しくなり、深い関係に陥って、小太郎が彼女をやめさせ、町に一軒家を借りて住まわせたものだ。元子自身も日ごろから友だちに、小太郎はもうすぐ菊子と別れて自分といっしょになる、と吹聴していた事実がある。小太郎は一週間に二回ぐらい元子の家に宿泊していたが、家に帰るたびに菊子のヒステリーと衝突した。それで小太郎は常から菊子と別れたいと言っていたが子供の処置がつかないままに、やむなくその実現を延期していたように想像された。

以上のように考えると、小太郎は萩原元子と早急にいっしょになるため、邪魔になる子供三人を殺し、それを菊子のせいにして、彼女を脅迫し、前記の遺書を書かせ、眼の前で彼女をして縊死させたものと推定された。つまり、小太郎は障害になっている妻子をいっぺんに除いたのである。

萩原元子の証言によると、小太郎は前夜八時ごろ来ていっしょに酒を飲み、十時すぎに就寝し、朝九時前に家を出て行ったから、この犯罪には関係がないとアリバイを主張した。凶行は当日の午前二時から四時ごろまでの間に行なわれたことが被害者たちの解剖結果で推定されているので、もし、元子の証言が真実なら、当然小太郎は犯行には無関係ということになる。しかし、元子は小太郎の利益を考えて偽証したと思われるので、その証言は警察でも裁判所でも採用しなかった。捜査当局の調べでは、小太郎が八時ごろに元子の家に来たことは近所の目撃者があるので事実だが、しかし、彼は夜中に起きて草壁村に戻り、わが家に入ってこの凶行をなし遂げ、ふたたび町に引き返して元子の家に戻るのは可能だと当局では考えた。この間、元子の近所はいずれも就寝中なので彼の姿を目撃できないからである。同様に町と村との間は寂しい田圃ばかりなので通行人もなく、彼はだれにも見咎められることなく往復できたのである。

以上の諸点を総合して、犯人は菊子ではなく、小太郎が計画的に四人を殺害したものであると判断された。そして菊子の縊死については二つの見方が成り立った。

その一つは、犯行後、小太郎が計画的に妻に対して心中を納得させ、欺いて遺書をしたためさせ、心中すると見せかけて、何らかの手段を用い妻を縊死せしめ、自分のみが生き残るという当初の目的を達したと考えられるものであり、他の見方は、当初から妻菊子を威嚇して、強いて遺書をしたためるのやむなきに至らせ、ひいては妻をして自殺以外に択ぶ道のない心理状態に誘いこみ、遂に自分の監視のもとに縊死させたと思われる判断である。だが、捜査本部にもさすがにこれだけでは弱く、公判が不安であった。その不安を消して見事に小太郎を死刑台に送ったのは駐在所の上田憲吉巡査であった。

上田巡査は、何とかして当夜小太郎が町から村に往復する姿を見た者はないかと、その目撃者について付近の村を熱心に聞きこんでいたが、隣村の小学校訓導小峯庄造（当時二十六歳）が当夜午前三時半ごろ両村の岐(わか)れ路のところで草壁村のほうからくる小太郎らしい男とすれ違ったという事実を聞きこんだ。上田巡査が小峯訓導に当たって聞くと、小峯は、暗くて顔はよく分からないがその姿格好は高田小太郎に似ていたと答えた。そして小峯が「お晩は」と言うと、向こうでも「お晩は」と応えて、そそくさと町のほうへ逃げるように大股で歩き去ったという。ついでながら小峯訓導がなぜそんな時刻にそんな所を歩いていたかというと、彼は当夜町に入院していた母親の容体が悪いと報(し)らされ、宵から病院に詰めかけていたが、容体が落ちついたのをみて夜中に村へ帰るところであった。

この事実を得て捜査本部は雀躍(じゃくやく)した。高田小太郎は小峯に遇(あ)った事実はないと言ったが、小峯は自分が見た姿は小太郎に似ている上に、「お晩は」と言った声はときどき父兄会などで聞いている小太郎のものに似ていたと証言した。小峯は小太郎の長女雪子を教えている三年生の担当で、前年にこの村に引っ越してきたものであった。しかるに、小太郎は警察に引致(いんち)されてからも頑として小峯の証言も凶行も否認したが一審も、二審も死刑を言い渡された。彼は上告したが、大審院では前判決を認め、上告を棄却し、彼は二年後に死刑を執行された。小太郎は最後まで自分の無罪を主張していた。

――草壁の妻子殺しというのは、ざっと、こういった内容である。

この話を聞いた宿の妻は顔をしかめていたが、しばらくして一つの疑問を出した。

「いくら何でも、奥さんが亭主に脅迫されて自分の子供を殺したと遺書に書き、自分で首を縊(くく)るものでしょうか？」

「奥さんもよほど気持ちが動転していたんだろうな」

「けど、可愛い子供を三人殺したのは鬼のような亭主でしょ。それを、奥さんが自分が殺したように遺書に書いて、そして亭主の眼の前で首を縊る気になるでしょうかね？　もし、言うことを聞かなかったら殺すと亭主におどかされたとしても、どうせ自分は首を縊って死ななければならないんでしょ。どうも分からないわ」

「それはおまえがいまの自分の気持ちで考えているからだ。この奥さんの場合は、どうしてもそんな気持ちにならざるを得なかったのだろうな」

「奥さんの遺書が短かったというのが警察に怪しまれたようになってるけれど、そんな状態では奥さんとしても長い遺書が書けなかったに違いないわ。もう、気持ちが切羽詰まっていてそれだけ書くのでもやっとのことだったと思います。とても長い遺書など書けないわ。それなのに、その遺書が短いといって、警察が怪しむのは、ちょっと理屈に合わないと思うけれど……」

亭主にもそうした疑問がないではなかった。しかし、彼は常識人だから警察や裁判所の判断に味方した。

「おまえはいろいろ言うけれど、げんに、こんなふうに決まっているんだからね」

げんにこんなふうに決まっているといわれたら、妻もそれ以上の抗弁はできなかった。

それから、彼女はひとりになると、その醬油醸造業の亭主が裁判で最後まで、自分は無実だ、と言っていたのが、あるいは本当ではないかという気がしてきた。

もし、そうだとすれば、法律は無実の人間を一人殺したことになる。

その妻は、自分の疑問を上田老人に訊いてみようと考えないでもなかった。だが、万一無実の人間が死刑に追い込まれたとすれば、老人もその片棒を担いだことになる。それを考えると、なんだか、あんまりそんなことを訊いては悪いような気がして、宿の妻は黙っていた。


七月の初めであった。まだ梅雨が霽(は)れないで、山は毎日厚い霧がかかっていた。

その霧の中から現われたバスで降りた乗客の中に一人の老いた坊主がいた。彼は信濃屋の看板を見上げると、その玄関に入って、ここでしばらく逗留(とうりゅう)させてくれと言った。六十五、六くらいの、痩せた男で、口から顎にかけて白い髯が蔽(おお)っていた。彼は宿帳に塚本良仙という名前を書いた。

良仙は二階の南向きの一間に滞在することになったが、客が少ないので、自然と先客の上田老人とも懇意になった。湯槽(ゆぶね)でも顔を合わすし、廊下でもすれ違うので、これは自然である。その上、年配もそう隔たりはない。上田老人は自分の部屋に良仙を招いていっしょに茶を飲んだり、良仙のほうからも彼を呼んだりした。そうして、ときどき将棋を指し、上田が自作の俳句を良仙に見せたりした。良仙は俳句が分かるらしく、上田もやっと手ごたえのある相手を見つけて喜び、よけいに親密になった。

良仙は九州の生まれだと言った。彼は根っからの坊主ではなく、中年に僧籍に入り、一時は庵寺(あんでら)をもっていたが、いまではそれを他人に渡し、こうして気ままに諸国を托鉢して歩いているのだと言った。梅雨に入って手足の骨が疼(うず)くので、神経痛に特効があると聞いたこの温泉に隣りの県からやって来たのだと話した。良仙にも身寄りはなかった。

ある日、将棋を指しながら良仙は、ふと、上田老人に訊いた。

「この宿の主人から聞いたのですが、上田さんは警察官時代に大ぶん手柄を立てられたそうですな?」

上田老人が警察官だったことは、早くも良仙がここに到着してすぐ宿の主人が話しているのである。

「いや、みんな怪我の功名ですよ」

と、上田老人は盤の上を眺めながら謙遜して言った。

「いやいや、そうでもないでしょう。なんだそうですね、上田さんは草壁村の妻子四人殺しの犯人のことで、何か動かぬ証拠を挙げられたそうですな?」

良仙は桂馬を動かしながら訊いた。

「いや、そういうわけでもありませんが……」

上田憲吉は桂馬の先に歩を打とうか打つまいかと考えるようにして、ちらりと鋭い一瞥を良仙の顔に走らせた。しかし、あとは、それきり黙って駒の動きに思案していた。

良仙は相手があまり話したがらないと察してか、それ以上はその話にふれなかった。諸国を旅して歩いただけに人の顔色を見るのは敏感なほうらしかった。

それから三、四日経った。もう、その話題は起こらずに、二人はやはり仲よくつき合っていた。良仙も、下手だが、と言いながら、いくつかの俳句を上田老人に見せた。老人は、それを読んで大へんにほめた。実際、これなら自分の俳句とそう甲乙はないように思った。二人は面白くなり、ときには席題を設けて二人だけの運座の真似をしたりした。

ある日、良仙は、

「なあ、上田さん。俳句ばかりでは面白くないから、ひとつ、連句をやってみようじゃありませんか」

と持ちかけた。上田は、それは趣向だと言って、すぐに賛成した。

それは朝から雨の降る日だったが、二人は昼飯をすませると対い合って、それぞれ紙をひろげた。

「発句は、まず、あんたから」

と、良仙が上田老人に言った。互いに譲りあったのち、結局、上田老人が発句を作ることにした。

「連句の規則はなかなか面倒だが、まあ、われわれは勝手な流儀でやりましょう」

と、老人は言い、しばらく雨にけぶる窓の山を見ていたが、二十分ほど考えて次のように書いた。

寝る前の湯槽の広さや青葉木菟

良仙坊主は、それを聞くと、

「なるほど、この宿の風景ですな」

と言った。そうして、彼は十分後に次の句をつけた。

帰れる客の七輪のあと

「少しつきすぎましたかな？」
良仙は笑った。
「いやいや、結構です。では、ひとつ」
と、上田老人は次に移った。

　奥山に見馴れぬ夫婦の優面（やさおもて）　　憲

七輪から、竹の柱に萱（かや）の屋根の駈落者（かけおちもの）になった。

　諸国の托鉢またこの国に入る　　良

奥山から田舎回りの托鉢僧となる。良仙自身の境涯。

　この川をいつ堰（せき）止めしや家三軒　　憲

托鉢から回国僧が旧地に来て、様子の一変におどろく。

帰路の人影五月雨（さみだれ）の中　　良

川から雨の連想だ。

ここまで進んだとき、上田老人の顔がちょっと歪んだ。が、彼は次を書いた。

夏の朝犬の毛光りて縁を過ぐ　　憲

いうまでもなく、前句の五月雨から初夏をとったのである。良仙坊主は、それにこうつけた。

寄合いてまろし仔犬三匹　　良

上田老人が嫌な顔をした。もっとも、そのしかめた顔は次の句を苦吟しているようにもみえた。多分は仔犬三匹が彼の気持ちを悪くしたのかもしれない。

犬追物（いぬおうもの）武者の行縢（むかばき）筆密に[*1]　　憲

行縢は鹿の皮で出来ていて、画工が最も筆を細密に使うところである。

「なるほど」と、坊主は言った。「仔犬から犬追物とは鮮やかな転回ぶりですな」

「犬の季語は何ですかな？」

と、老人は訊いた。

「さあ。けど、これは武者絵ですから、やっぱり五月でしょうな」

坊主は言ったが、上田老人の句は、明らかに仔犬三匹からぐっと離れようとする苦労のあとがあった。

良仙は少し考えてから、その句につけた。

墨刷いて散るあな無慚やな　　良

句の心は、いうまでもなく、前句の「筆密」にかかっている。すなわち、水墨画の絵師が筆に墨を含ませ、一筆でさっと紙の上を刷いたが、その飛沫の一点が画面のどこかをよごした。ああ、惜しいという意が「あな無慚やな」となったのである。これはだれが読んでもそうとれる。

しかし、上田老人の顔色が少し変わった。彼はうずくまるように顔をうつむけて考えていたが、

この径の落葉の深さや去年の下　　憲

と書いた。「散る」から落葉となった。老人は刺激の強い「無慚やな」から、ぐっと静かな自然描写へ引きはなした。

醒めてより問う過ぎしは誰ぞや　良

前句の「径」からの連想だ。つまり、山奥の家の前を誰かが通って行った。家の中に居たのは多分老人であろう。その足音を聞いて、ふいと睡りから醒めた。いまのは誰だったか、と傍の者に訊いている意である。この句は「誰ぞや」に気持ちがかかっている。もっとも、「誰ぞや」は、すでに天智天皇の木の丸殿の和歌[*2]にその類句が見られる。

普通の人なら、そう思うであろう。だが、上田老人の顔はまた一層蒼くなった。

彼はしきりと苦吟していたが、

「どうもあとがつづかない」

と、筆を投げた。みると、その額には汗が滲んでいた。

「もう少し時間をかけますかな？」

坊主の良仙は白い顎鬚を撫でて、上田老人に眼を細めた。その眼差しは勝利の眼にも似ていた。

「いやいや、今日はもう、これでやめましょう」

と、上田老人は坊主の視線を避けるように横を向いて言った。

「だが、このままではいかにも惜しいですからな。明日にでもつづけてやりましょうか？」

「そうですな」

上田老人は気乗りのしない顔でいる。

「おや、どこにおいでで？」

良仙坊主は、気分でも悪くなったように起(た)ち上がった上田老人を見上げた。

「ちょっと風呂に入ってきます……なんだか、あんまり考えすぎて少し頭が痛くなりました」

「それはいけませんね。どうぞお大事に」

坊主も言い、自分の部屋に引き揚げるため彼も起ち上がった。

良仙は自分の部屋に引き取って、しばらくぼんやりと外を見ていた。雨はいよいよひどくなってきている。遠く離れた湯殿からは音も聞こえてこなかった。上田老人が湯につかっているのかどうかも分からないくらいである。

良仙は紙を引き寄せると、ただ一行に、

「植村あさ子は二十年前に大阪で死にました」

と書いて、あまった紙を丁寧に切り取り、ちょうど短冊のような形にした。老いた坊主は、それを持って起ち上がると、ふたたび上田老人の部屋に引き返した。まだ老人は部屋に戻っていない。坊主は、さっきまで連句を作っていた、剝げた朱塗りの卓の上にその自分の書いた紙を置いた。

その晩、上田老人からはいつものように、良仙のもとに遊びにこないかという誘いもなかった。晩飯のとき、良仙が上田老人のことを女中に訊くと、

「もう、お寝(やす)みになっているようです」

と言った。まだ七時ごろだった。

「気分でも悪いのかな？」

「さあ」

女中はあまり気にしてないようだった。坊主は口の中で何かぶつぶつ呟いていた。

雨は夜中になって激しくなり、宿では川の堤が切れなければいいがと案じていた。

翌朝、突然、上田老人が宿から姿を消した。消したといっても逃げたのではない。きちんとそれまでの勘定を払い、引きあげて行ったのである。宿ではびっくりした。前夜来の雨は少し小降りになったが、川の水が溢れてバスも不通になっている。上田老人は、それをふり切って出て行ったのだった。

宿では良仙坊主に出発のことを報らせましょうかと言ったが、老人はその必要はないと言った。いままでにない元気のない顔で、しょんぼりと雨の中を歩いて去ったというのである。

坊主は、それを十時すぎに起きて聞いた。彼はふだんよりはずっと朝寝をしている。あたかも上田老人の出発を予感していて、わざと顔を合わせないようにしていたようにもとれた。

良仙は、外の雨を見やって、

「上田さんは駅まで歩いて大丈夫かな?」

と気づかっていた。ここから駅まで六里以上の山路である。

良仙は、それからは黙って食事を終わり、黙々と風呂に入った。いつもいっしょだった上田老人の骨太い身体も湯槽には見当たらない。風呂から上がった彼は、自分の部屋で手紙を書いた。ときどき霧の間に隠見する山膚(やまはだ)を見ながら。

とうとう、上田巡査をこの宿で見つけました。はじめは向こうもわたしがよく分からなかったようだが、三、四日すると、どこかで見おぼえがあるような眼つきになりました。草壁村の妻子殺しの話が出たあと、はっとわたしのことに気がついたようです。あれから四十年経ってお互いに年を取り、顔やかたちも変わった。それに、当時村に来て一年ばかりしか経っていない小学校訓導の小峯庄造の顔を上田巡査がよくおぼえていないのも無理はありません。

　上田老人にあのことを問い詰めたのは、彼が俳句が好きなところから連句を作ったのですが、その連句の中で反応をたしかめたのです。わたしはそういう句を作った。たしかに反応はあったのです。そうして、最後にあんたの名前を書いて彼の机の上に置いておきました。上田さんは今朝早くわたしの知らない間に宿を出発しました。あんたの名前が彼にとって最後の責め道具だったのです。

　考えてみれば、わたしも弱かった。なぜ、あのとき、村の途中の岐れ道で出遇った人影が高田小太郎さんではなかった、とはっきり言えなかったのか。わたしは上田巡査の執拗で強圧的な証言強要に負けたのです。それからは本署での取り調べ、参考人としての裁判所への召喚。わたしの真実を吐く心がその威力に圧(お)し殺されてしまいました。これはあんたに何度も言ったことです。わたしはただ、あの事件のあと、あの真夜中に出遇った人影が小太郎さんではないかと近所の者に軽率に話したのですが、その噂を上田巡査が聞き込み、取り返しのつかないことになってしまいました。

　あのときの人影があんたのところから帰ってくる上田巡査の私服の姿だったとは、第一審の裁判中に思いついたことです。それは、ある日、上田さんが着物を着て夜の町を歩く姿を見たときに、はっと思い当たったのです。もちろんわたしは、あのとき「お晩は」と言った相手の声が小太郎さんだとは言ってなかったのです。それをそう言わせたのは上田巡査をはじめ警察の人たちでした。なぜ、上田巡査がかくも躍起にわたしの目撃した相手を小太郎さんにしたかったのか。当時、わたしは、それを上田巡査の功名心と解釈していたが、新しい疑惑が起こってからは、やっとその理由がのみこめました。わたしは悩んだ。裁判は一審から二審となって大審院に行った。いずれも死刑の判決です。わたしは今にもそのことを裁判所に申し出たかったが、その勇気がありませんでした。わたしは小太郎さんを見殺しにしてしまいました。一つには、いまごろになってそんなことを裁判所に申し出ても相手にされないだろうという諦めがあったからでもあります。

植村さん、あんたもずいぶん悩んだ。あのころ、あんたはわたしの村に居た或る人の妻であった。ご亭主は長い間寝ている人でした。そのあんたのところに私服の上田巡査が夜中に通っていた。それを村の者は誰も知らなかった。もちろん、わたしも知らなかった。あんたが小太郎さんの処刑後、上田巡査との縁も切れて、わたしのところにこっそり相談にみえるまでは何も分からなかったのです。二人で裁判所に駆けつけようかと何度も思ったことがありましたな。とうとう二人とも駄目でしたな。

あんたはあれから大阪のほうに行ってしまった。わたしは坊主になった。せめて小太郎さんの霊を慰めるつもりだったが、そんなことでは小太郎さんの霊が、いや、わたしの罪は拭えない気がしてきたのです。そして、托鉢僧で全国をまわりながら上田巡査のあとを捜していた。あんたが上田巡査の甥の線でこの宿に居ることを報らせてくれたのは、わたしが奈良に居るときでしたな。わたしはあれから真っ直ぐにこの山奥の宿に来たのですよ。

上田巡査は、豪雨のため川が溢れている路をひとりで歩いて行っています。あの人が危険を承知で歩いているのは、何かの覚悟があるのかも分かりません。

小峯庄造

植村あさ子さま

資料編・社会派推理とは何か

Ⅰ　対談・座談

私小説と本格小説——対談・平野謙

文壇のパスポート

編集者　狭義の文壇のツーといえばカーとこたえるような状況で批評が行なわれていて、そこでの評価は非常に片寄っているのではないか、文壇の中に狭い文学理念ができ上がっているようだが、これでは日本の文学を大きく肥らせていく上にまずいのじゃないか、という気持を松本さんはいつも持っていられるようですが……。

松本　いや、それはね、文壇の内側棲息者といいますか専門家というか、とにかく初めから文学を目ざして、あまりほかの職業にもつかないで、こつこつと文学一途に励んできて、一応望みを達したような人たちの集まりから見れば、ぼくらのような中年過ぎまで別の仕事、いわゆる俗世間的なことをやっていて途中から変わってきた人間に対しては、何かよそ者というかプロパーでないという意識があるんじゃないかと思います。

平野　それはあるかもしれませんね。

松本　そういうプロパーでないという意識で見られるものだから、その書いているものが何となく素人臭い、つまり基本的に蓄積された文学観がなくて思いつき、あるいは器用さで書いているというように見られて、それが一つの漠然とした評価になっているのじゃないかと思います。

編集者　松本さんのほうからいわれるとそういうふうに見える文壇の評価のしかたのため文学が痩せていくのだという考え方もあるわけですが、それはどうでしょう。

平野　文壇というものが割にはっきりした形であった大正時代には菊池寛も久米正雄も新聞にも書き婦人雑誌にも書いたけれども、しかし彼らは中村武羅夫なり三上於菟吉のような通俗小説オンリーの人とはちがうというふうに見られていた。それはそれ以前の業績もあったからだが、昭和初年になるとプロレタリア文学が片方におこってきて、片方に新感覚派文学や大衆文学がおこってきて、そういう菊池寛的な文壇のあり方というものがずいぶん崩れてきたのじゃないか。なかでもいわゆる大衆文学の問題やプロレタリア文学の問題はやはり明治、大正にはなかった新現象で、その問題の解決は文学的にはまだ今でもはっきりしていないのじゃないか。それが十分解決されないままに、私小説家というもの、たとえば葛西善蔵から嘉村礒多(かむらいそた)に至る系列、それは牧野信一もそこにつながるし、太宰治なんかもそこにつながる。そういう系列がいわば現代小説の主流であって、そこからはずれた人たちは、もちろん文壇の内にいるのだけれども文壇の主流じゃないというような概念が、ずっとあった。

　そこへたとえば井上靖さんとか松本清張さんとか、四十過ぎまでほかの職業についていて、そこから急速に流行作家になったというタイプの人が出てくる。これは戦後の新現象だと思う。ぼくの狭い文壇知識から申しますと、大正時代にも明治時代にもベスト・セラーになった作家はもちろんいますけれども、それらは文壇あるいは純文学とは関係のないところで売れているというふうに思われていた。島田清次郎などは典型的な例だけども、彼などは文壇の人というふうにはだれも認めなかったわけですね。しかし井上靖さんにしても松本清張さんにしても、それを文壇の外の人というふうには絶対に言えない。そういうタイプの作家が過去にあったかというと、ぼくはなかったのじゃないかと思う。

　それから文芸雑誌がマス・コミュニケーションの中に入るか入らぬかという問題がある。マス・コミュニケーションの中に文芸雑誌を入れていいかどうかということでまた文壇の概念がちがってくると思いますね。つまり文芸雑誌の読者を、週刊誌や婦人雑誌、新聞の読者と同様に量的にだけ考えていいか、質的にちがったものとして考えるべきかどうかという問題もある。昔でいえば、文芸雑誌の読者というのはみな文学青年で、文学志望者の集団というふうに考えられていた。しかしそれは発行部数三千部とか五千部とかいうときの話で、今はそうでなくて、当時に比べれば文芸雑誌もずいぶん拡大しているけれども、しかもなお中間誌なり週刊誌なんかに比べれば読者の数は少ないわけですね。その読者層に質的なちがいを認めるか認めないかということもはっきりしなくなった。そんなところから文壇の内にいる作家、外にいる作家というものが昔ははっきりしていたのだけれど、今ははっきりしなくなってきたんじゃないかと思うな。

編集者　しかし一方には狭い意味の文壇というのが実際には存在していると思うんですが。

平野　それはそう思う。

編集者　たとえば伊藤整氏などは、本格小説を書くと日本の文壇ではけなされることが多いからね、といわれたりしますが、狭い意味の文壇では本格小説が何となく評判が悪いということなど、松本さんなんかはそういう点が非常に不満だろうと思うんですけれども、それとまた、狭い意味の文壇にしか文学はないのだというような考え方もあるわけですが。

平野　つまり、それぞれの可能性を持ちながら文壇にデビューして、しかし一作や二作で消えていくのでなくて、職業的作家としてずっとやっていくためには、そういうあるかないかもわからないような文壇の承認を得なければならない、パスポートを得なければならないということが言わず語らずにあるわけですね。そのパスポートはどこで得られるかといえば、やはり具体的には文芸批評家が中心だと思うな。文芸批評家の主たる仕事場は文芸雑誌しかないわけです。臼井吉見さんとか、中島健蔵さんとか、中野好夫さんとか、広い意味の社会評論家になっていく方ももちろんいるけれども、しかし文芸雑誌を主にして書く文芸批評家、そういう人たちが一応認める――というと非常に偉そうに聞こえますけれども、文壇の中のエージェントとしての文芸批評家がとにかく問題にするということ、いいにしろ悪いにしろ問題にするということがやはり文壇の中にいるということになるのじゃないかな。

松本　それはそうでしょうね。作家は積極的には自分のことは文壇的には発言しないから。

平野　それは作家同士あるいは作家と編集者のあいだで、作家が「あれはなかなかいいよ」と言えば、編集者だって聞かないわけにはいきませんけれども。

松本　けなされても褒められても、とにかくそういう文芸時評でとり上げられるとか問題にされるとかいうことでしょうね。

平野　それは別に文芸批評家が威張っているわけでもなんでもないけれども、実情はそうじゃないかしら。

松本　今は菊池寛的な文壇の統率者というか支配者というか、そういう強力な人がいなくなったせいもあると思う。

平野　そういうことですね。

松本　たとえば当時菊池寛に反逆した今東光はたちまち文壇から逐われたというような極端な例があるが、そういうことは今は全然ない。

編集者　しかし、評論家も、読者だけを考えて、いわゆる狭義の文壇の作家のことなど頭になくてやるのでなくて、やはり文壇を構成している作家たちの考え方などによって漠然たる制約――というと言い過ぎになりますが、そういうものがあって、その中での発言ということになるのじゃないでしょうか。

平野　それはそうですよ。文芸評論家といってもいろいろあって、そこには主流派も反主流派も傍系もある。ぼくらはもちろん傍系ですが、やはりおそらくその主流派の承認ということだろうな。小林秀雄が認めたということは、活字にならなくとも大きな力があったのじゃないかな。そういう文壇は、ある点からいえば私小説というものが中心だったし、私小説というものを批評家は大体けなしてきたわけですけれども、それは私小説が非常に確固たるものであるという寄りかかりの上に立ってけなしてきたわけですね。ところが、その私小説即純文学といってはいろいろ誤解を生ずるけれども、そういうものがより外部的な力、たとえばマス・コミュニケーションでも何でもいいけれども、外部的な力によって崩されてきた場合、たとえば川崎長太郎さんがいつまでも独身で変な掘立小屋に住んでコツコツ私小説を書いているということ自体が稀少価値としてマス・コミの中の一種の変わり種としてとり上げられるようになるとすれば、川崎さんはその変わり種というマス・コミの要求に縛られて、それ以外に出られなくなる。そうなってくれば、せまいながらも楽しいわが家という私小説本来の考えがどうしても崩れてくるわけだ。

どうも話がうまくいかないけれども、きょうは折角の機会だから、松本さんが芥川賞をもらわれてから今日に至るまで十年足らずとすれば、職業作家になってからの松本さんの悲喜哀歓といったものを聞かせていただけるとおもしろいんじゃないかな。

本格小説はけなされる

松本 それはつまんないですよ。平野さんの前だけれど、一般的評論では私小説に対して否定的な意見が多い。しかし、文芸時評などを見ていると、平野さんに限らず、ほかの方々もそうですが、大体において私小説はとり上げられている。

平野 そうそう。

松本 そして大体において好評なんですね。これと批評家の私小説否定論とは……。

平野 どういうふうに結びついていくかということですか。それは一つの問題ですけれども、文学というものは、大ざっぱにいって、書き手自身が読者を意識して書く文学と意識して書かない文学とに分けてもいいかと思いますけれども、読者を意識して読者を楽しませ喜ばせるために書く文学と、読者のことなど全然考えなくて自分の書きたいことを書くのだという文学と大別して二通りあるとしても、それはそういう種類があるというだけの話で、読者へのサービスのために書く文学がそれ自体下等だということは直接には出てこないわけですよ。それは読者を意識して書いた文学にもいろいろあり、意識しない文学にもいろいろあって、そこの中でどれが下等でどれが上等かということは、作品一本一本の勝負ですからね。しかしその場合に、読者へのサービスを意識した文学よりも、自分の書きたいことを書いた文学のほうが――実物としては文学としてすぐれているという場合があり得るわけですよね。だから原則としてたとえばぼくならぼくが私小説否定論者でありながら、文芸時評でとり上げる場合には私小説に好意的だということが実際問題としてあるとしても、それはやむを得ないことでね。

松本 それは読者を意識してというか、読者を楽しませるための小説は一応除けてですね。

平野 いや、それを含めてですよ。

松本 しかし文芸時評にとり上げられる作家の場合には、いわゆる自分のために書いた作品が多いでしょう。

平野 そんなことはない。今はかえって少なくなって、事件小説とか何とか小説というものの方が多いくらいです。そういうものをなるべく広くとり上げたいという念願は文芸時評家はみな持っていると思いますね。ぼくなんかもいわゆる私小説風なものでなくていいものを探したいという気持はずいぶんあるわけですよ。

松本 今の平野さんのお話、一応とり上げられるものは自分のために書く作品が多いという点ですが、たとえば事件小説にしても、その事件をモティフにして自分が何かを訴えようとする、これは読者へのサービスのみでなくて、自分自身の気持を事件的構成の形にかりて何かを訴えようとするわけです。そうすると、これは人のためでなくて、自分のために書いているといえる。そういう作品のことをぼくは言うわけですけどもね。そういう作品がかなり書かれているのに、大体において私小説系列のものが時評などに取り上げられる比重が大きいのが現状です。

平野 それはこういうことが言えるかと思います。プロレタリア文学が一時文壇ジャーナリズムを支配したようなときもあったわけです。それは昭和五年前後ですけれども、それが、ちょっと過ぎてから、プロレタリア文学は結局素材主義で、あれはつまらぬという意見も他方にはあったわけです。それから昭和十年代に素材派と芸術派という分け方で現代小説が問題になったこともあります。つまり、材料の珍らしさ、おもしろさで売ろうとする小説がずっとあることは確かですよ。しかし、たとえば広津和郎さんが松川事件なら松川事件にうちこんでいるのはいったい広津さんの素材主義的な傾向かどうかということになれば、話が別になると思うんです。広津さんの『松川裁判』についていうと、ぼくは初めからあれは文芸作品とは思っていない。けれども、広津和郎という一人の文学者の道程をずっと見れば、広津さんが『松川裁判』にうちこんだということは非常に大事なことで、そういうものとしてぼくは評価するわけです。

その話をもうすこし松本さんにひきそえて申しますと、『日本の黒い霧』という一連の労作があって、あれは非常におもしろかった。私なんかの知らない話がたくさんあっておもしろかったけれども、広津さんと比べた場合に、広津さんが一筋に『松川裁判』にうちこんだあのうちこみ方とはどこかちがうという気がする。『日本の黒い霧』一連に書かれている松本さんの着眼は、もちろんぼくは敬服しているし、いろいろ教わりましたけれども、やはりあれは手弁当で事件をこつこつ調べたという面もあるでしょうが、たとえば朝日新聞でもどこでもいいですけれど、そういうところから材料を持ってきて、こういう材料があるから、これをひとつ松本先生やってくれというようなことが半分くらい入っているのじゃないかという気がするわけです。

松本　『日本の黒い霧』については全然ちがいます。

平野　ぼくの言い過ぎかもわかりませんけれども。

松本　あれは「文藝春秋」に出したのですけれども、文藝春秋新社は取材をほとんどやってないのです。ぼくが、実はこういう本があるはずだから古本屋で捜してきてくれ、あるいはどこかの図書館にあるはずだから借りてきてくれというふうに一々書名を言って借りてきてもらっただけで、『日本の黒い霧』に関する限りは、雑誌社が材料を持ってきて「これをひとつ書いてください、データはここにありますから」というようなものとは全然ちがうのです。

平野　いや、ぼくの言い過ぎは取り消しますけれども、『日本の黒い霧』は占領下におけるアメリカ軍の謀略というところをもちろん狙われたわけですね。

松本　そうなんです。

平野　だからみなその結論になるのは当たりまえといえば当たりまえですけれども、あれはもちろん文学作品という意味で書かれたわけじゃなくて……。

松本　それは全然ない。

平野　もっと広いルポルタージュなりノンフィクションとして書かれたわけだから、小説の批評基準とはちがってくるわけだけど、しかし松本さんのうちこみ方と広津さんの『松川裁判』のうちこみ方とは、ぼくらが受けとる場合に、それは作品の質のよしあしということとはちょっとちがいますけれども、何となく区別して考えるわけですよ。

松本　それはわかります。

平野　いま松本さんの例をとったからまずかったけれども、たとえば松川裁判については、広津さんだけじゃなくて、山田清三郎さんも書き、池田みち子さんも書き、最後の判決のときにはあなたも、水上勉さんも傍聴された記録を書かれました。しかし水上勉さんがもっともらしいことをかりに書いたとしても、あれは広津さんとはちがうという気がする。

松本　それはそうですね。

平野　同じ素材でも、素材へのうちこみ方の判別ということはやはり批評家の一つの基準になると思うんです。

松本　『松川裁判』の場合には、広津さんが相当な犠牲を覚悟で、極端にいえば生活費に充てなければならないような原稿もお断わりになって、あの調べにうちこんでやってこられた。しかも特殊な政党との結びつきを極力避けてね。それは世間に対して説得力の効果を考えられたからでしょう。そういう姿はたいへん美しいことだし、感動します。

平野　そうそう。

松本　ここで自分の作品『日本の黒い霧』を防禦しなければならないわけですがね。広津さんの場合は非常に彪大な裁判記録を読破し、その中から矛盾を抽出して、そこから帰納して自己の推論をすすめるという非常に長い手間のかかる仕事でした。それは時間と資料がふんだんに要ることで、裁判そのものが一、二審、最高裁、差戻し審というふうに長かったですからね。そのたびに、資料のほうも変化があったわけです。裁判がたとえば一審で無罪で終わったなら、広津さんもあれだけ長い時間をかけずにすんだわけですが、広津さんのお仕事にはそういう必然的な外的条件も考えなければいけないでしょう。広津さんの『松川裁判』が長い間かかったということは、現実に裁判が永びいたからとも言えるので、もちろんこれは広津さんの情熱がなければ根気がつづかないわけですけれども、そういう時間的条件がある。

私の『日本の黒い霧』はそういう外的条件はないわけです。広津先生とは視点が違いますから。もし私のものでも非常に長い時間のかかる外的条件があれば、あるいは『日本の黒い霧』も長くかかったかもわからない。広津さんの場合は、現実に裁判の進行と並行しながら書かれたので、私の立場とは根本的に違うし、比較するのが間違っていると思いますね。

平野　その点について松本さんとしては広津さんとは別のお考えがあるにちがいないし、それはぜひ承りたいと思うが、ぼくは、広津さんのは時間的に長く松本さんのは短かいからというようなことを言っているのじゃないんです。こういうことがあります。開高健さんの『片隅の迷路』といったかな、あれが本になって、このあいだ読んだけれども、ぼくはおもしろかった。というのは、あの材料そのもの、検察側が偽証を少年たちに強いて、そのために無辜のおかみさんが有罪になったという検察側の非人間的なからくりがかなりうまく暴露されているからおもしろかった。だからあれは素材の力で、開高君自身の作家的な力、開高君の想像力、文体が主になっているのじゃないということが一応言えますけれども、あれに類した事件は丸正事件とかその他ずいぶんいろいろあるのじゃないかと思うんですよ。あの四国のラジオ商殺しの話をどういう切っかけから開高君は小説にする気になったか知りませんけれども、最初にこれは書けると思い、それをとり上げて、いろいろ調べ構想をねって一篇の現代小説にまで仕立てたことは、やっぱり開高君の作家としての発見であり、作家としての構成力があそこに働いていて、無味乾燥な裁判記録とは質的にちがった開高健という作家の功績だと思うわけです。もっとも、大岡昇平さんなどにいわせると、弁護士と検事の関係などでたらめで、なっちゃおらぬという説もあるようだけれども、素人として読むとなかなかおもしろいわけですね。それはつまりラジオ商殺しという素材の力であるか、あるいはそれを発見した開高健の力であるかということに問題があるわけです。

だから同じことですよ。私小説なら何でもいいというわけでなくて、私小説の中にも上等のものもあれば下等なものもある。私小説だからといってすべてがいいわけではないということですね。だから素材にたよっていて、その作品が作者との臍の緒が切れているからつまらぬというような言い方は皮相な言い方で、開高健と『片隅の迷路』とは臍の緒がつながっており、松本清張と『日本の黒い霧』は臍の緒がつながっている。そのつながり方の深浅を鑑定するのが批評家の役割で、その場合に、広津さんのつながり方を一つの理想型として見た場合に、松本清張、開高健のつながり方はいまだしというふうに批評家がいっても、これはある程度やむを得ぬと思う。事件小説と私小説と比べて、いつも結局私小説に贔屓するじゃないかというふうにいわれると、批評家としてはちょっと困る面があるわけですね。

松本　ところが、私小説は日本の文壇では自然主義以来「純」文学の主流であるという見方もある。そこに批評家のほうで私小説を評価するのに郷愁といったものがあるんじゃないか。また私小説は構成の面からいっても多くは自己の体験から取材されるのでリアリティがあるし、破綻が少い。ところがさっき伊藤さんがいわれたという言葉、「本格小説を書けば日本の文壇ではけなされる」という言葉の意味には、これはぼくの当て推量だが、本格小説は大体フィクションが構成主体だと考えていいでしょう。そうすると、フィクション構成にはいろいろとあらが目立つわけです。少くとも私小説よりは細部の欠点が指摘されやすい。伊藤さんがそういう意味でいわれたのかどうかは分りませんが、ぼくは日ごろからそう思っている。本格小説に対する批評家の眼には、私小説にくらべて、フィクションに対して何かしら安心できない、信用できないという気持があるのじゃないか。そういう先入観があるとは必ずしもいわないけれども。

批評家と私小説の関係

平野　偏見ですね。つまり批評家というのは昔の私小説家と同じようなもので、マス・コミに乗れないわけですよ。だから私小説家に同情するということはあり得ることだと思う。伊藤整さんがずいぶん以前に「逃亡奴隷と仮面紳士」ということを言ったけども、そのときにぼくは、しかし今や私小説家もすでに仮面紳士になっていて、ほんとうの意味の逃亡奴隷は文芸批評家だけだということを言ったことがある。それくらいに私小説家と批評家というものは一種の近親性がある。すくなくともぼくにはあった。その上に立って私小説はだめだとかなんとか言っているわけですね。

松本　それはぼくには新発見ですね。

平野　そうですか。

松本　少なくとも批評家が私小説作家の側に立って近親感があるということは初めてです。

平野　ぼくなんかそうです。近親感があるからこそ、ずいぶん私小説家をやっつけてきたつもりなんですがね、ぼくは。

松本　批評家の人はみなそうですか。

平野　大批評家はそうじゃないかもしれないけども、ぼくみたいなほまち批評家は大体そうでしょうね。

松本　それがほんとうならぼくの批評家観も考え直さなければいかんようですね。

平野　いや、そのぼくでさえどうも私小説はもう先行きがないというふうに言いだしたから、何だかんだといわれたのだし、そういうぼくだからこそ松本清張さんとの対談という企画も出てきたわけでしょう。

ぼくは私小説というものは割に愛好する立場だったし、今も愛好しますよ。このあいだも、文芸時評ではあまり触れられなかったけれども、島尾敏雄君の『マヤと一緒に』という作品、あれはお子さんのことを書かれた私小説風のもので、ぼくはうたれた。それは私小説風ということもあるけれど、それだけじゃなくて、人間というものが実にこわれやすい脆弱な生きものだという認識につらぬかれている点に感心したのですね。それが私小説風な作風とうまくマッチしていた。そういうことをふまえて、しかし、今や現代小説は全体として行き詰まっていて、それを救うものは何かということになりますと、松本さんが『日本の黒い霧』で試みられたような、ああいう試み方から、本格的な社会小説へ入っていくよりしょうがないのじゃないかということがぼくのアクチュアリティ説のあれでもあるわけですよ。

アクチュアリティとは

松本　アクチュアリティということが盛んにいわれていることは聞いたり読んだりしてますけれど、アクチュアリティということのほんとうの定義をこの際……。

平野　ぼくがいうのは非常に簡単なことで、私小説でも新聞小説でもいいけれど、たとえば大佛次郎さん、獅子文六さんの新聞小説をぼくは注意してずっと読んできたわけじゃないけれども、ああこれは大佛次郎風、これは獅子文六風のものだという型がはっきり出ていると思う。その型のために今のマス・コミに受けているわけですよ。そして獅子文六にたのめば間違いない、石川達三にたのめば間違いないということになっている。間違いないというのは、そういう型がその人なりにできあがっているからで、それは私小説家だろうと新聞小説家だろうと同じだと思う。その型を何とか破ろうと思うけれどもなかなか破れないというのが今の現代小説あるいは、既成文学が行き詰まっている一つの証拠だと思う。そこへ新しい試みがいろいろ出てきて、石原慎太郎も大江健三郎も開高健も出てきたけれども、それがうまく育たない。それは批評家が悪いのか、作家が悪いのか、読者が悪いのか知りませんけれども、うまく育たないのが現状です。

ぼくは文壇というものはそういうものだと思うけれども、ある新しい異質なものを持って登場してきても、ひとたび文壇の中に登録されて、その中で職業作家として棲息すると、文壇的な型に妥協するというか感化されて、そういうふうにならなければ職業作家として立っていけないというところがある。椎名麟三にしても野間宏にしても、ずいぶん今までとちがったものを提げて出てきて、その特色は今でもはっきりしていますけれども、二人の文学を一応文壇自身が許容したということもあるけれども、しかし椎名麟三も野間宏もずいぶん角がとれてきたということもあると思う。そういうのが文壇だとすれば、そういう文壇全体の持っている一種の型というかパターンというか、何でもいいが、そういうものがある。それが今やマス・コミュニケーションなり新しい読者層との関係において飽和状態にある、閉塞状態にある。

それを打ち破るのは何かというと、ぼくは、新しい文体だとか想像力というものではなくて、やはり現実から新しくくみとってこなくちゃならないだろうというだけの話ですよ。その点でたとえば松本さんの『日本の黒い霧』の最初の下山事件、あれはいちばん念も入っているしおもしろかった。だからぼくとしては文句もつけたけれど、あれが十二ヵ月続いているうちに早くも『日本の黒い霧』のパターンができてきたというふうに思える。その点は日本の読者が軽佻浮薄で、長い眼で見守るということがなかなかできなくて、次から次へ新しいものが出てくるので目移りして、すぐ慣れるせいでもあるけれども、作家をして成熟させる時間というものがないわけですね。これは不幸なことだけれども、『日本の黒い霧』についていえば、下山事件のときには新鮮でおもしろかったけれども、あれが十二ヵ月続いているうちに、それがすでにパターンができてマナリズム化した。たしかにあれは新しい現実を発掘してきた、占領下におけるアメリカ軍の謀略という新しい見方を提出したのだが、十二ヵ月のうちにまた同じツボにおとすのか、というふうになってきている。

そういうすれっからしのジャーナリズムや読者層に囲まれて、より恒久的な、すぐパターン化しないものを確保する道は何かということをぼくはかりにアクチュアリティというふうに言っただけのことです。

松本　なるほど。

平野　下山事件の分析はほんとうに九分九厘まで松本さんの言う通りだと思ったのですが、ちょっと書きましたけれども、替え玉の件でひっかかった。それはぼくなりに本気によんだことでもあるわけです。

松本　それはいいですが、『日本の黒い霧』は広津さんの『松川裁判』と同じように、現実から取材したので、そこに作りものでないという材料の安心感はあるわけです。

平野　そうですね。

松本　私小説もやはり自分の身辺から取材したものなので、表現上、多少フィクションは入るでしょうけれども、やっぱりしんはほんものだという安心感がある。

批評家の認める小説

松本　ところが、そういうかたちのものでなくて、何か一つの自分のイデーを出そうとして、そのイデーをより効果的に、あるいはもっと造型的にするためにはフィクションの構成を使ってやる。それを本格小説と呼ぶかどうかわかりませんけれども、かりに本格小説と呼ぶとして、これはさっきいったような理由で大体批評家にけなされる。そのへんが日本文学を狭くさせている、幅広く育たなくしている原因になっているのじゃないですか。

平野　なるほど、そう言えますね。ところがそこで伊藤整さんに一説があって、たとえば漱石の『明暗』という小説は完全な作りもので、あれは人間のエゴイズム、虚栄心、あるいは金銭でもいいですが、金銭なら金銭というものがいかに各個人の人間関係を執拗に支配しているか、目に見えない力で夫婦関係、友人関係あるいは上役下役関係などをいかに変えていくかという認識のもとに書かれた小説だというのが伊藤さんの説ですね。また横光利一の『機械』という小説、あれはへんてこな小説だけれども、同じような人間認識のもとに書かれたもので、あれはあれでよろしいというのが伊藤さんの説ですよ。

これが問題ですが、私小説はいかに自分は実際に血を流したかという実践的な小説として、認識の文学とは一応別にするわけですね。どれだけ血を流したかということを言ってくれれば、しまいには太宰治みたいに自殺してみせねばならぬというところまでくる。あるいは小林多喜二みたいに殺されてしまうところまでくる。しかし自殺もせず革命もせずに、夏目漱石のように、あるいは横光利一のように、自分という主体はこっち側へ置いといて、人間と人間との関係というものはこういうものだというふうに書いて、ちゃんとできあがっている小説もある。それが本格小説だとすれば、そういうものは批評家も認めないと言っているわけじゃないのですね。そういう作りものの『明暗』という作品と、たとえば太宰治の『人間失格』のような自分の全生涯を賭けた作品があったとして、それの優劣いかんということになれば、それはどっちもいいというふうに認めざるを得ないと思うんですよ。だからフィクションというものを一概に批評家がけなすというわけではない。しかし認識と実践とをそうキッパリ分けることができるかどうか、その点ぼくはまだ考えがまとまっていない。夏目漱石が『明暗』を書けたのはもともと漱石が維新の志士みたいな気質を持っていたからではないか。認識も実践も根本は作家主体という一点にあるのじゃないか。それを一人の時評家として現代小説について考えた場合に、やはりアクチュアルな現実から主体的に学ぶということになるのじゃないか、と考えるわけです。

批評家は逃亡奴隷である

編集者　松本さんはフィクションは批評家からあまりよく言われないというふうに思っておられるようですが。

松本　いや、それはさっき事件小説といわれたけれども、そういうとちょっと局限されて誤解があるので、いわゆるフィクション小説のことですね。

平野　ところが、ぼくから申しますと、今いわゆる事件小説以上のほんとうのフィクションをだれが書こうとしているかということが問題です。みな事件小説としてまとめるのに精一杯じゃないでしょうか。

松本　そうですかね。

平野　ぼくはそう思うな。素材としてのおもしろさか、そうでなければストーリー・テリングのおもしろさだけで精一杯で、ほんとに本格的な社会小説なりフィクションなりを書こうとしている人は実にすくないんじゃないかと思いますね。みんな自分の型やツボだけで書いている。松本さんがそうだというわけじゃないし、『日本の黒い霧』というのは小説でもないし、ああいうものとして貴重な試みだということはもちろん認めた上での話ですけれどもね。

松本　現在のほとんどのフィクション小説は事件小説ですか。

平野　現在ぼくなんか、事件小説でなければストーリー・テリングのおもしろさ以上の小説が出現してくれることを望んでいるものですが、そういうのは実にすくないということですね。

松本　しかし、フィクション小説となれば、どうしてもストーリー・テリングの要素は入りますね。

平野　それが現代小説がこんなに普及した所以でもあるわけでしょうが、またニッチもサッチもならないところにきている所以でもあるわけだと思います。それは私小説でも同じです。たとえば吉行さんの『闇のなかの祝祭』は、どうしてもぼくはあまり買えなかったわけです。いろいろ世俗的な顧慮があって、それが私小説という型以上のものになりにくくしていると思うわけだ。一つ一つの作品になりますと、私小説だからいいの、事件小説だから悪いのというふうにはぼくはしていないつもりなんですがね。しかし、全体として好きな作家と嫌いな作家があるということはまたやむを得ない。

松本　ただ、このあいだある雑誌で五人の作家が集って座談会をやった。ぼくも入れてもらいました。そのときの出席者の話も、だいたいわれわれは批評家にみんな評判が悪いということになりました(笑)。そのとき私小説の話も出ましたが、とにかく自分の書いているものはみな自己が入っているのだ、「私」という活字がないだけのことで、作られている架空のものは何も興味本位のものばかりではない、自分の言わんとするところ、自分の悩みとか感情はみな別の架空な形で入れているのだ、ところがフィクションの形にすると、どうしてもストーリー・テリングの要素が入るから、そのおもしろさが批評家にどうも気に食わないらしいというのが大体の雰囲気のように受けとれたわけです。そうすると、おもしろいということとの問題になるわけですが、あまりおもしろいもの、それはすぐ通俗小説に結びつくようですが、批評家のそういうきびしさといいますか、おもしろさを批判するきびしい態度、これが日本の文学の不毛というか本格的な小説があまり出ないということに関係あるのじゃないですか。

平野　それはあるかもしれませんね。さっき言いましたように、批評家は逃亡奴隷ですから、どうしても一種の清貧主義というものがある。それは古い世代の日本人の清貧主義とも結びついているわけで、今のレジャー・ブームみたいなものを浅薄だという考え方がある。流行作家というだけで白眼視したいような一種のヒガミ根性みたいなものもありますね。それをみな言わないだけの話で……。

松本　そういう批評基準で……。

平野　やられたのでは困るということはお説の通りだと思いますけれども。

松本　そういう批評家の心境といいますか、それをぼくは今夜はじめて伺ったわけです。そういうことが今まで全然わからなかった。

平野　いや、そんなことはみな見当ついているはずです。ぼくなんかオッチョコチョイだから口にするだけの話です。ただ公平に見て、たとえば舟橋聖一さんが非常に苦心して男女の愛欲なら愛欲をいかにもあり得べき状況のもとに描いたのを作りものでつまらぬじゃないかというように批評家が一言のもとにけなしたとすれば、それは不当なことです。『悉皆屋康吉』以来、舟橋さんのいい小説はほんとうに元手がかかっていて、ぼくは偉いことだと思っています。それに比べれば私小説家などは全然元手がかかってないものでな。

多作と寡作

編集者　だいたいいま流行作家は多作を強いられているわけですが、多作家からすれば、寡作家は才能がないから少ししか書けないのだという考え方が何となくあり、寡作家の方は、どんどん書いていたのではいい文学はできるはずはないという考え方もしていますが……。

松本　これは素質あるいは体質の問題だと思うんです。多作を強いられるといいますけれども、これは強いられたって断わればいいんですよ。だから絶対に断わりきれなかったなんというのは嘘だと思う。そこで無理して引き受けるのに二通りある。このごろよく悪口を言われるように「ただいま出演中」というような心理の人もあるかもしれませんが、それは極く少いでしょうね。しかし、書いているうちに自分の本当の方向が探り当てられるのじゃないか。じっと思索したり本を読んだところで、それで探れるものではありません。書いているうちに探っていく。そしてぶつかるという場合が多いと思う。もう一つは、もっと今よりましなものを書こうという欲、そういう気持があって引き受ける場合がありますね。

編集者　先ほど平野さんから、現在ではフィクションは、いわゆる事件小説をまとめ上げるのにやっとで、それを温めて本格的なフィクションに仕立て上げているものはないというお話もありましたけれども、そういう点は多作ということと何か関連があるのじゃないでしょうか。

平野　昔から直木三十五、三上於菟吉、林不忘別名牧逸馬・谷譲次など多作した人がないわけじゃないけれども、やはりマスコミとの関係で、今日多作的な傾向は流行作家だけじゃないと思うんだ。いまは大正時代のようないわゆる怠け者の作家というのはほとんどいないのじゃないかと思う。昔の広津和郎とか佐藤春夫が怠け者であったような、ああいう作家はいないのじゃないか。ぼくなんかももともと怠け者だけれども、今はずいぶん勤勉になった方ですよ。だから井上さんとか松本さんのような作家の才能の伸び方、開花のしかたで昔とは全然ちがった型の人も出てくる必然性がある。そういう才能の伸び方は明治・大正・昭和の初期にはなかったと思う。それは体質、才能の問題だけれど、やっぱりジャーナリズムとかマスコミのあり方と相関関係があるのじゃないかな。

松本　それはあります。ぼくの場合はすでに中年をすぎて作家に転向したのだから先が短かいわけです。過去に同人雑誌時代に書いていたということもないですから……。

平野　たまっていたわけですか。

松本　たまっていたというと大袈裟になりますけれども、一方ではこういうタイプがあるでしょう。同人雑誌時代に長く書いていて、そのうちにいい作品で文学賞をもらう。しかし、出たときにはすでに疲労気味で何となく伸び悩んでいる作家がありますね。それを逆にいってるのじゃないかという気はしますね。それから、ぼくの場合は、専心して文学をやるつもりはなかったし、本気に小説を書くつもりはなかったのですから、何を書いていいかわからなかった。極端なことをいうと文体さえどういうものがいいかわからなかった。従って芥川賞をもらったときも、その直後は困った。何を書いたらいいかということも、自分の文章も分らない。大岡昇平さんの場合は飜訳体をさし当っての文章にしたということを読んだことがありますが。ただそのときにぼくが一番気強く思ったのは井上靖さんです。井上さんの文学的な行き方がぼくに自信を持たせ、勇気づけてくれた。

『風雪断碑』と『点と線』

平野　松本さんが『或る「小倉日記」伝』以来ずっと短篇を書かれて、いかにもそれらは松本清張という刻印をちゃんと押した小説であって、いってみれば松本さんの私小説なんですね。ところが最近はそういう作品が少なくなって、推理小説も書けるというのではなくて、推理小説のほうが本職みたいになって、『或る「小倉日記」伝』風のものはほとんどなくなっている。ぼくから見ると何となく本末顚倒になっているような気がする。さっき松本さんがおっしゃった多作の場合もいろいろありますけれども、それも含めてやはりジャーナリズムの要求に従順すぎるのじゃないかという気がする。このあいだの『球形の荒野』などおもしろいものだが、本来あれは推理小説にする必要はないと思うんです。別に殺しを出す必要はないと思うんですが、あれを殺しにしなければならぬということは、すでに松本さんが推理小説家の第一人者というジャーナリズムの要求に縛られているのじゃないかと思います。もっともぼくは『点と線』ではじめて松本さんに注目したのだから、こんなことを言う資格はないわけですが。

松本　それは出版社とのはじめからの約束でしたからそういうことになったんです。平野さんが『点と線』から読んでくださって大へんありがたいのですけれども、ぼくを認めてくださるなら、『風雪断碑』とか『石の骨』、あのころから認めてくださったら、ぼくは推理小説に手を出すことはなかったと思う。

平野　いやいやそんなことはないでしょう。

松本　それはそうなんです。

平野　それは批評家に対する松本さんの買いかぶりで、批評家にそんな力があるわけはありません。

松本　受ける側はそうですよ。あのときに一言半句でも、文芸時評か何かでとり上げてくださったら、ぼくは馬車馬みたいにあの道を走ったと思う。ところがあの当時だれも何ともいってくれない。自分の信ずる道をずっと行けばいいわけですが、サラリーマンから作家となったばかりですから生活を失いそうな不安があったわけです。しかし、推理小説が受けるとも思わなかった。『点と線』を書くときには、雑誌も「旅」でしたからね。ただ、ぼくは推理小説が好きだったし、あのころの日本の推理小説に不満を持っていたので書いてみた。それが連載中も何も反響がなく、単行本になってから売れたということから次々とこういうことになっちゃったんですけれど、『風雪断碑』のころに、批評家に二、三行でも触れてもらいたかった。何を書いても全部黙殺されました。

平野　そういうふうにいわれると申しわけないみたいですけれども、しかしぼくから言わせてもらいますと、あの当時かりにぼくが『或る「小倉日記」伝』系統のものを褒めたにしても、あれだけでは作家として行き詰まりますよ。

松本　今から考えると、そうかも分りません。

平野　松本さんがたとえば推理小説的なものに作風を拡げられたのは、やはり作家としての成長の一つの過程で、松本さんがあのままでは批評家がどう言おうとおれは行き詰まる危険性があるとお思いになったからこそやられたのだと思う。それを批評家が褒めなかったからというのは、あとからつけた理窟みたいなところがあるな。

松本　それはちがう。それはぼくの本心ですよ。

平野　あれだけのものを書いたが、批評家は認めてくれなかった、口惜しい、けしからぬというのは、そうだろうと思いますけれど。

松本　けしからぬとは言いませんがね、それほどぬ惚れてはいなかった。

平野　だからこそ松本さんの解説なんかでも、推理小説ばかり書いておられるのはぼくは残念で、『或る「小倉日記」伝』を書かれたような、ああいうところへもう一ぺん帰ってほしい、もちろんそのまま帰れるわけじゃないけれども、推理小説を書いたということを一つの作家経験のプラスとして、もう一ぺん初心に立ち帰ってほしいということを場違いだと思ったけれど、ぼくは解説なんかで何度か書いた。

松本　それはたいへんありがたいです。

平野　『球形の荒野』でも『黒い福音』でもおもしろかったけれども、あれだけの材料を推理小説仕立てにする必要はないのじゃないか。

松本　しかし、ただ直線的に書かれていた今までの小説のやり方、それを何とか一ぺんばらばらにしちゃって再構成するという構造力、そういうものが推理小説を書いたことである程度勉強になりました。

平野　そういう勉強をもととして、推理小説でもなければ『日本の黒い霧』でもない、ほんとうの意味のフィクションを松本さんに、書いていただきたいと思っているわけです。

現代小説の行き詰りを打開する道

編集者　最後に、今までのお話はこれからの文学をどうするかということにつながるわけですが、どうでなければいかぬかという点を。

松本　どうでなければいかぬとは言えないと思いますが……。

平野　自分はこうしたいということはおありでしょう。

松本　小説の狭さをもっと広げなければいけない。広げる過程においては、平野さんをはじめ批評家にいろいろと叩かれると思いますけれども、そこはもうすこし寛大な御処置で……（笑）。

平野　いや、ぼくは寛大なつもりですよ（笑）。

松本　ただ、さっきの伊藤さんの言葉、あれは本当だと思うんですよ。現在の状況から見て、本格的なものを書いたら評判が悪いということですね。しかし評判が悪くても、傑作というものはそんなにすぐにできるものじゃないのですから、そういうものを育てる素地、雰囲気を作るような方向に批評家がまず持っていくことが必要でしょうという感じは持つわけですよ。

編集者　谷崎潤一郎氏はもちろん、戦後のたとえば三島由紀夫氏とか椎名麟三氏とか野間宏氏とかも松本さんの言われるようなフィクションで、あながち私小説ばかりがとりあげられるということではありません。それらの人々は狭い意味の文壇でも非常に華々しく、存在しているということがあるわけです。

平野　そうですね。松本さんなどは推理小説仕立てにしなくても十分独立独歩できる方なので、フィクションといえば一つ覚えみたいに漱石の『明暗』としか批評家が言えないような現状を破っていただいて、否応なしに批評家をして承認させるような方向に進んでいただくとありがたい。それが現代小説の行き詰りを打開する唯一の道でもあると思う。

（ひらの・けん　一九〇七〜一九七八）

推理小説の作者と読者――鼎談・高木彬光／水澤周

推理小説の歴史から

水澤　当然のことですが、推理小説にもそれぞれの国の精神的風土とか社会的状況が反映します。欧米の推理小説の出発点にあたっては、まず個人を単位とした市民社会の成立ということがあったわけです。市民の常識が法の根本であり、常識がものごとを裁くのだというルールがあって、イギリスやアメリカでいわゆる本格派の成功が見られた。以来、英米ではこの市民社会が時に動揺することはあってもまだ崩壊まで至っていない。ハードボイルドはその市民社会のタイハイした部分へ打ちこむクサビのような役を持っていますけれども。

フランスの場合少し違って警察力というか強権の社会に対するのしかかりがある。英米法と大陸法のちがいだと思います。従って、そこに成長した推理小説の嫡子は本格ものじゃなくて、義賊ものだったり捕物帳風のメグレものだったりする。官僚批判なんです。

日本での推理小説の歴史を考えると、これをミステリーというはばで見るならば大へん古いところまでさかのぼれます。例えば古今著聞集とか今昔とか宇治拾遺とか……あるいは秋成とか西鶴とか歌舞伎とか……少し大げさみたいですがつまりニューズ・ストーリーとして、世の中にミステリアスな事が満ちているというかたちで庶民の前に提供された物という位の意味なんですが。

明治に入って、探偵小説の輸入紹介者である涙香(るいこう)が、新聞に連載していた自分の〝探偵譚〟のことを「小説には非ず、続き物なり、文学には非ず、報道なり」といっていますね。この文学かどうかという判断は別として、報道だ、というのは日本の推理小説としては本道であり、今日でも通じるところがあるんじゃないかと思う。つまり、英米のそれが論理を主軸としたゲームなのに対して、日本では庶民の感情にうったえることと、ミステリアスな世界を解剖して知らせるという役割を持つということ。日本は大陸法の世界だし、警察力ののしかかりはいっそうものすごいわけですから、表向き知らされたことなんて真実かどうか信用できはしない。裏の裏があるんじゃないかということは常に庶民の心の中にわだかまっている。それに応えるものとしての推理小説です。

大変乱暴ないい方ですが、戦前から戦後の一時期にかけての日本の推理小説はすべて輸入品か飜案か……もちろん、その中の大作家たちの果した役割は細かくいうとそれぞれ違うでしょうが、つまりは啓蒙であり、土台づくりであり、ピラミッドの底辺づくりだった。日本の社会には本格派というものがそこから生ずる土壌がない。だからいっそう架空なゲームにしかなりえないし、そうなると、大衆社会には迎えられるはずがない。ここまでが日本の推理小説の前史です。

そういった行きづまりの只中に松本さんが登場した。ちょうど日本の社会は占領期の厚いカベに囲まれていて、ミステリアスな事件にみちていた。この時代は戦後じゃなくて戦間にすぎないんだといった予想にみんなおびえていたし、擬似的な安定の下に深淵が口をあけているのに気づいていた。新聞などが真実を語らない以上フィクションのかたちで提供される真実に、ニューズ・ストーリーに大衆が飛びついていったのは当然なんです。

高木　小説というものが大体、ミステリー的なのではありませんか。読者は、つぎはどうなるだろうという興味にひかされて、終りまで読んでいくのだから。

松本　日本の小説は自然主義が底流になっていて、身辺描写から心理のアヤを克明に描く。そういうのが大正以来文壇の主流とされていて、筋のある小説は大衆小説ということになっていた。ところが外国の小説をみると、筋の設定が重要なんですね。心理のひだを細かく描く日本の私小説的ないきかたが、いつのまにか小説の構成を弱くしたということがいえると思う。せまく掘り下げていくことで小説としての本格的広がりを持つところに、出られなくなった。推理小説の手法が、近頃「純」文学の中にも取り入れられて来ているのは、構成の上でひとつの輸血的な役目を果しているといえないでしょうか。

高木　純文学というものと、そうでないものとに対する一般の考えかたについていえば、近頃こういうことがあったのです。水上勉さんが、子供さんがひどい病気の時に、どこかへカンヅメになって小説を書いていた。そのことを東京新聞が取りあげて、たたいているのですね。その記事によれば、檀一雄にもやはりおなじようなことがあった。しかし檀一雄の書いたものは純文学である。水上勉の書いたものは、たかが推理小説であろう、というのです。腹がたちましたね。書くということはそんなものじゃない。純文学ばかりをよいものとする。こういう感覚がどこかにあるのじゃないでしょうかね。

松本　ぼくもあの記事は読んだけれどね。檀一雄は身をもって破壊的な生活をしている。一種の殉教者的立場というわけだ。水上君の場合は、今や流行作家だ。そこの姿勢の違いをいっているのではないかな。

ところが、批判されながらも、批評家には私小説的なものが重んじられている。これが日本の文学の問題点だな。今日のようにマス・コミが発達してくると、作家の暮しが向上して、私小説作家でも、恵まれた環境にいる。以前のように、生活敗残者だとか性格破産者だとか呼べない生活になってきている。そうすると、自己の文学を忠実に守ろうとすると、作家の生活は演技的にならざるを得ない。伊藤整のいったような、そういう演技説が出るくらい、昔と今では、社会状勢が変ったのですよ。

水澤　松本さんにうかがいたいのですが、大岡昇平が『常識的文学論』の中でヒガミについて書いた時、それに反論なさいましたね。ヒガミということは皮相にきこえますが、それを執念としてとらえれば、これは大切なものなので、ですから、ヒガミはないとおっしゃるのに疑問を感じるのです。

松本　あまり素直にものを見ていたら、これは文学にならないと思う。ヒガミというと、私的な考えに思われすぎるのです。

これは大岡さんに限らず一般がいうことだが、ぼくは小学校しか出ていない、下積みの苦労が長かったから、その間の恨みツラミが重なって、ものの見かたがひがんでいるのだといわれるわけです。これは文芸評論家の作家評伝主義のわるいくせで、作品を作者の履歴で割って考えてしまう。作家の過去につきすぎて考えている。しかし、ヒガミということはある程度必要で、これで文学というものが発生するんじゃないか、とどこかで書いておきました。私小説でも、ある意味ではヒガミの小説だと思いますよ。それが内側にむかうか、外にむかうかによって違ってくると思う。

高木　ヒガミというからおかしいので、これはカメラのアングルですよ。それによって一つの対象がガラリとちがって見える。たとえば白鳥(しらとり)事件[*1]にしても、ぼくと松本さんとではちょっと角度がちがいますよね。しかし事件そのものの真実は一つなはずなのです。そこで松本さんは広角レンズを使いたがるくせがあり、私は望遠レンズをよく使うというふうに、これはカメラマンの好みのようなもので、ヒガミとはちょっとちがうでしょうね。

水澤　作家としてそのクセがなかったら、意味ないと思いますね。

高木　松本さんで私が感心するのは、非常にレンズの解像力がすぐれている点です。女性を撮る時、フワッとぼかして撮ると美人に写りますね。松本さんの場合、それがシワの一本一本まで描いてある。それをヒガミといってしまってはね。

松本　毛なみがいいとかわるいとかよくいわれますが、自然主義文学の影響で、作品と、作者の生活や環境とが密着して考えられすぎる。作品批評の方法の一つに、外国でもそうだが、環境とか生い立ちとかを評伝式に書くのはある。だがそれはすでに業績を完成した作家に対してできることで、未知数の作家をそういう方法で批評するのはせっかちじゃないか。日本の評論家は決定をいそぎすぎるようですね。

密室からの解放

編集部　私小説の自分の心理をさぐって問題を提起するやり方が、読者にあきられる時代に来たのですね。社会の問題が社会科学的法則によってとらえられて、それを法則によって解いてゆく時代が来ている。推理小説は、その社会が法則によって割りきれるという前提を持っているわけで、ですから、日本の大衆の社会科学的興味の容器として推理小説が出てきたのだという説を、この特集に沢田允茂(のぶしげ)氏が書いておられます。高木・松本両氏の作品は、その社会科学が生きられている感じがあるのですね。

松本　ぼくのものが社会小説とは思わないが、私小説の世界の単調さが読者にあきられたということはいえると思うのです。読者の環境の進行に今までの私小説式がついてゆけなくなったのではないか。おなじ内容を扱っていても、読者はもっと小説的な構成力のあるものを要求している。推理小説を例にとると、これはなんといっても、構成第一に考えますからね。少なくとも直線的で平板な小説よりおもしろいのではないか。今の社会機構の矛盾なり問題でも、推理小説的な手法を用いれば、ある程度の核心に迫り得る方法を持っているんじゃないかと思いますが、自然主義的な手法ではそれはむつかしい。

水澤　小説は庶民の日常生活の上に成立するものだと思うのです。自分の生活に照らして、身につまされて読むという面があるわけで。しかし、戦後に出てきたいちじるしい現象として、日常生活が崩れるのではないかという不安が常にある。戦後だといっても、次ぎの戦争がまた来るのじゃないか。むしろ戦間なのじゃないかという恐怖があって、蓄財などあまりする気になれない。安定した生活は虚像なので、常に深淵のふちにいるという実感がある。したがって私小説の通用する分野がますますせまくせまくなって、推理小説のほうが庶民感覚と結びつく面があるのではないでしょうか。

編集部 それと逆の面もあって、問題は社会機構の矛盾から出てくるのだが、それは解き得るという希望が出てこなければ、推理小説は流行しない。問題はあるが解き得ないというのが通念になれば、私小説だけしか読まれなくなる。推理小説が読まれるのは、力をあわせれば問題は解き得る。そうしなければ、その問題は黒い霧になって頭上におしかぶさって来るのだという感覚と結びつくともいえますね。

高木 これは私個人の意見なのですが、日本の探偵・推理小説というものは、植民地文化だと思うのです。『今昔物語』までさかのぼるのは今は一応おくとして、明治の黒岩涙香へんから考えれば、あれも飜案ですし、昭和初期くらいまではエロ・グロですな。欧米の本格ものの歴史をみると、一九三〇年前後が黄金時代なのです。ところが日本では植民地文化だから、一九三〇年代にその黄金時代を持たなかった。戦時中はちっとも外国のものは知られなくて、ブランクですね。戦後になっていっぺんにそれが入って来た。われわれはびっくりしたわけですよ。これはわれわれもこういうものを取り入れなければいけないのじゃないかというので、横溝正史先生が『本陣殺人事件』をはじめ一連のものを書き出した。ところがわれわれが本格派をお手本にしているうちに、欧米の推理小説はもっと別のところに行っていた。

一九三〇年代のものは、回帰してヴィクトリア朝にさかのぼると、私は思うのです。ヴィクトリア朝時代の英米思想は、科学が全部を割り切るという思想です。つまり、最後の一点までつきつめてゆけば、あらゆる問題はとけるという思想。だから内へ内へと入る。というのは、探偵小説でいえば密室ですね。ハイゼンベルグの不確定性原理というのがある。一点を限定すれば質量がわからないという説ね。つまり科学は万能ではない。そのつぎに現われるのが、統計科学・社会学の世界ですね。質量の一点までおしつめるところから、カーッとひらく。そういうところが戦後の欧米の推理小説に出て来ましたね。これはもう諸子百家の時代ですよ。われわれには主流がつかめなくなった。ところが、諸子百家に分れた中から、社会性が出てくる。これを松本さんが先きに取り入れた。このことに私は頭を下げるわけです。

最初『点と線』のあたりでは、われわれは松本さんをクロフツだと思った。これは一九三〇年代にもあるものですね。ところが、クロフツじゃなかった。その後の仕事には、密室の壁を破るものがあるのですね。その点教えていただいて、感謝しています。

編集部　密室はヴィクトリア朝の思想だというのはおもしろいですね。ヴィクトリア朝の市民社会の最低単位は一つの部屋に住む一人の人間だが、日本社会の中では密室が単位として成立しない。そういう社会でヴィクトリア朝の思想を前提にした推理小説が流行するわけがない。では密室のないところでの最低単位はなにかというと、個人――人まえではペコペコしていたのが、ひとりになると、あの野郎なんだ！　と考えたりする。一人二役ないしは一人多役を兼ねる、あいまいな個人ですね。それが単位になると、べつの推理小説が出てくるわけですか。

さきほど松本さんのいわれたヒガミのことは、一人多役の問題として、おもしろいと思います。ヒガミこそ、日本流の最低単位による推理小説の構成をつくるのかもしれませんね。

水澤　密室にかわるものとして、現代には群衆社会があると思うのです。日本では公団アパートでも、密室の条件は成立し得ない。密室とは、その中でなにが起るかわからない。しかもそれが外に知れないという恐怖でしょう。そうでなしに、群衆の中を歩いていて、そういう開放された場所で、いつどういうことが起るかわからないという恐怖――たとえばこの座談会のあとで、ぼくが家に行き着かないかもしれない、そういう恐怖があるわけです。そうした状況というものが、今の日本の推理小説を支えるのではないかと思います。

高木　群衆社会は確率統計の世界だということですよ。

松本　問題を推理小説のタイプのことに戻すと、過去に探偵小説といわれる時代のものは、日本では横溝正史さんをもってひとつのピークとなっていると思う。密室の中でなにが起るかということよりも、密室犯罪という不可能なことを可能にして見せる行きかたですね。内から鍵をかけた密室の中で、どうして犯人が侵入して犯罪を行うかという、手品だな。

本格探偵小説といわれるものは、あらゆるトリックのワクを考えつくして、いろんなものが発明された。ところが、トリックにあまりに重点を置きすぎたために、登場人物の背景も性格も生活も全然出ていない。ただ手品のおもしろさだけですよ。それがぼくにはちょっと不満だった。江戸川乱歩さんの持ち味は怪奇性とトリックの結合で、これを継ぐ者の第一人者が横溝さんです。しかし、文章の表現が少々オーバーで、これでもか、これでもかと押しつけがましく書かれている。ぼくは、作品の内容が異常なら、文章は淡々と書くべきものだと思う。そのほうが、読者に実感が出てくる。

それから、あまりトリックを重視すると、リアリティがなくなっている。市民の日常生活には縁遠い舞台がえらばれている。横溝さんの連続殺人事件を扱った作品にはアガサ・クリスティの『ABC殺人事件』という原型があるわけです。舞台を瀬戸内海にえらんだのは横溝さんの功績だけれども、あれをもって独創性とはちょっといいかねると思う。

高木　独創性はなくとも、あそこまで日本化すれば立派なものですよ。

松本　独創性と日本化とは区別しないといけない。横溝さんには『本陣殺人事件』とかいろいろあって、たしかにひとつの境地をひらいた人として尊敬はしているが、それとこれとは別だな。

編集部　密室ということですが、ガストン・ルルーの『黄色い部屋』、ヴァン・ダインの『カナリヤ殺人事件』、すぐれたトリックではアガサ・クリスティの『アクロイド殺人事件』を読んだ時、あまりの手品の鮮やかさに驚嘆したのです。その後密室が、ディクソン・カーあたりになると、また手品か、という印象を持つようになるのですね。邪道です。

高木　密室ものは、こんな手もある、という、手品につきるのですよ。

編集部　江戸川乱歩氏が、あのような出発をされながら、なぜ『黄金仮面』や、『吸血鬼』にいってしまったか、残念な気がするのです。これはほかの作家についてもいえることなのですが。そういう本格派の人のたどる傾向の中で、なぜ高木さんだけが逆な方向をおとりになったか、おききして見たいのです。

高木　それは松本さんのおかげですよ。本格派はみんな密室にこもる。そこを外へ向って開く方向を教わったわけですね。

松本　逆に、近頃のそういう高木さんの方向を失望している人がある。これは、探偵小説の鬼といった人々だ。こういう人たちを対象にして、これまでの探偵作家が作品を書いて来たから、どうしても密室の中にこもることになる。

高木　そういうものを求める人の気持は、私としてはわかるのです。しかし、そのカラを破らなければ、日本の推理小説には進歩はないということになる。

『丸正事件』と『日本の黒い霧』

編集部　今の日本でなにが推理小説によって解き得る問題なのか、ということなのですが。今まで松本さん、高木さんのお二人がとらえてこられた問題の系列で、どういうものに興味を持ってこられたかをおききしたいのです。そこには読者の興味が入ってくるわけで、読者が作家と一緒になってその問題を解こうという気がまえがなくては推理小説は売れない。そういう協同の探究の対象として重要なものはなになのか。

松本　いつか、ある検事と歩きながら話した時に、その人が「ここに来たことは誰も知らない。今、あなたに殺されたとしても、わたしの行方は、わからないじゃないか」といったことがあります。日常生活の中の恐怖だな。われわれは現代生活の中で孤立しているわけですな。機構の中にはまっているようだけど、考えて見ると生活で孤絶している。そういう日常生活における推理小説的なテーマを今までぼくは求めていたわけです。

ところが日常生活といっても、やはり社会とのつながりを考えざるを得ない。社会を考えると、政治というものにつき当ってくる。推理小説の手法で解くことが将来可能なものという追求対象には政治もあると思う。政治機構じゃないか。政治は上の少数と、下の大多数とが遮断された一種のミステリーです。そうすると、現在の問題状況の中で機構はミステリー小説の対象になり得るのではないかと思います。資料をさがすのがたいへんですけれどもね。

編集部 『日本の黒い霧』で松本さんは結局全部アメリカの壁というところに持ってきておられますね。ああいうところに持ってゆかれるヒントはなんですか?

松本 最初のヒントは帝銀事件ですね。あれを見てゆくと、途中で捜査が急転換している。平沢〔貞通〕をつきつめていったのは名刺班ですね。松井蔚(しげる)という名刺の行方を克明にさがした。その班も警視庁の捜査の主流ではなく、どちらかというと傍流でした。ところがしばらくたつと、重点が名刺班に移ってしまう。あの犯罪には戦争の臭いがあると、当時からいわれていたのです。また、それを裏づけるものもあったわけです。しかしその線はGHQの壁に突き当ったと思う。

もう一つは、占領中の報道管制です。完全に布かれていたからね。朝日新聞が占領軍のことを誹謗した鳩山談話をのせたというので二日間だか停刊を喰っている。地方紙では編集長がクビになった例もあります。プレス・コードというのは、ひっかけようと思えばなんでもひっかかるんです。それで新聞社はみんなチリチリしていた。インボーデンという新聞課長がいて、すぐ紙を減らす、とおどかしていた。そういうことで、占領軍に関する都合の悪いことは全然新聞にのらない。ぼくが書いた『日本の黒い霧』の結論が信じられないという感想があるのは、当時の新聞報道管制の影響が大きい。まあ。こういうわけで、まず帝銀事件。それから下山事件ですよ。

編集部 事件をしらべてゆくうちに、そうなったわけですか? あるいは、その前になにか、理論があったのでしょうか?

松本 若い時には『戦旗』など講読していました。三十年ばかりもたちますからね。思想的影響はまったくないですね。

水澤 高木さんの場合、丸正事件[*2]のことはいかがですか?

高木　ひどすぎますよ、あの事件は。誰が考えてもあれを無期にできますか。最高裁判所の今度の差戻し判決の中に、五本のマッチが現場に落ちていた。五人の人間がいて煙草を吸ったから、そうなっていたのではないか。なぜ広島高裁はこれを吟味しなかったか、というところがある。これが最高裁判所のいう言葉ですか。

吉岡という男には、犯人としての物的証拠が揃っている。ところが彼の自白が九回ひっくり返っているのです。彼の上申書は、文章心理学的に見て面白いものですね。何回か出しているのですが、カタカナまじりの文章ですよ。はじめのものでは「良心」という字を書けないで、「両心」と書いている。次にこれは大変名文の上申書が出る。「私は灰色の獄舎の壁を見つめて、血の涙を流したのであります」というような。それで正木ひろしさんにきいて見たら、これは種本があるというのです。『死刑囚の手記』といったもののある本に出ている文章そのままなのですね。

それから、突然「これが私の五人共犯説の証左であります」という文章が出てくる。「証左」なんて、われわれでさえあまり使わん言葉ですよ。「良心」を「両心」と書く人が、そういう言葉を使うようになる。これほどひっくり返っている自白のどこを信じるのか、といいたい。そういうわけで、私は松本さんとちがって、勝手に自分の好きな、書きたいテーマを書いているのです。

編集部　高木さんが、自分にとって面白い題材をただ追いかけるのだ、とおっしゃいましたが、しかし、犯罪者に対する興味の持ちかたに、ある種の傾向性がある。その中に思想があるのですね。たとえば『白昼の死角』には、主人公を作者が好いている気持が出ていて、それが読者に非常にあかるい感じを持たせる。ある型の犯罪者に対して肩入れできるところに、思想性があるように思うのです。

高木　それをいうなら、『破戒裁判』ですよ。あの時には被告が自分のような心境で、涙を流して書いた。私小説とはちがいますがね。やっぱり、私が被告に同情しちゃったんですよ。あの主人公には、私があれだけ同調する視角があったということです。

あの『破戒裁判』を完成するのに、七年と七十日かかった。というのは、昭和二十八年に書いた原型の短篇に、どうしても満足できなくて、もう一度長篇に書きたいと思ってね。苦心して三百枚あまり書いたのだが、気に入らなくて、また破ってしまった。それが本山裁判[*3]に出た時、なるほど、この視点から書けばやれる、もう一度書こう、と思った。それまでのあいだが七年ですよ。それから籠って、誰にもたのまれないのに、七十日かかって書きあげた。
　そういうふうで、私は個人的な興味が中心なのです。私の好みが社会の求めるものと合っておれば、私の本も売れるであろうし、こっちが勝手なことだけを構想していたらまた売れなくなるだろう、ということですね。

現代史に挑戦する

編集部　推理小説の題材として、日本社会の中にある問題の中で、こういう種類のものをこれからやってゆきたい、というお考えがありましたらひとつ。

松本　作家というのは、発生的なものに賭けているのではないでしょうか。自分の今持っているものをたたきこわして次のものをやりたいと、これは誰でも思うでしょう。それがうまくできない。書きながら、自分の方向を発見するというのが、作家の大部分の場合ではないですか。

編集部　松本さんの『黒い手帖』という本に、自分自身に投げかけた疑問の言葉として、推理とはメカニズムである。ところがものごとには不可視な面がある、といっていられる。政治のことでも、宴会政治でなんだかわからない。ほかの例をあげれば、消費者が電気製品を買うのに、どこの会社のがいいだろうかと、いっしょうけんめい考える。ところがメーカーの工場は共通でつくっていて、ただ名前とデザインがちがうだけなのですね。そんなことがちっともわからない。
　いくら追求しても、ふれられなくなる限界。それは、いろんな事件を追求した松本さんにとって、自分の実績への自信と共に挫折感として残るのではないか。それはおそらく、動機を中心とする推理小説の、新しい壁だと思うのです。

松本　それはプロレタリア小説がいい例だと思う。日本のプロレタリア小説の成立は、私小説と結合しているわけですよ。工場労働者や、共産主義を信奉して活動した人の体験が主になっている。これは当時のプロレタリア小説が、純文学に対抗する芸術性のためにおなじ私小説のかたちをとったのかもしれない。その中で唯一の例外は、細田民樹の『真理の春』だったと思うのです。あそこで池田成彬（せいひん）*4をとらえて来たことは、労働者を搾取している加害者の立場を描いたということです。

　日本のプロレタリア小説は、自分を被害者として、その立場ばかり書いている。それで、宮本百合子みたいに、私小説だかプロレタリア小説だかわからないようなものができたのだと思う。どうしてプロレタリア階級の加害者の立場を書かないか。独占資本がどのような仕組みで労働者を圧迫しているか、その組織なり活動なりを、なぜ小説で描かないかといいたくなるんです。それをしなかったことが、プロレタリア小説を次第に狭小化して、不毛なところに追いこまれた一つの原因だと思う。

　ところがぼくがいうのは、ないものねだりかもしれないんですよ。しかし今は、努力すれば資料がある程度は出るわけです。ぼくは『深層海流』というのを書いたけれど、ぼくがほんとに書きたかったのは、日本の経済界の奥の院には誰が坐って日本を操っているかということです。小林中（あたる）*5だとか植村甲午郎（こうごろう）*6だとかいろいろいわれるけれど、彼らは実際は走り使いかもしれない。本尊は分らないところに坐っているのかもしれない。だから、追求といったって、そういう壁があるという意味ですよ。わからないところは、やはりこちらの資料で類推するよりしょうがない。

水澤　何人かの小数の人たちがあやつっているという、非常に具体的なかたちで追求できるとお考えですか？

松本　ええ。誰だかわからないけれどね。

編集部　その追求してもしきれない壁を、なにかのかたちで止揚する道は、正義心だけをもってしては、どうにもならないようですね。大衆が、孤立から連帯感の回復に出てくる方向を探すこと、それが推理小説にかぎらず、いろんな分野の作家にとって、現代の非常に大きな課題になっていると思います。

高木　私がこれからやってみたいと思っているのは、第二次世界大戦戦史なのです。ただし二つの仮定に立つ。仮定の歴史ですよ。その仮定の一つは、もし日本海軍がミッドウェー海戦で敗れていなかったら。もう一つはドイツが先きに原爆を完成していたら、というのです。そこから先きに進んでいったら、日本とドイツが勝者になって、更に、今のアメリカとソ連の対立のかわりに、日本とドイツが戦うようになるだろうという考えですよ。

朝鮮戦争で爆発した米・ソの対立に対応するものとして、バルカン半島で、日・独が戦う。そういう世界中を舞台にしたものを、大長篇で書いてみたいのです。チャーチルがこういっていますね。「自分はどんなことがあっても英本土を離れない。最悪の場合には、ロンドン塔で首をくくられる第一の者に自分はなるだろう」と。そういうチャーチルの言葉を引いて来て、それを実現して見せる。こんなことを考えはじめると面白くてね。作家というのは、そんなものですよ。

編集部　松本さんのいわれた、犯人は機構の中であってても少数者につきつめてゆけるという説に戻るのですが、推理小説には知力、能力が衆にすぐれた犯人を追求してゆくほうが書きやすいという、構造上の問題があるでしょう。『日本の黒い霧』でもその方法でやっておられますが、それだとあまりきれいに問題が割り切れすぎて、ものたりないように思うのです。現在の現実をとらえる方法としては、相手かたの機構の内部に欠陥があってお互いの情報が照合しなかったり、ゴチャゴチャしている。そういうところを描写していってほしいと思うのですが。

松本　しかし組織の中に入ると、どの程度その人の人柄が活かされるかは問題だと思います。占領軍は初め軍閥や財閥を解体したりずいぶん民主化の線で動いた。ところが朝鮮戦争がはじまって、占領政策がガラリと変るのですね。帝銀事件にしろ、下山事件にしろ、GHQの上層部が指令しているとは思いません。それでも、当時の日本の権力機構は全部、占領軍が握っていたから、自分たちの下部の犯罪行為は完全に隠蔽できた。

編集部　それは存在の合理性・機構の合理性なので、その中にいる個人はあまり合理的ではないし、情報もそれほど握っていないというところがあるのではないでしょうか。機構の中の個々人は、善意の人たちである。にもかかわらず、機構はちがう方向に動いている。しかもその中に、マキアヴェリのような偉大な個人がいてあやつっているのではない。その機構の合理性と、その中の善意の個人との落差が描かれてほしい。存在の合理性によってすりへらされた、小さな個人が悪をなす。つまり、悪人なしの犯罪小説が、壮大な規模で描かれると、すばらしいですね。そうした方向に、今まですぐれた仕事をしてこられたお二人に、さらに数歩進んでいただきたいと思います。ありがとうございました。

（たかぎ・あきみつ　一九二〇〜一九九五）
（みずさわ・しゅう　一九三〇〜二〇〇八）

作家と批評家——対談・権田萬治

推理小説のイメージ

権田　このたび、私が十三年間書いてまいりました推理小説関係の評論を、「宿命の美学」という題名の評論集にまとめることになりました。そこで、純文学作家として「或る『小倉日記』伝」によって芥川賞を受賞され、また、推理作家としては私がとやかくいう必要がないくらい有名な松本さんに多くの推理作家を代表する形で、対談をお願いしたわけです。

元来、推理小説の分野には文芸評論的な意味での本格的な評論がなかったんですね。H・D・トムスンの『探偵作家論』にしましても、ハワード・ヘイクラフトの『娯楽としての殺人』にしましても、優れた研究書であっても果たして評論といえるものであるかどうか疑問に思います。江戸川乱歩の『幻影城』は日本の推理小説研究の最高の達成の一つといえるでしょうが、それでもやはり解説的要素が強いのですね。私が目指したのは、そういう文芸評論的なものが育たない領域で何とか作家や作品に従属しない独立した批評、あるいは評論というものの創造です。このような私の大それた望みが果たして実現したかどうかは読者に私の評論を読んでいただいて感想をうかがうしか手がないわけですが、松本さんは実際に江戸川乱歩について優れた解説もお書きになっていらっしゃるので、なぜ推理小説の分野で批評、評論が育たなかったのかについてご意見をお持ちだと思います。そんなところから一つ。……今日はなるべく松本さんのご意見をおうかがいしたいと思いますのでよろしくお願いします。

松本　それは、推理小説というのは探偵小説というものが、本質的に娯楽的な読物であるのかどうかという点に関係がある。探偵小説というのは、娯楽的な読物だというふうに、根本的にはきめていいんじゃないかと思う。ただ、それが文学的になりうるかということ、この点で、甲賀〔三郎〕、木々〔高太郎〕の論争があった。木々さんの考えでは、いつまでも娯楽的な読物で甘んじられないということですね。それから娯楽に徹するならば、そこにはどんな通俗性があってもいいし、トリックとか意外性だけを狙って、人生もなければ、文章の点でも非常に通俗的であってかまわないという甲賀三郎に代表される意見。それは、多少でも小説をよく読み、文学を愛好する人にとっては、それがどうも我慢できなかったということだろうと思いますね。

しかし、一方においては、小説全体を含めて、小説というのは、あくまでも読物である。したがって、それに高級な文学性が与えられるかどうかということになると、かなり一人よがりな解釈が、これまであったんじゃないかと思う。したがって、非常に観念的な小説、いろいろな理論とか、あるいは考え方を盛り込んだ小説というのが、どうも現在のところ残っているものが非常に少ない。古今東西の小説をみても、みんなストーリーがあり、読んで面白い。この読んで面白いという面白さが問題で、そこに高級性というか、あえていうならば、その面白さが高級に属するか、あるいはもっと通俗になるかどうかという面白さの問題になりますけれども、ここでは、面白いということで簡単にいってしまえば、名作として残っているものはとにかく面白い。したがって、トルストイに通俗性があるというのはそういう点からだし、モーパッサンにしても、あの短編のなかには玉石混淆で、いいものもあるし、あまりよくないものも多い。ただいえることは、みんな通俗性だ。フローベルやゾラにしてもそうだし、日本の作家にしても、近世でいえば馬琴、明治になってからは、逍遙がそうだ。逍遙は『小説神髄』を書いているけれども、しかし、逍遙自身実証したところの『当世書生気質』は通俗性だ。露伴にしてもそうだし、鷗外にしても、とにかく、いずれもすべて面白いということ、ストーリーがあるということ、筋があるということ、これははずれないんじゃないかと思います。

権田　つまり、あらゆる小説にある種の娯楽性が含まれているということですね。意識的にそういう物語性というか、面白さを排除しようとしたのがフランスのアンチ・ロマンだと思うのですが、正直のところそういう小説は魅力がありませんね。ロブ＝グリエの『消しゴム』なんかはそういう意味では珍しい例外かも知れませんが、これからの小説はいわば否定の否定でアンチ・アンチ・ロマンということになるかも知れません。

松本　だから、のちになっていろいろむずかしいことをいうけれども、文学ということを一応のけていえば、小説というものは筋があるということ、それから普遍性がなければいけないということ。それから文章的にわかりやすいということ、読みはじめたら、巻おくあたわざるというか、そういう面白いテクニックがあるということで、自然と作品の面から小説の規定ができるんじゃないかと思います。小説の規定があって、作品があるんじゃなくて、作品から帰納して、そういうセオリーが出てくるんじゃないかという気がしますね。

　そうすると、推理小説の場合は、いろいろな制約がある。たとえば、テクニック的に犯人が最後まで伏せられている。あるいは犯人を出しても、完全犯罪をもくろんだものが、ちょっとした不注意からあるいは計画の不備からわかっていく、その面白さの段階というようなものは、あるいは手法的には通俗的であるかも知れない。けれども、もしその世界が、人生の一断面を切りとったものであるとか、あるいは社会的な一部を覗いているものであるとかいうことならば、ふつうの小説との隔りは径庭(けいてい)いくばくぞやといいたくなるわけだ。そんなふうに、推理小説が文学になりうるかどうかというのは、理論ではなくて、やはり作品が実証するということになると思います。

だから、ふつうの小説家が、ライフワークを書くと、前もって宣言したり、あるいは自分の意図を前もっていって書きはじめたところで、その作品がライフワークになるのか、あるいはその作品が、前もって宣言したような芸術性、文学性をもった小説になるのかどうかということは、書いてみて、読んだ読者が判断すべきことであって、当人の意図とは全く違ったものだと思います。

権田 それはおっしゃるとおりだと思いますね。ところで、日本の場合ですと、谷崎潤一郎とか、佐藤春夫などが、推理小説の部類に入れてもおかしくないような作品を、いろいろ書いていますね。ところが、文壇のなかでは江戸川乱歩の作品を高く評価した萩原朔太郎のような詩人は別として、概していいますと、推理小説は不当な蔑視を受けていた。そこで木々高太郎などが、孤軍奮闘したようなところがあったと思います。けれども谷崎潤一郎や佐藤春夫の作品が文学的に評価されるのなら、江戸川乱歩の『押絵と旅する男』や『人でなしの恋』などは日本の純文学の一つとして評価されても一向におかしくない。ところが、そういうことはまったく無視されているのですね。そういう色眼鏡のせいで推理小説というものが本格的に論じられなかったのか、あるいは推理小説というものが、もともと論理の文学であるために、なかなかその人の内面まで立ち入って論ずることがむずかしいという制約のためなのか、そのへん、よくわからないのですけれども。

松本 やはり、根本的には、推理小説は娯楽作品である、そういうものは批評の対象とか、あるいは小説論の対象ではないという気持があったんじゃないかと思います。それから、いま話にでた潤一郎とか、春夫とか、芥川もそうですが、そういう人たちにあるところの推理小説的な作品、これはみんな佐藤春夫論とか、谷崎潤一郎論とか、芥川龍之介論にはふれられているわけだ。それは推理小説としてふれられているんじゃなくて、それらの作家論のなかに、作品の一部として取り上げられている。だから、書かれたものを読んで、手法的に推理小説だということをいっているわけだ。まともに推理小説の面から、その作品を取り上げていってるわけじゃない。その推理小説ということばを、もっと拡大解釈して、推理小説的な手法ということでいえば、これはもう昔から日本では『今昔物語』以来、いっぱいあるわけですね。それは面白い方法なんで、方法的に面白いというのは、小説がそれによって非常に読者の好奇心を刺激し、読んでくれるから、書いているほうも面白いということだろうと思います。

そうすると、推理小説のイメージを、もう変えてもいいんじゃないかと思うんだ。いまの探偵小説というものは、江戸川乱歩以来のイメージがあったと思いますね。一般読者にとって、推理小説のほうが、ふつうの小説よりも、はるかに面白いことは、これはたしかだと思います。問題はその内容なんですけれどもね。だから明治のときにも、硯友社(けんゆう)の連中が、一時、黒岩涙香の探偵小説に圧倒されて、これではいかんというので、盛んに探偵小説を書いたものですよ。みんな成功してないんだ。へたなんだよね。これは本質的な問題というよりも、素質の問題でね、彼らがいかに頑張ったところで、できないわけよ。ふつうの小説を書いているから、片手間に推理小説を書けるというものじゃないんだ。だから、ふつうの作家が探偵小説みたいなものを「宝石」に書いたことがあるけれども、まあ、ほとんどといっていいくらいに成功してない。これは違うわけだよ、素質が。だから、どちらが、むずかしいとか、やさしいとかいうことじゃなくて、作家の体質というものが、はじめからちがっているということがいえるんじゃないかと思います。

権田 確かに芸術小説を書くのと娯楽小説を書くのでは別の才能が必要だと思いますね。トルストイにアガサ・クリスティーのような推理小説を書けといっても無理な話ですし、その逆もそうですね。ですから推理小説に対する不当な蔑視に反対するのはいいのですが、娯楽小説だといって妙な劣等感を感じる必要はないと思うんです。ソ連ではサーカスの道化師も人民芸術家ですが、推理作家もそのぐらいの意気込みで最高の質の高い娯楽作品を作ってほしいですね。

松本　だから乱歩が初期の作品のような『二銭銅貨』とか『D坂の殺人事件』とか、完全犯罪を扱った『心理試験』というもので、ずっときたらよかったんだけれども、残念ながら、あの人の谷崎潤一郎好みのものが入っていて、それがエログロという面に出ているために、それが当時のジャーナリズムに要請されて、それからへんなことになってしまった。だから、乱歩の功罪をいうならば、功の面は初期の短編集、罪のほうは、ああいうエロチックな、グロテスクなものを書きはじめて、探偵小説に対するイメージを歪曲させた面が非常にあった。功罪をいうならば、そういう二つに分けてみたほうがいいんじゃないかと思いますね。

権田　やはり、エログロ・ナンセンスというようなことで、推理小説に対する色眼鏡ができちゃった。私なんかは、最高の娯楽品というのは、二流の芸術品よりもよっぽどいいと思っています。ところが、チェスタートンがいっているように、「およそ良い探偵小説などというものがあることを、どうしても理解しない人が世の中には沢山いて、その種の人々は探偵小説に良いものがあったら悪魔にも良い奴がいるだろうぐらいに考えている」んですね。

大体、娯楽が芸術の下に置かれなければならないというのも変な話で、両方とも存在理由があるのですから、上下をつけるのはおかしいと思います。

松本　それはそうだ。

作家の行動と作品価値

権田　と思っているんですけれども、世の中の人たちは、推理小説のいいものを面白く読んでいながら、実際には一段低いようにみているというところがあると思うのですね。

松本　それはまったくそのとおりでね。問題は手法の問題だと思うんですけれどもね。だからサマセット・モームが通俗作家だというふうにいわれている。イギリスの文壇でも必ずしも高い地位を与えられていない。ディッケンズとかウォルター・スコットのほうがえらいかといえば、ぼくはサマセット・モームのほうがえらいと思う。そういう価値転倒があるわけですよ。ディッケンズは冗漫なだけでえらいとは思われないし、スコットもああいう土俗的な文学だし、それからみると人生の機微を非常にうまく描写しているモームのほうが、世界を見渡しても、他のいかなる作家よりもえらいと思う。なるほど、実存主義的な小説もいいでしょうけれども、しかしそういう実存主義というものも、思想の変遷からでてきたので、思想そのものが古くなってくれば、色あせてしまう。だからカフカにしても、サルトルにしても、色あせてくる。すでにサルトルだって小説書けなくなってきたし、反戦運動ばかりやっているということも、そのへんからきていると思います。

もう一つの問題は、作家の行動ですけれどもね、作家の行動と作品の価値をよく混同しがちなのよ。サルトルの反戦運動もそうだけれども、日本の場合でも、とかく、行動が作品の価値を高めたり、あるいは過小に評価したりする面がある。ぼくは高見順というのはぜんぜん買わないんだ、あの作品は。けれども、彼が死ぬ間際になって、近代文学館をつくるというので、ガンで倒れるということがわかっていながら、あの痩せこけた体を運んで、設立にもち込んだ。これは世間的にも、文壇的にも、美話として拍手喝采した。それが高見順の文学作品を不当に高く評価している面があるわけですよ。そういうような行動が作品の価値を高めるという間違った考え方がある。明治でも坪内逍遙といったら、文豪だと思ってるでしょうけれども、彼の創作的なものはぜんぜん価値ないのよ。あれが文豪のように思われているのは、『小説神髄』という理論書をはじめて書いたとか、あるいはシェイクスピアの翻訳をやってみたとか、早稲田の演劇館をつくったり、日本の演劇活動に力をつくしたという行動面が、なんとなく彼をえらく思わせているだけで、小説というものは、途中で筆を折っているくらいで、つまらないですよ。

権田 なるほど。おっしゃるとおり、たとえばサルトルなんかは、むしろ哲学者であり思想家であって、小説家としては、大作の『自由への道』にしてもどうも面白くありませんね。モーリヤックを批判している点については、理論的にはサルトルに軍配をあげたいが、小説家としてはどうもモーリヤックのほうが魅力的な気もします。しかし、カフカなんかはどうでしょう。あの人は、実存哲学者というより、やはり特異な作家ですから、現代の悪夢を描いているという点でまだ存在理由があるような気もしますが。……それは別として文学者の社会的行動を作品の価値と混同するというのは、批評家の最も避けるべきことで、三島由紀夫の自殺直後の異常なブームを見るとそういうことを痛感します。ところが批評家というのはえてして誤解をしたがる動物なんで、さまざまな評論家の俎上に載せられた松本さんご自身としては推理小説の批評というものにどんなご不満をお持ちでしょうか。

松本　それはね、レッテルを張るということがおかしいのでね、社会派とか、わかりやすいけれどもね。八百屋の表にいろいろと色分けして名前をつけるのはわかりやすいけれども、レッテルからうける内容の間違った印象ということが、多いような気がする。だから、何々派というのも、つける必要がないような気がするんだけれども、これは人がつけるんだから、抗議するわけにはいかない（笑）。しかし、だれだれは社会派、だれだれはハードボイルドだというふうに、十把一からげにされるのはかなわんね。一人一人、みんな持味というか、特徴があるんだからね。そういう不満がある。だから、社会派といっても、社会の一部の皮相な出事事を素材にとってきて、それをたまたま小説の材料として使ったから社会派だということになる。これは批評の安易な一面だろうと思う。たとえば企業のなかの派閥争いを題材にしたから、その人は社会派の小説家だ、こんなバカなことはないと思います。もし社会派ということをいうならば、その小説がなんらかの意味で社会的な問題提起をしたとか、あるいは性格の解剖になるとか、もっと本質的なものに迫ったものでなければいかんわ。皮相な出来事を、ちょっと何か書いたから、もう社会派だというのは、これは批評家があまりに短気であり、短絡しているといわざるをえない（笑）。

権田　おっしゃるとおりだと思います。森村誠一さんが、先日、「朝日」の匿名批評で、文章がへただとか、社会的な角度を導入したのかも知れないけれども推理小説としてはぜんぜん面白くない、という批判をうけて、それに反論しておりましたが、作家と批評家の関係をどのように考えたらよいのか、という問題です。私は批評の根底には論理への愛がなければならないと思うんですね。悪口をいう場合でも、人を傷つけるのが目的ではないのですから、あくまで論理の一貫性と同時に何か純粋なものを愛する気持が大切だと思います。私はその意味で福田恆存の北原武夫批判や、サルトルの『ボードレール論』の痛烈な批判の矢に非常にすがすがしいものを感じます。しかし、作家のほうも悪口をいわれて一々いきり立っていたら切りがないような気もします。私は匿名批評はきらいですが、作家と批評家の関係で、松本さんは独自の考え方をもっているようにお見うけいたしますけれども、これはやはり、作家というのは弁明せずということになるんでしょうか。

松本　あまり不快なことをいわれると、いい返さなければならない。だまっていると、弱い者いじめされるところがあるので……（笑）。批評家の一部の人は、権田さんは別だけど、相手が弱いとみたら、のしかかっていじめてくる。だからそういうどしがたい批評家というのにはどんどんいわなければいかんと思うけれども、なにかいわれたらいちいちいい返すということもどうかと思う。作品というのは、作家にとって必ずしも固定したもんじゃないと思うんだ。たえず変わっていくんだ、性格が。三十代に書いた作品、四十代、五十代、みんな変わっていくんだよ。変わらざるをえないわけだ。はじめから終わりまで同じというのは、尊敬すべき作家じゃないと思いますよ。そうすると、批評は作品のあとからついていくというとなんだけれども、変わった時点で次から次へと評論されるのだから、評論が作品をリードするんじゃなくて、ある意味では、作品が作品評をリードしていくということになると思うのです。だから、その時点、時点で頭にきて、感情的にいい返すということは、ぼくはあまりいいとは思っていない。ぼくもずいぶんやられたけれどもね、あまり不当ないいがかりをされると、これはやはり自己防衛だから（笑）。理論をもって理論に報いなければならない。ぼくはいままでやったのは、大岡昇平とか、山本健吉とか、そのほか、二、三いましたけれどもね、平林〔たい子〕さんとか。あまりへんなことといわれると、自己防衛で、いつもやられてばかりいられないという気になるけれども、このごろは、何いわれてもかまわんという気持になりました。それはいまいったように、作品の評価は、こちらの変わり方によって、たえず動揺しているということだと思いますね。だから、ほんとうの評価は死んでみなければわからない、または、作品的な活動をやめてしまったとか、そういうことできまるんじゃないかと思います。

推理小説の両義性について

権田　こんどはそれでは批評家の側からの愚痴を聞いていただきたいと思います。推理小説を論じようとするとこういうジレンマがあると思うんです。推理小説としてみると、トリックとか、推理小説的なテクニックというものを、ある程度評価しなければならない。ところが、それをあまり多くしすぎると、こんどは作品の底に流れている文学的な要素というものを、どうしても見逃してしまう。ですから、文学的な要素も高いけれども、推理小説的なテクニックが独創的なものであれば、これがいちばん批評しやすいのははっきりしているわけです。しかし、そういうものは作品の数がなかなか限られてまいりますから、本格的な作品の批評ではトリックはいいが、文学的なものがないというような批評になったり、逆に文学的な要素はあるけれども、推理小説としては面白くないということになったり、批評というものが、どうしてもないものねだりになりやすいのが、推理小説の評論じゃないかと思います。

　ボワロー＝ナルスジャックは『推理小説論』の中で、推理小説というのは両義性の文学だということをいっておりますが、結局そういう混血児的なものとして、推理小説というものは、評価していかなければならないものなのかどうか。私は推理小説というのを、純文学よりは一段低いという見方では批評してきませんでした。いわゆる純文学というものを批評しろといわれれば、それでも批評できるんだという、一つの自信みたいなものがあって、やってきたということなんですけれども、そういう批評活動をやっていくなかで、一種のジレンマみたいなものにブチ当たりました。私の評論集の中でも結局、松本さんや夢野久作を論じた評論、つまり、文学性をもった作品を論じたものが自分で気に入ってるんですね。

松本　それは書くほうにもありますよ。書くほうも、いまいわれたように、いわゆる文学的に高いものであり、そして、推理小説としても条件がピチッときまっているというようなものが、いちばんいいわけだ。しかし、それはなかなかいうべくしてできない話で、どうしても、文学的に高めようとすれば、手法の面でいい考えがあっても、それを捨てるんじゃなくて、導入できないというのがぼくの正直なところ。つまり、文学性を強調すれば、それを低めるという危惧のために手法を使わないというのじゃなくて、その手法が入る余地がなくなっちゃう。だから、人生の面を強調するとか、いわゆる文学作品にしようとすれば、そういう推理小説的な手法を入れると、どうもへんな具合になってくる。そういうときは、こっちのほうがそういう手法を拒否するという面がありますね。だから、推理小説の手法を使って、内容的に文学的な、あえていうならば、香気というようなものがあればいいんだけれども、どちらを主体にするかということになると、文学性を主体にすれば、いまいったような、手法的に割り込む余地がなくなる。手法的な面を主体にすれば、こんどは人生とか、いわゆる在来の観念の文学みたいなものが、入ると邪魔になるということがありますね。

そこでぼくは、谷崎潤一郎や佐藤春夫の場合を考えると、彼らは探偵小説的な手法にちがいないけれども、彼らが出そうとするのは、美の観念ですね。だから潤一郎の『柳湯の事件』というのがありますね。風呂に入ったら、下に死体があって、足にさわるというような話ですが、それは潤一郎の初期の作品の耽美主義を出すために書いているわけで、佐藤春夫にしても、初期の作品には佐藤春夫らしい美の世界がある。それから芥川龍之介にしても、『開化の殺人』『開化の夫』という探偵小説的なものがある。しかし、それは事件の謎解きとか、事件の解明のためではなくて、芥川らしい明治期の、銅版画のような、ああいう雰囲気を出すために使っている。そういうことになると、やはり彼らが大事にするのは美の観念である。美の観念の表現として、推理小説的な手法を使ったということになると思います。そうすると、いまの推理小説のマニアとか、そういうものを望む者が、はたして潤一郎なり、春夫なり、芥川のそういう作品を読んで、推理小説的な満足感を得るかというと、それは本格じゃないとか、いろいろなケチをつけるにちがいない。そういうところにむずかしさがある。

それをどういうふうにしたらいいか。人間の心理も書き、あるいは犯罪の探偵小説的な手法の満足も同時に得るというのならば、その動機しかないような気がしてきたわけだ。だから、事件の外面をずっと追跡するということになれば、心理的な描写は入る余地がないわ。しかし、犯罪の動機となれば、それは人間の犯罪というのは、あるいは犯罪が起こる可能性は、ギリギリの極限状況みたいなところからでると思うから、そうすると、その動機を描けば、心理なり、あるいは性格の極限状況みたいなものを描くことになって、それが心理小説なり、近代小説だというならば、そういう面につながるんじゃないかということをいってるわけですよ。それしか、いまのところ、方法がないような気がしてきたね。そうかと思うと、一部では、そんな動機の解明なんか、長たらしく書く必要はないんだ、推理小説というのは謎であり、その謎だけをやってもらいたいという声があるわけだ。そうすると、それは話が乱歩のところまで逆転するわけだ。もっと前にいうならば、黒岩涙香時代に逆転するわけで、それはちょっとうなずけないと思いますね。

権田　松本さんがお書きになる場合、実際に最近の『表象詩人』なんか拝見すると、底に流れている文学的な要素というものに注目するんですけれども、ああいう作品をお書きになるときと、完全な本格ものの『点と線』とか『ゼロの焦点』とか、ああいうものをお書きになるときで意識的な区別をなさっておられますか。

松本　意識的な区別というものが、ないといえば嘘になるけれども、自分のなかにいろいろな要素があるわけですね。この要素は、たとえば『点と線』的なものであり、一方はこんどの『表象詩人』みたいなものなんだけれども、自分のなかにあっては、ちっとも矛盾しないわけですよ。だから、単一なものがあるんじゃなくて、いくつかのものがある。そのなかの一つが、たまたま出るのであって、区別して書くにはちがいないけれども、自分としては、もっている要素の一つが、こういうふうに出たということだと思います。

だから佐藤春夫さんが書いている『女人焚死』という、信濃の佐久の実際に起こった自殺事件だけれども、佐藤春夫はああいう書き方をした。警察の調書をそれと突き合わせたわけですよ。佐藤春夫が書いているのは、佐久の風景描写が主になっている。そこに詩的なポエジーみたいなものを入れている。警察調書は詩も何もないですよ、ただ事実をきわめて要領よく書いている。しかし、読むほうは、佐藤流の文章による制約をうけるわけだ。ところが、片方の淡々と調書的に書かれたものは、読むものによってあらゆるイメージがとれるわけですよ。Aによっては佐藤流のものがとれる。Bによっては本格的探偵小説的なものがとれるかもしれない。Cによっては、農村の貧困という、多少社会的な視野でとれるかもしれない。いろいろなものがとれるわけですよ。佐藤さんの『女人焚死』をみると、あれからは、寒村の一農婦が死ななければならなかったという内面追求に入る余地はないわ。そこには佐藤春夫の詩の世界が構築されている。だから長々しい文章があるし、片方はきわめて端的な事実関係だけしか書かれていない。そういう対比を出したかったわけだ。それを理論でいうわけにはいかないからね。

それで、ぼくの部分は、似たような事件があったということで出しているけれども、ほんとうはいまいったような話を『山の骨』のなかでいいたいわけよ。『表象詩人』にしても、殺人事件はありませんよ。あの人間関係のシチュエーションは、ぼくの若いときにあったことだし、それをふくらませているんだけれども、とにかく、あのころがなつかしかったという感じだけですね、あれは。

作家の資質と文壇

権田　私はいままでの松本さんの作品、ぜんぶ読んでおりますが、『表象詩人』の味わいは、これまでの作品とちょっと異質の感じがしました。推理小説という角度からしますと、率直にいって物足りない面がありましたけれど、あの二人の文学青年が人妻を間にして文学への情熱と競争者への敵意をむき出しにしているあの感じは、とても生々しくて、印象的です。いままで、私は松本さんの青年時代の文学体験というものを余り知らなかったから特に強い印象を受けたのかも知れませんけれど、『表象詩人』というのは、青春へのノスタルジーみたいなものが、非常に強く投影しているような気がいたしましたですね。

松本　ぼくはあまり自分のこと書きたくないんだよ。書いたこともない。それは『半生の記』みたいなものもありますけれどもね、そこには、文学的なものは一切、意識してはねのけているわけです。だから、小説を職業とするというところまで書いてないわけだよ。そんなことするとへんになる。人はよく書いてるよ。いろいろ苦労をしたあと、文壇に出たとか、あれはある意味でいやらしいのよ、一種の出世物語になっちゃって。そういうものは、できるだけ排除して書いたわけだよね。そういう意味で『表象詩人』を書いた。

だから、自分を語ることは、なにも、ナマの形で語る必要はない。小説というものはそういうものだと、ぼくは思うんだ。だから、私小説が日本ででてきたということは、ぼくにいわせると、あれがあんなに文壇の主流にのし上がったことはふしぎでしょうがない。作家は作品によって語らしめなければいけない。そのほかは自叙伝みたいなものでいいんですよ。それを不当に評価した日本文壇のあり方ね。これは将来もっと調べて書きたいと思っていますが、こんど「別冊文藝春秋」に坪内逍遙と山田美妙の関係を書いたのですが、前に斎藤緑雨を書いているし、その前には尾崎紅葉と鏡花の関係を書いているんですけれども、明治文壇が、まさに大正文壇の原型だと思うんですよ。そうすると、私小説が純文学的な底流になってきたことが、前のほうからやっていると、だんだんわかってくるような気がする。要するに、明治の終わりころに、フランスの自然主義を輸入して、花袋や岩野泡鳴あたりがああいうリアリズムをやった。それが才能のない作家によって、自分の周辺が書かれた。大正リアリズムの、たとえば志賀直哉みたいに。あの人、才能ないんだよ（笑）。ありませんよ。あると思うのは間違いで、『暗夜行路』なんか何年かかっていると思う？　中絶しながらやっとのことで書いているんだ。才能のない証拠なんだよ。ぼくはあのなかでいちばんいいと思うのは『和解』だ。中編だけれどもね。それから一つだけ、とびぬけて異色なのは『赤西蠣太（かきた）』、あれもおかしいけれども、あれだけはぜんぜん異色でね。あとは自分のことばかりですよ。それがあんなにほめられる理由がちっともわからない。

権田　それは日本の文壇にある一種の神話だと思います。小説神話というものもあるし、たとえば、三島さんが亡くなると三島神話になる。安部公房さんにしても、一つの神聖不可侵みたいな神話がつくられる傾向にあるんじゃないですか。夏目漱石もそういうものがあったと思います。江藤淳さんなんかはそういう神話を破ろうと試みた人ですが、その人がこんどは吉本隆明なんかと同じように批評家の教祖になってしまう。まあ、これも批評家の責任の一つでしょう。どうも評論家の旗色が悪くなってきましたが、最近はそういう神話に大胆に挑戦する魅力的な批評家が少なくなってきましたね。サント・ブーヴは後からくる批評家が以前の批評家に対していだくすさまじい敵意に注目していますが、そういう既成のものを打ち倒すという清新さがどうも欠けている。自分のことを棚にあげて気がひけますけれど。

松本　もう一つは、文学史的に、そこだけを扱うくせがあるわけですよ。だから、活字のうえの存在と、作品そのものの存在とは、そこでバラバラになっているような気がする。だから志賀さんの立場は、文学史的にはどうしても評価せざるをえないけれども、しかし、作品の評価そのものになると、もう、才能のきわめて貧しい作家である（笑）、ということがいえると思います。たとえば、戦後の作品の短編をみてごらんなさい。『灰色の月』以後、見るべきものがないですよ。非常に貧しさが出ている。そこへいくと、西洋の小説家の場合には、トルストイにみるように、モームにみるように、老齢になっても、初期の瑞々しさを失ってないよ。あれがほんとうの才能だと思う。日本の作家が年とると枯れていくということをいいますけどね、老成したとか、これは批評家の最も貧しいことばのアヤであって、枯れるということは、字が枯れると同じようには、文学作品にそのことばを当てはめることはできないと思います。

推理小説の限界と展望

権田　話を推理小説のほうに戻しますが、推理小説におけるトリックですね。これは松本さんが動機の問題というようなことで、推理小説のリアリティというものを考える場合に、一つの新しい方向というものを生み出されたわけです。それでも本格ものなどでは、トリックというものを取り入れておられるわけですが、それでは現代の推理小説におけるトリックの位置というものをどう考えるかという問題です。だいたいトリックというものは、もう開拓しつくされちゃっている。あとは、組み合わせとか変化にすぎないという見方が非常に有力でありますけれども、そうすると、推理小説というものは、これからどういうことになるのか……。

松本　それはね、開拓しつくされているということは、必ずしもいえないんでね、それはいまの作家はそうでしょう。しかし、新しい作家が現われて、新しい開拓に取り組むかもしれない。いまの作家は、ぼくを含めて、みんな志賀直哉じゃないけど、貧弱だからね（笑）。だからいままでの人のトリックをちょっとかえてみるとか、自分が過去につくった作品のトリックのバリエーションできているけれども、ほんとうの開拓ということになると、いまの作家にはできないかも知れない。しかし、これからどんなものが現われるかわからない。地下に考古学的なものが発見されるように、あの高松塚[*1]が出てくるなんて、だれも予想もしなかった。ああいうような天才作家が出てくるかも知れない。だから、いまのところ、という一つの前提のもとにいうならいいけれども、将来ももう現われないんじゃないかとか、もう開拓しつくされているということは、必ずしもいえない。ぼくは出てくるような気がする。西洋の作家を含めて、いま、そういう天才的な人は出ていないようだけど、まだわからないと思います。

権田 トリックが開拓されつくしたというのは私もいささか速断にすぎると思っています。しかし、かりにトリックが開拓されつくしてしまっても、その生かし方で、ユニークな作品を創造できる可能性はあるわけです。たとえば、アガサ・クリスティーの『ABC殺人事件』のトリックはセバスチャン・ジャプリゾの『寝台車の殺人者』、さらには、マイ・シューヴァル、ペール・ヴァールーの『笑う警官』の中に全く違った形で見事に生きているように思うんですね。

ところで、推理小説と社会といいますか、戦前の場合は江戸川乱歩さんが偉大な出発をしながら、後年推理小説というものをエログロの方向に押し曲げていってしまったというマイナスの面がありました。それは一つには江戸川乱歩さんが大衆に迎合するという要素もあったと思いますけれども、同時にあの当時の社会構造自体の中にそういう大衆心理を生む土壌があったと思うのですね。エログロ・ナンセンスの時代と共産党などの進歩勢力の弾圧は歴史的に符合する面があるのですね。そういう暗い谷間の中で論理を追求する推理小説はことごとく死に絶えてしまいました。戦後の場合は曲がりなりにも、民主主義というふうなことになって推理小説が流行するようになったわけです。ヘイクラフトなんかは推理小説というのは民主主義の産物で、全体主義国家では生存できないと指摘しています。確かにヒットラーの時代、あるいは、ムッソリーニの時代には推理小説は焚書にされたわけですけれどね。推理小説というものが日本の場合、ごく最近になりまして、ようやく進歩的な人々からも高く評価されるようになった。戦前に比べれば何倍もの市民権を獲得したようなところがあると思うのです。

推理小説と社会といいますか、こういう点についてはどんなお考えですか。これは同時に推理小説の発展というようなこととも関係があるかも知れません。佐野洋さんとお話をしたとき、大体ヘイクラフトと同じような意見で、高度に民主化され、犯人の基本的人権が尊重されるような社会でないと、ほんとうの意味の推理小説は育たないというのです。そうするとSFが発達しているが、推理小説は余りぱっとしないソ連などは民主化が遅れているのかとも思うし、ポーランドのようにクリスティーが一番読まれているような国のほうが住みやすいのかも知れませんがね。推理小説の発展と社会というのはどう関係づけられるのですか。ちょっとむずかしい質問ですが。

松本　推理小説というのは一つの小説の形式だからね。小説というものに焦点を合わせれば、これはどの小説も性格的に同じだといえますわね。ただ、推理小説は描き方が、謎を含んだ書き方にするか、あるいは、正面からとりくんでいくか、または、その焦点をバラバラにして解釈を読者に任せる。たとえば、龍之介の『藪の中』みたいな、推理小説とはいえないけれども、そういう謎解きを読者に任せるという小説もあるわけです。要するに、小説がいかに面白いかということの工夫だと思うんです。だから、古典になるけれども『今昔物語』にしても、いろいろな人が宇治大納言のところに来て話をすると。その話し方は皆違うわけだよね。その違うことが、読む者にとって、ちょうど珍しい客が来て、次から次へ来て話をしてくれるということと同じだと思うんです。

小説の発生というのはもともと珍しい話を聞くという心理と同じだと思う。それから、いつも同じ話し方だとあきちゃうよ。中身が同じでも話し方が違うから興味を持つ。そうすると、小説の手法も、やっぱり、興味を持たれるように変えなくてはいかんと、その一つに推理小説があると思うんですよね。そうすると、小説自体については、ぼくはちっとも変わりないと思う。だから、いうなれば、乱歩がエログロに行ったのは、当時の世相を反映して、民衆が近寄る軍国主義の重苦しいあの雰囲気を敏感に感じ取ってディスペレートな気持になって、現実回避のほうに走ったのがあの風潮だと思う。

そうすると、いまも、つまりポルノが流行ってているが、ポルノが流行る前は推理小説が持っている手法を、あらゆる風俗小説が使ったものですよ。逆にいうと、推理小説の中に題材的に、いわゆる社会派もあるし、風俗派もある、企業の世界もあると。それから、身辺的な私小説的な題材もあったと。あらゆるものが推理小説の名前の中に包含されていた。ところが、さっき、権田さんがおっしゃったように、必ずしも、本格小説にならないわ。それとこれが分離して風俗小説なり、社会小説としてバイバイいって一人歩きして出て行ったと思う。一人歩きして出て行ったけれども、皆、成功していない。これは推理小説の持つ手法的な面白さから離れたからだと、ぼくは思う。ただ、一人歩きして成功しているのはポルノだけですよ。これはやっぱり、あの頃のエログロ・ナンセンスのほうが探偵小説を離れて読者に迎えられていたり、あるいは、マスコミに歓迎されていた状況と非常によく似ていると思う。

権田　おっしゃるとおりですね。話が飛びますが、アメリカなんかの純文学作品ですね。アップダイクの『カップルズ』とか、フィリップ・ロスの『ポートノイの不満』とかそういう純文学作家の作品を見ましても、非常に閉ざされた世界でのセックスなんですね。そこからぼくらが印象受けるのは日本以上にアメリカの社会というものが一方ではフリーセックスとか何とか言われておるけれども、実は非常に閉鎖的な社会じゃないかという気がします。つまり政治的なエネルギーが性に浪費されているのです。日本のポルノになると、文学的にシリアスな追求をしておりませんから、要するに商業ベースだけの問題で、そういう非常に危機的な現実がその背後に見えるところまで行っておりませんけれども、おっしゃるとおり、そういう戦前のエログロ・ナンセンスの方向というものと、いまのやっぱりポルノの流行というものが、多少似通ったところが確かにあると思いますね。そういうわけで、梶山季之さんにしても戸川昌子さんにしてもエロにずいぶん傾斜して行ったわけですが、最近ではどうでしょうか。読者のほうも少々エロにあきてきているんじゃないでしょうか。推理小説ブームというようなものが起こるのもつまるところ、エログロ・ナンセンスに対する反動からじゃないでしょうか。戦前の危険な状況と確かに似ていることはいえますが。

編集者の介入と作家

松本　ぼくはかなり似通っていると思う。もちろんポルノを否定するわけではないし、あの頃のエログロ・ナンセンスが流行った素地という社会的な背景も否定しないわ。ただ、ここで問題は作家と読者の間に編集者の介入があるということ、これがいい意味でも悪い意味でも小説を読者に取りつぐ場合に、必ず大きな要素になると思う。だから非常に理解のいい編集者がいて、そして、エロチシズムを書くなら書いてもいいけれども、そこに芸術的なものであるとか、あるいは、社会的な何らかの意味を持たせるとかいうものを作家に書かせると、あるいは、そういう素質を持っている作家の才能を引き出して育て、それを雑誌なり本の上に載せるということならば、これは非常にいい面だと思う。

けれども、編集者はときとして自分の持っている教養というか、知識というか、そういうものよりも一般の読者を一段下にみているわけだ。だから、自分にはわかるけれども、一般読者にはわからないだろうとか、自分にはこの面白さはわかるけれども、読者にはその面白さはわからないし、読者は求めていないのだと。読者はもっと低俗的なものを求めているのだと、そこに余計な読者へのサービスというか、気づかいがあるわけですね。それが形をゆがめていく要素の一つだと、ぼくは思う。

権田　つまり俗流大衆路線ということですね。編集者が悪いものを先取りする。私は編集者というのは先取り性が必要だと思います。いつも時代を先取りしている。これが必要なんですが、問題はその方向ですね。変な方向に引っぱって行かれたらこれは大変です。読者へのサービスかも知れませんが、高級なことを書いても一般の読者にはわかりっこないという考えは、要するに大衆蔑視なんですね。これは重要な指摘だと思います。

松本 余計な気をつかうわけだ。これは雑誌の部数を伸ばすことに関連する。あまり、そんなことを書かれては雑誌が伸びないとか、そういう商業政策にも関連するんだけれども、そういう編集者の介入が、作品のマスコミに載っていく段階で、かなり……。

権田 それはありますね。そういういわば編集者という見えざる演出家によって、作家が変えられてしまう。これはとても恐ろしいことですね。作家のほうは売れないより売れたほうがいいわけですから、知らない間に別人のようになってしまう。

松本 形をゆがめるとはいわないけれども、変えていくのだと思う。この指摘があまりいわれていないんだよ。あなたのおっしゃるように作家と批評家の間だけを問題にするのではだめで、編集者の介入をもっと重視しなければいかんと思う。乱歩がいい例だよ。乱歩があんなふうになっていったのは乱歩も悪いけれどもね。そんなふうに妥協していったのは悪いけれども、一つは編集者にも責任がある。

権田 その点、松本さんのご指摘は非常に考えねばならない点だと思います。私も実は平林初之輔と同じように、マルクス主義美学に関心を持っていて、いまからちょうど十年くらい前ですけれども、別の名前でそういう芸術論みたいなのを書いたことがあるんです。その中に「マスコミ支配下の芸術」という一章がありますが、そのときにやはり編集者の問題を取り上げたことがあるんですよ。つまり、芸術大衆化論というのが一時、戦後、花田〔清輝〕さんなんかが、戦前の論争を引き継いでいる形でもって提起したことがありましてね。そのとき、たまたま野間宏が「芸術大衆化について」という論文で、芸術大衆化のために出版資本に対して芸術創造者の団結を訴えたことがあるのですが、私はこのとき、野間宏が、芸術創造者―資本家―読者という循環に目を奪われて、その中間に位するマスコミ労働者の存在を忘れていると批判したことがあります。松本さんのおっしゃっている、商業主義からくる誌面内容の低俗化という問題、これは非常に考えなければならない問題で、先ほども述べましたように編集者の悪い意味の先取りがあると思うのです。

けれども、編集者の中にそういう安易な商業主義と対決しなければいけないと思っている人々もまたふえていると思うんです。端的にいえば出版社の原則は質より量ということですが、逆にいうと売れさえすれば、革命でも売ってしまうというところがあるんですね。ですから、私は芸術大衆化というものをただマスコミを利用するということでなくて、もっと大きな文化運動の流れの中でとらえるべきじゃないかと思っているわけです。花田清輝が「近代の超克」の中で芸術大衆化をテレビに求めたりしていることに私はむしろ批判的でして、芸術を大衆のものにするというのもテレビを使えば大衆化するとか、新聞使えば大衆化するとか、そういうものじゃないんじゃないかと思っています。むしろ、いい編集者が、たとえば、部数の少ない雑誌でも、そういういいものを書いてそれを理解できる読者に伝えるということの中に、大衆化の第一歩というものがあり得るんじゃないかというような、そういうようなことを主張したことがあるんですけどね。

松本　しかし、それは非常に困難でね。少ない部数ということは、現在非常に意味ないわけで、とにかく部数を伸ばすということが編集者の第一使命になっておりますね。そうすると、読者への迎合、いまいったように編集者が一段と読者を下に見て、この作品はむずかしいからもっとやさしく、あるいは、もっと面白くしてくれという要請になるので、その辺から違ってくると思う。そうすると、作家の側も力関係でよほど強いパワーみたいなものを持っている人だったら主体性を崩さないけれども、そうでない人はやっぱりマスコミで生活しているんだから編集者のいいなりに妥協すると、その辺から間違っていくわけだ。だから、主体性をあくまで守って、そういう編集者の意向を拒否するという立場にあるのはきわめて少ないと思う。

小説と評論のあいだ

権田　話は変わりますが、松本さんは乱歩さんのことをお書きになったり、あるいは、推理小説観についてお書きになったりしておられますね。

松本　ええ。

権田　そういうものをお書きになりましていかがでしょう、作家の立場から評論をお書きになるということはストレスの解消になりますか。これも批評家の繰り言ですが、私たちはとにかくたくさん本を読まなくっちゃならない。しかも書く枚数は制限されているわけで、慢性的な欲求不満の状態にあるのだと思います。先日ある新人作家がある賞の候補原稿の下読みのピンチ・ヒッターを頼まれてこれから三千枚読まなければならないとふうふういっていました。ちょうど電話がかかってきたので、私がやっぱり小説を書いているほうが楽だろうといいましたら、ほんとうに評論家というのも骨が折れるもんだねと苦笑していましたが、作家の方々の中には、一度でいいから評論家になって作品をナデ切りしたいなんていう気持の方もおられると聞きましたが……。

松本　ぼくの場合には、自分の作品棚上げするのよ。そうでないと評論書けやしないよね。じゃあ手前の作品なんだといわれたらそれっきりだからさ。その場合は一応自分は作家という立場を返上いたしまして、客観的に書く。だから、自分の弁護を書いたことはない。自分の立場はこうだということは書いたことがあるけれども、弁護というんじゃなくて、それはこういう立場で書いているんだという説明であって、弁護はしないんですよ。だから、弁護というか、自分の立場の弁護となると、直接敵と渡り合うときだけですよ。

権田　さっきの非常に現実的なことから申しますと、大岡さんなんかが松本さんと論争のタネになったようなことをお書きになったときに、小説書くのと評論書くのとで原稿料がこんなに違うと思わなかった、ということをこぼしておられたと聞きました。そんなこともあって、作家の側から評論を書くというのはどういうお気持なのかなと思いましてね。平野謙さんが先日「週刊朝日」で大江健三郎の作品の筋を読み違えられたということで、書評の担当者をやめられた事件がありましたが、何年か前に私が一番読んだとき、一か月に必要があって推理小説を五十冊も読みました。目薬を携帯してそれこそひまさえあれば読んだわけです。毎日勤めながらですから大変だったわけですが、ついにはやはり女流作家の筋を間違えて紹介して抗議のお手紙をいただいたりしました。幸い私は平野さんのように有名でなかったので、無責任にも少しその仕事を続けられたわけですが、まあとにかく評論家も楽じゃないんですね。中村光夫や花田清輝が小説を書く気持もわかりますね。

松本　われわれが評論書くといったって、本格的な評論じゃないから書けるので、大体、評論家と作家とは精神構造が違うと思うんですよ。だから、評論家としては成功するけれども、小説家としては成功しないというのはいっぱいある。

権田　それはありますね。いわゆる眼高手低というやつで評論家の書く小説というのはどれもこれも少々物足りないですね。

松本　たとえば、広津和郎さんは評論はすばらしいけれども、小説は必ずしも評論ほどの評価は得られない。正宗白鳥も同じことがいえると思う。それはやっぱり、素質の問題というか、頭の構造の問題であって、理論的な人ほど感受性——感受性というとちょっと間違うけれども、要するに小説の構築のほうでは理論のほうに及ばないといえるのではないかと。たとえば、もっとそれを別の世界にすると、詩はすばらしいけれども、小説はだめだという人がある。啄木のように小説は全然だめだと。それから、小説はすばらしいけれども、詩はだめだと、そういうようなものはいっぱいありますよ。佐藤春夫さんなんかはうまくいっているほうだけれども、それでもどちらかというと、後の作品は初期の詩にも及ばないということがいえる。藤村でも、最初の詩のほうが、小説よりはいいという人もあるしね。それでも藤村や春夫などは、両方うまくいったほうですよ。たいていはどちらかが上で、片方がバランスがとれないというのが多いですね。

ドキュメンタリーと虚構

権田　松本さんの作品系列でもう一つ見落とせないのはドキュメンタリーの分野だと思います。この点について何か。

松本　もう一つは、やっぱり小説では書けないというものがあるわけだ。つまり、ドキュメント面がね。いま、「アカハタ」に、もく星号のことを書いていますけれども、『風の息』ね、あれはほんとうは小説にしなくてもいいようなものですけれども、中に使っている資料は、これは自分のほんとうのものなんですね。ところが、小説の形態になると、その資料までフィクションのように、あるいは、フィクションの中に入れられてしまうおそれがある。それじゃあやっぱり説得力薄いからどうしてもはじめから小説形態をあえて捨てて、記録なら記録、資料なら資料だけで構成すると、その資料の持っているところの迫力は小説にするよりも、はるかに強いわけですよ。アピールするものなり、あるいは読者に与える印象とか、感銘とかいうものはね。だから、そこに小説と記録とのむずかしさがあるんで、記録小説というのはもともと忠実にものを出せばいいので、小説形態にすると読みやすいかもわからないけれども、しかし、それがフィクションと実際の資料の持つ迫力とのボーダーラインが曖昧になってきて、迫力が薄れてくると思います。だから大岡昇平さんが書いたように『レイテ戦記』のような、あれも記録小説と、あえていうならば、あの中に使われている資料の部分と大岡さんが現地に行った感傷的なああいうセンチメンタリズムとは分離しますよね。そういうむずかしさがあるわけだ。だから、そういう場合、あえて小説にしないほうがいいと思う。

そういうわけで『昭和史発掘』でも、特に二・二六事件の場合は記録本位にして、自分の主観はできるだけ抜いたわけですね。記録小説というのはそういう意味で小説形態としての、一つの本来持っている機能と、それから記録というものの持っている機能とが必ずしも融合しないと、離れがちであるということがいえると思いますね。

権田　おっしゃるとおり、ドキュメンタリーの迫力が小説化すると中途半端になってしまうということはあると思いますね。その点、私は、中薗英助が『密書』で採用した〝ドキュメンタリーの方法によるる架空の虚構〟という方法に非常に興味を持ちました。つまり、ドキュメンタリーの手法を使いながら、あくまで虚構であることを鋭く意識しているのですね。こういう方法は、マイクル・クレイトンの『アンドロメダ病原体』なんかでも採用されていますけれど、あくまで記録性を虚構のリアリズムのための要素として利用しているのですね。松本さんのお考えだと、ノン・フィクション、たとえば、トルーマン・カポーティの『冷血』なんかはどういうふうにみられるでしょうか。

松本　そういうものは、カポーティの場合は一つの事件を彼自身が克明に追跡して復元したのだから、あれはあれなりに面白いと思う。また、あれはあの形式が一番いいと思う。けれども、もっと大きな社会的事件というか、政治的問題の構成となると、資料、材料というものが本来持っている真実性を小説形態によってとかく薄められると。伝記でもそうで、たとえば、ツワイクの一連の作品にしても、ツワイクはいろいろなことを書いてますわね。あの中に使われている資料はツワイクのすぐれた描写によって、面白いけれども、資料的価値となると、どうもやっぱりほんとうにそれを信じていいかどうかというためらいがあるわけですよ。だから、そういう意味で、ツワイクははじめから評伝ということを書いているからまだいいけれども、あれが小説という題がついたら、そこでは完全に離れていくという気がしますね。だから、ぼくはいまいったステファン・ツワイクはわりと好きだけれども、やっぱり読んでいるうちにそういう感じは拭い切れないですね。

権田　確かに、松本さんの『深層海流』でしたか、ああいうのを読みますと、先ほどおっしゃった事実の重味というものと、一方ではフィクションみたいに思われちゃうというところのギャップがあるような気がいたしましたけれども。

松本　やっぱり、ああいうものよりも、『日本の黒い霧』なら『黒い霧』に書かれているようなもののほうが、はるかに読者への信用度があるわけです。

権田　本日は、どうもありがとうございました。

（昭和四十八年二月二十五日）

（ごんだ・まんじ　一九三六〜）

Ⅱ　エッセイ・インタビュー

広津和郎

広津氏と「松川裁判」

広津和郎氏にお近づきを得た縁は、やはり「松川事件」である。

同事件が二審を終って最高裁にかかっているころ、被告団の武田久君が上石神井の私の家にきた。それは特別に私を目当てにしたのではなく、当時、被告団は手分けしていろいろな人に支援を依頼していたようである。

二審のころから広津氏はこの裁判に接触されたが、マスコミは宇野浩二氏の「被告の眼が澄んでいる」から、広津氏の「被告たちが獄中で書いた手記『真実は壁を通して』の文章に嘘が感じられない」から、無罪だという発言を「文士の甘さ」として揶揄していた。一、二審は全員有罪、最高裁も被告に不利を伝えられているときであった。

その後、裁判批判のほうは広津氏が「中央公論」に書きつづけておられたので、私などの出る幕でないと思い、私は別な観点から、文藝春秋に連載していた『日本の黒い霧』の一つとして「松川事件」を書いた。

「ぼくが書いているのは裁判記録だけの世界に限定しているからね、それ以外に余計なことを書くと裁判批判から逸脱する。つい、ほかのことを云いたくなっても我慢しなければならない。その点、君が裁判そのものからはなれてモノを云ってくれるのはいいよ」

はじめて広津氏に遇ったとき、氏は柔かい眼をむけてそう云ってくれた。

その最初の出遇いというのが、最高裁の判決のあとの差戻し審で、仙台高裁の判決日の前であった。私はその夜、仙台の旅館に入ったが、前から泊りこんでいる広津氏の部屋に行き、氏から二、三十分ばかり話を聞いた。差戻し審はこの裁判のクライマックスだったので、東京からも多数の支援者や報道関係がかけつけ、いってみれば氏はその昂奮の渦の中心にあった。だが、あとでもずっとそうだが、氏は冷静で、ちょうど文芸講演会の旅にきているような、くだけた気軽な態度だった。痛風がひどくなったとかで、ずっと足を投げ出して坐っておられた。

高裁の傍聴に入場するときも、氏は痛風のために草履をはき、ステッキを持ち、桃子さんにつき添われていた。ここでも氏はたくさんな人にとりまかれていたが、いくらか早口の江戸弁でよく話をされていた。氏は実際に話好きだった。その後も、松川事件の講演会で、東京、浜松、仙台、長崎などで氏といっしょしたが、周囲の者はいつも氏の話の聞き役だった。話の好きな人は長生きするといわれているので、氏の顔に黒く出ているシミとともに氏の長寿を思ったものである。

その話というのも全部松川事件であった。私はこの文壇の大先輩から思出話など聞きたかったのだが、氏はそれを自分から云うことはなかった。松川裁判(氏は松川事件とは決して云わなかった)の分析が面白くて仕方がないというふうにみえ、その批判も文章にするとあのようにややかたくなるが(しかし非常に分りやすい)、話となると調子も表情もたのしげになり、漫談調になった。氏が雑誌発表した小説を「小説にまで松川事件を持込まれてはかなわない」とある批評家は云ったが、当時の氏には松川裁判以外は頭になかったのである。

氏の親友宇野浩二氏は文学以外の話はあまりしなかったと聞いている。宇野氏が長崎かどこかに行ったとき、随行した土地の文学好きの者は、氏が何十年ぶりに通過する故郷の博多の街を車窓からは一瞥もくれず、相変らずかがみこんで文学談をつづけていたというので驚歎している。

大正文士にはそういう一徹な、多少モノマニアックなところがあったようである。ただ、宇野氏が松川裁判をやっても不向きであろう。主情性の強い宇野氏には裁判記録の分析をとびこえて、直観的な（もしくは文学的な）断定になりそうである。マスコミにからかわれた「被告の眼が澄んでいる」という宇野氏の言葉は、そういう意味から氏の特徴をあらわしている。この裁判批判における宇野氏と広津氏との違いは、宇野氏が小説家であり、広津氏が批評家であることからきている。

私は、広津氏の松川裁判批判に岡林辰雄氏以下の弁護人団がどの程度協力したか知らない。だが、氏の文芸評論家的な眼は、裁判記録の熟読を通して、警察官や検察官の心理、被告の心理を観察し、それが専門家によって構築された裁判論理にどのように扱われているかを見抜き、記録の矛盾、錯誤、欺瞞をとり出し、これを氏の理論で解決したと思う。そのことが、とかく技術的になりがちな弁護人に大きな援助となったことと思う。そして、広津氏もまた、法律や裁判の技術的な面では弁護人側の解説や助言を得ていたと思うのである。これは私の想像で、氏から一度もそのことで聞いたことはない。

差戻し前の最高裁長官田中耕太郎氏が「裁判官は法廷外の雑音に惑わされるな」と警告したのは、あきらかに広津氏の裁判批判を指したもので、それゆえに国民の関心がこの裁判に昂まったのだが、田中発言は、広津氏の鋭い論理に対する裁判官の動揺を防ぐためだった。それだけ氏の綿密な批判はおそれられていた。

この批判活動を通じて、氏の賢明さは、決して政党とは手を握らなかったことである。周知のように被告団の多くは日共党員であった。日本共産党も社会党も被告団を支援していたから、当然に氏は政党活動の中にまきこまれる機会があった。しかし、氏はそれを断った。氏の中にあるのは飽くまでも「松川裁判」のみである。もし、これに政党色を導入せんか、第三者に対する印象としてその客観性は失われ、説得力は弱まる。それで氏は政党を拒絶した。

これは容易にみえて、実はむつかしいことである。氏が松川裁判を「政治裁判とは思わない」と云ったのは、その周到な用意からである。

そのために氏の発表する裁判批判にどれだけ国民が耳を傾けたか分らない。そして、それまでは「裁判」とは全く裁判官・検事・被告・弁護人の四者だけによる神聖な密室と思われたものが、これをひろく国民の視聴の前に開放したのは広津氏の大きな功績と思う。

田中発言には、さすがの広津氏も腹にすえかねたらしく、よくそのことを語っていた。

長崎の講演会がすんだとき、宿でちょうどほかの人が居なかったので、「先生、長崎のキャバレーでものぞいてみませんか？」と私は誘った。広津氏にはふるく『女給』という婦人雑誌の連載小説がある。

「キャバレーというのは、ぼくは行ったことがないね。ぼくの知っているのはミルクホールだけだ」

と広津氏が答えたので、私はおどろいた。今は知らず、少し前には広津氏もキャバレーぐらいはのぞいていると思っていたのである。

何という名のキャバレーか、大きな店に広津氏といっしょに行ったところ、テーブルでの氏は興味索然たる顔付であった。私は足の悪い氏を無理に連れ出して迷惑をかけたことに恐縮し、二十分くらいで、氏の腕をとって階段を降りた。

短い合間の、文壇の回顧談としては、やはり宇野浩二氏が多く、次が芥川龍之介であった。恋愛中の芥川に撒かれた話など聞いた。例の女給問題で〔モデルにされた〕菊池寛が氏に怒っていたとき、

「青山を歩いているとき、偶然にステッキを持って歩いている菊池に出遇ったんだ。こいつは殴られるかな、と思ったが、こっちから進んで行って、どうも失礼というと、菊池は顔をクシャクシャにしてテレ臭そうに、やあ、といって笑ったよ。あの人は本当は気が小さいんだね」と、氏も口をすぼめて笑っていた。

講演会場の舞台の袖で岡林弁護人の話を聞きながら広津氏と二人で出番を待っているとき、

「君はよく書くなア。ぼくらの頃は、発表雑誌が少なかったが、それすら原稿を逃げ廻っていたからな。

だいたい、ぼくらは怠け者だったね」

と云った。暗い中で私は赤面した。余人でなく、大先輩からそういわれるのが私にいちばんこたえる。

二度目の最高裁の小法廷で私は氏とならんで傍聴席に坐った。

私は生れてはじめて最高裁法廷の聖徳太子の壁画を見たのだが、隣の広津氏の様子もそれとなく観察していた。最高裁の空気は前から被告団に有利のように伝えられていたが、もちろん判決が云い渡されるまでは油断はできなかった。

裁判長から「上告棄却」（全員無罪）の主文が読み上げられたとき、私は思わず広津氏の顔を見た。裁判長にうなずいている氏の眼からは泪が一滴、ほんの一滴、あの特徴のある眼袋のところに落ちていた。――

私は、熱海の広津氏の家に伺ったことがある。手伝いの老婆しかいなかった。古い家の二階の縁にはカンバスが裏むきに四、五枚重ねられてあった。氏の描かれたものらしかったが、絵の拝見まではできなかった。

その後も、私たちでやっていた「下山事件研究会」にもよく顔を出され、古畑〔種基〕博士（法医学）や秋谷〔七郎〕博士（薬物学）の話が面白かったなどと云われた。科学的な分析のほうに、より心がひかれていたようである。

その後の氏の様子は、佐藤一君[*1]〔松川事件被告〕を通じて聞いていた。青梅事件の現地調査、つづいて八海（やかい）事件[*2]の裁判傍聴にもよく出られているという。

この夏、佐藤君から、

「広津先生が別荘用に那須高原に土地をお買いになった。あなたにも近所に建てるようにと云われているが」と電話があった。

那須高原でいよいよ長生きされると思っていたのに、急な訃報で呆然とした。心から御冥福をお祈りする。

松川裁判の「愉しみ」

広津和郎氏にはじめて遇ったのは仙台の旅館で、昭和三十六年八月七日の夕方だったと思う。

どうして日時をはっきりおぼえているかというと、松川裁判の差戻し審の判決日が八月八日だったことを広津氏の『松川事件と裁判』の年表でたしかめたからである。私はその判決の傍聴のために前日午後の列車で仙台に行き、割当てられた旅館に入って、広津氏の旅館に向ったのだった。

　二度目の仙台高裁は松川裁判のヤマ場で、東京からも多くの文化人が仙台に行き、私は初めて見る人たちに行き遇った。報道陣も多数詰めかけ、今から思出しても前夜は異常な昂奮に包まれていた。

　痛風がひどくなった広津氏は、足を投げ出して三十分くらい話されたが、ひどく無造作な態度で、いわばこの裁判の渦中にある「時の人」に見られているのがテレ臭そうだった。

　しかし、これは松川裁判中、氏の態度につきまとっていたもので、その日常的な庶民性と含羞（がんしゅう）とは消えなかった。私が氏に接したのは、松川裁判の講演会で、東京、仙台、浜松、長崎などの各地だった。

　私が松川裁判の一隅に接触を持ったのは、三十四年ごろで、被告団の一人武田久君が旧居の上石神井の家に訪ねてきてからである。当時、被告団は手分けして文筆家たちの支援を依頼して回っていた。

　私は広津氏と宇野浩二氏とが例の「被告の眼が澄んでいる」発言でジャーナリズムから揶揄されていることを知っていたし、にもかかわらず、広津氏が中央公論にこの裁判のことを何度か書き、宇野氏も『世にも不思議な物語』を文藝春秋に書いたのを知っていた。だから、私はそれはそっち任かせという気持で、裁判にはあまり関心がなかったが、三十五年になってこの事件の材料が手に入って興味を起した。それを三十五年の夏に「文藝春秋」に連載中の『日本の黒い霧』の一つとして「推理・松川事件」を書いたのである。

　広津氏は私の視点に対して、

「ぼくは裁判記録の中だけに限定しているのでね、それ以外の追及はできない。その意味で君が外の角度から書いてくれるのはいいことだ」

　と云ってくれた。むろん評価とは別の、激励の意味である。

　裁判記録のみに論拠を置くという広津氏の態度は

最後まで堅持された。法律家と同じ心がまえで、科学的である。よぶんな推理や想像は加えない。この客観性があるから、読む者に説得力を与えた。そのため氏は「松川事件」とは呼ばずに「松川裁判」と云っていた。

田中耕太郎最高裁長官（当時）の「法廷外の雑音に耳を傾けるな」などの発言もあって、広津氏の仕事は裁判糾弾のように世間ではとられているが、実際は、氏の文章は裁判官に読んでもらい、納得してもらうためであった。少くとも氏の基本態度はそうであった。だから論点を裁判記録の範囲内にとどめ、諸記録のもつ不合理や相互矛盾や歪曲や、また新発見を衝く上にできるだけ現実性を保ち、文章を平明にした。もともと氏の評論の文章は分りやすい。これが読者に何の偏見もなく読まれ、受け入れられた。

松川裁判における氏をよくエミール・ゾラにたとえる人があるが、ゾラのドレフュス事件における「余は糾弾す(ジャキューズ)」と異(ちが)い、日本の裁判を信頼するという前提の上で、氏は裁判官の説得にかかり、次に世論を自然とつくりあげていったのである。

無実の被告を救うには、裁判官を信頼し、公正な判決を求めるほかはない、というのが氏の口癖であった。

その意味で、広津氏は松川を「政治裁判」または「階級裁判」とはみずに、どこまでも一個の「刑事事件」と考えた。氏が思想団体との接触を断ったのもその態度からで、これが氏の書くものに自主性と客観性とを持たせ、大きな説得力となったと思う。

広津氏は小説家というよりも、文芸批評家が本領である。裁判記録を解剖する上で氏のその論理性が働くわけだが、それが本領である以上、作業に苦渋があるはずはなかった。

「君たちには悪いがね、松川を手がけていてぼくはパズルを解くように面白かったよ」

最終の最高裁判決（全員無罪）のあと、広津氏はまたもや裁判の報告と支持者への感謝のために全国を講演して歩くが、その時、被告団によくそう云って笑ったものである。

パズルには空白の窓がある。それを埋めてタテヨコの単語が完成し、意味が通じるように、氏は裁判記録の空白を充填する。氏は、一、二審の判決理由書をよみ、その曖昧な表現に気づき、検事調書をとり寄せ、さらにその前の警察官訊問調書を求める。そして判決文の曖昧な表現は、実は別な記録が表面に出ていないためで、それは被告または被疑者、もしくは参考人の供述が取調側に都合が悪かったから出されていないのだと知るようになる。つまり、クイズの欠けた部分を発見し、ときにはその提出を求める。それによって前後関係が、同時に当局によって隠された意味も明瞭となるのである。

たとえば、事件発生当夜、ある被告が現場に列車転覆工作に行く途中、どうしても通過しなければならない踏切があるが、四人の番人はその時刻通行人の姿を目撃していないと証言している。しかし、被告のうちの数人はその傍の線路上を通行していないことには検察側の考える事件の構成が完成しないので、そのとき番人たちは、地蔵祭のために特設されたテント内で将棋をやり、それに心を奪われていたか、または照明が暗いので反対側を通る人間に気がつかなかったのだと一審判決は説明した。

そのへんを広津氏はどう書いているか。

「まず第一に『その晩は暗かったので遠くからテントが見えなかった』という赤間供述〔被告の自白〕を、裁判長がどう見ているかというと、判決文では一言も触れていない。被告を『黒』と見るのに都合の悪いことはいつでもこの通り無視するのがこの判決文の特色である。テントから七メートル離れた電柱に六十ワットの電灯がつき、テント内に二個の合図灯のついている光景は、暗いので側に近づくまでテントが見えなかったという赤間供述とは全然反対の光景である。夜そのものは暗かったろう。しかし踏切やテント附近は暗くないのである」

「……この事実を別の言葉で言い換えれば、赤間被告はその晩の永井川信号所南部の踏切の実状を知らず、従って踏切を通ってはいないのである。裁判長がそれを感じていない筈はない。なぜかというと、宍戸証人にあかりのことを最初に尋ねたのは裁判長自身だからである」

少い紙数のために引用が十分でなく、読者には分りにくいだろうが、簡潔で、たたみこむような調子、そして「夜そのものは暗かったろう。しかし踏切やテント附近は暗くないのである」といった説得性のある文章には気づかれるだろう。

　また、本田被告は当夜同僚と酒を飲んで酔って寝たというアリバイについて二審判決文の「然り而して各人の酒量は一定していないものであるから一概には言えないが……右の酒の量は一般に会食の場合の酒量としては決して多いとは言い得ず、少くとも後に（列車転覆工作に）参加した鈴木、岡田、本田等が泥酔又はそれに近い程度に酩酊する程の酒量とは考えられない」の一章をとらえて広津氏はこう書く。

「これは理屈らしく見えながら、全然理屈になっていない。『然り而して各人の酒の量は一定していないものであるから一概には言えないが』を先に持って来て、『しかし六人の会食の酒の量としては多いとは言えないから、泥酔するとは首背し難い』というように結論するから、一応論理らしく聞えるが、これをあべこべに持って行けば、反対の結論になってしまうではないか。『然り而して六人の会食の酒の量としては多いとは言えないが、しかし各人酒量は一定しないものであるから、泥酔しないとは限らない』と。」

　判決文の巧妙なレトリックを見破るのも、広津氏の批評家としての習練からだろう。

　広津氏が講演会などでよく云っていたのは、強要によって自白した被告を分離し、その「自白」を「証人」の証拠にして他の被告を有罪に導くという検察側の戦法で、これは氏の岩波書店版『松川事件と裁判』の中の「他人の自白で罪にされては堪らない」、中央公論社版『松川裁判』の中の「他人の自白を証拠に仕立てる法律技術」の一項におさまっている。この法律技術を「練馬事件」で最高裁が認めたため、広津氏は会場の控室や旅館で「あれは困った判例だ」と顔をしかめていた。昭和二十六年東京練馬署の駐在巡査が何者かにおびき出されて殺された。警察では争議中の労組員十一名を検挙、一、二審とも一名を除く十名に対して有罪判決した。客観的証拠はなく、共同被告人のうちの一人の自白を証拠として他の被告人の有罪認定をした。これは思想事件に限らず、市民生活の上に起る事件としてもこわいことなのである。

広津氏が、二度目の最高裁判決後、松川からさっと身をひいて当人のいう「なまけ者」の生活にもどったのは他の人にはできないことだと賞められているが、いったい松川裁判における広津氏の努力をどう位置づけしたらよいだろうか。

まず、氏の論理の展開と弁護団の弁論技術との相違だが、氏の論理には人間（裁判官・検察官・被告・証人）の心理観察がある。したがってキメがこまかい。これは氏が文芸批評家として文学作品を縦横に解剖してきたところに由来し、法律家には無いものである。（私は別の雑誌に、広津氏と松川弁護団との間に助言の交換があったように想像すると書いたが〔前項「広津氏と『松川裁判』」〕、それはあまりなかったらしい。）

こうした広津氏の論理展開は一般の国民に同感を与えた。この場合、氏の平明な文章は何よりも武器となった。そして、その説得性を強めるものに、政党との連繫の拒否がある。もし、氏が特定の政党の応援を得たり、その機関紙に文章を発表していたら、予断を持たれて、その客観性はかなり失われたに違いない。

しかし、広津批判の最も大きな効果は五年間に亙って毎月の雑誌に松川裁判を書きつづけてきたことである。

松川裁判には二百五十人の弁護人が参加した。弁護団としてはこれまでで最大の数だろう。だが、弁護団の発言が新聞などに報道されるのは法廷が開かれているときだけである。つまり、その時だけしか、世間の関心は裁判にないのである。その中間の長い長い期間は新聞も沈黙しているので、世間の記憶からうすらいでゆく。しかるに松川の場合は、年がら年中広津氏の裁判批判が雑誌につづけられているので、世間の関心は高められはすれ、遠ざかることはなかった。これは広津氏が文筆家としての特権を十分に活用したからであって、いかなる弁護士にも不可能なことであった。松川裁判に国民の関心と支持が強まったのは広津氏のこうした長期間の継続発表が大きくモノをいっている。

といって、広津氏は松川裁判に決して肩を張るような態度は見せなかった。私は、氏とこの裁判に関しての講演会で各地をいっしょに回ったが、初めて仙台の宿で会ったときと同じような気軽さで、まるでいつでも好きな麻雀をはじめそうな楽々とした様子だった。最終の最高裁判決の瞬間、隣席の氏の眼から一滴の泪が落ちるのを見た以外は、一度も深刻な表情に接したことはなかった。

こういう云い方は悪いかもしれないが、広津氏は松川裁判が終って、その愉しみを奪われたのがよほど淋しかったのではなかろうか。つづいて青梅事件を手がけ、八海事件に手をそめた。青梅事件は間もなく全被告無罪判決が出たが、八海事件では新しく「世界」に連載をはじめた。しかし、卒直にいって、松川事件の気魄には及ばなかったようにみえる。氏の精力は、その気楽な調子だったにもかかわらず、松川に出尽した感じであった。

石川達三

リアリズムの多彩

石川さんの小説の構成力は比類がなかった。わたしの知るかぎり現代作家で石川さんの右に出る者はない。とくに長篇についてだが、短篇と同じに、きちっと焦点が定まり少しの無駄も遊びもない。

長篇を構想するとき、書き出しの文章と結尾の文章を得たら半分出来上ったようなものだと菊池寛が書いたことがある。それだけ構想が具体的になっているからだ。冒頭の文章はだれもが思いつく。だが末尾の文章までは容易に浮ばない。浮ばないばかりか、書き進めてそこに至ったときに適切な文章になればいいと考えるのが普通であろう。これは正論のようだが、構想の筋道はまだ茫漠模糊とした状態である。むろん脳裡に構想はあるが、小説の構築までにはなっていない。浮かれ漂える状態である。

だが、石川さんのおびただしい作品を読むと、構想のとき冒頭・結尾の文章はもとより中間の部分部分の文章まですでに得られている。書く前に小説は半分どころか全部出来上っている。どうしてそういえるかというと、中間に少しも迷いが見られない。一直線に進んでいる。胡魔化しがない。まるで引かれた設計図の上に充実した文章が進んでいるようである。一分の隙もない。読む者には息苦しいまでに遊びがない。

書き出しと結末の文章が浮ぶと、わたしなどは一安心だが、中間は未だ空洞である。素抜けている。ためにに苦しみ、迷い、彷徨し、はじめに浮んでいた結尾の文章に至るまでには辛酸をなめる。どうかすると、筋の運びが計画から外れてしまう。才能なきわたしなどは石川さんの非凡な構成力に驚歎するばかりである。

わたしは自分の想像があたっているかどうかをたしかめるために二、三の石川さん係りの編集者にきいてみた。石川さんはどのような長篇でも約束の期日よりずっと早く原稿を渡してくださるという。はじめに編集者にまずテーマを話す。しばらく経ってから構想したところのプロットのだいたいを話す。日時が経つ。石川さんの電話が編集者にかかる。お宅に行くと四、五百枚の原稿をどさりと渡される。これは書き下しの場合だが、新聞や雑誌の連載でも共通している。

この話のように、石川さんは途中で編集者をたびたび呼んで原稿について話すでもなく相談するでもない。取材は自身で当る主義で、そのことは『人間の壁』を書くにあたり日教組のいかなる集会、地方支部の小会にも、傍聴に臨んだということでもわかる。他人の手伝いをあまり当てにしない人である。そこからあの臨場感溢れるばかりの迫力あるリアリズムが生れる。

編集者とはそれほど接触せず、原稿が出来たから取りにきてほしいと通告するやりかたはいかにも石川さんのぶっきら棒にみえる性格を現わしている。まことに無愛想である。だが、そこに石川さんの自信満々たるを見る。また編集者にしても、いい原稿を早く貰えれば無愛想など問題でなく、これぞ最高の愛想ということになろう。

周知のように石川さんは昭和十年に『蒼氓』（第一回芥川賞）で文壇に出た。以後五十年近く晩年の作品にいたるまで文体がすこしも変っていない。昭和十三年の『三代の矜持』と五十四年の『もっともっと自由を……』はテーマは違っていても文体は変りなく継続している。石川さんの頑固というよりは文章がはじめから確立しているのである。

わたしが最初に読んだ石川作品は『日蔭の村』だ

った。東京市の貯水湖建設で湖底に沈む小河内(おごうち)村の村長が村の補償問題で東京府庁に頻繁に足を運び、そのたびに府知事に翻弄され、神奈川県知事からも苛められる姿が心に灼きついた。この一作をよんで、石川さんが記録を縦横に駆使して群像をみごとに描ける作家だと知った。

文章は簡潔直截、したがってセンテンスは短い。そこに緊迫感がある。洗練された語彙が置かれ、近代感覚による一種の悲哀が漂っている。石川さんの文学は人間の絶望をうたうペシミズムでもある。

わたしは石川さんの稀有の構成力の秘密(?)を学び取ろうと、氏に請うてそのような機会を何度かもらったことがある。ベレー帽をかぶってきた氏は、いざとなるとテレ臭い顔になり、ベレー帽を誇示するかのように頭を動かし、画を描く話ばかりしていた。あれはこちらがもうすこし辛抱強く粘るべきだった。氏の「小説作法」が聞けたであろう。惜しいことをしたと残念に思っている。

石川さんのリアリズムは一本調子ではない。戦前のプロレタリア文学の影響をうけ、その展開は独特だった。事実、いろいろな試みをしている。今日、書く対象を失って抽象的な作品にさも文学的・思想的にみえる表現を施し、空疎な内容を粉飾しているしろものが少くないようだが、石川さんのリアリズムの多彩を斟(く)み、これを発展させる作家が将来かならず出現するだろうと思う。

「石川達三」メモ

「支那事変」(日中戦争。昭和十二年)前の日本文壇には「一方では社会科学に頼り、体系づけられた世界観に頼って、複雑な現実を截断しようとする人々の影響がまだ生きていた。そしてその一方では、心理を深く掘り下げて、そこに現実の根を見出そうとする人々が、ほぼ行きつくところまで仕事を進めきっていた。そのどちらでもないものを求める気配が、明らかに動き出した時、石川達三のリアリズムが世に出たのである」という中島健蔵の昭和十四年に云った言葉は、いまでも石川達三の出現についてこれが通説のようになっている。

全盛をきわめたプロレタリア文学のようやくなる下火傾向と、日本文壇に伝統的な私小説（この自然主義の変種）の行きづまりとの間隙から、石川達三のリアリズムが出現したという意味だろうが、この期は平野謙の云う「文芸復興期」であり、平野によれば、既成作家の復活と横光利一、伊藤整らのモダニズムの擡頭であった。こうした状況は、プロレタリア文学者の転向時代という側面をもっているが、それでもなおプロレタリア文学が建設したリアリズムは強烈な感銘を人々に残していた。

小林多喜二でも中條〔宮本〕百合子でも志賀直哉のリアリズムから出発した。そのため二人の作品は私小説の根につながるが、石川達三のリアリズムはいっさい私小説的なものを排除している。わたしは『蒼氓』を読み返してみて、その描写が小林多喜二に似ているのを知った。石川のリアリズムは、プロレタリア文学からの影響である。が、石川には『党生活者』のような「私」はいっさい存在せず、「私」は小説の世界に没入させている。

石川は『蒼氓』について昭和五年、二十五歳のとき移民船に乗ってブラジルに渡航したが、「特に目的らしい目的はなかったが、伝手があったので旅行したような工合であった」と書いている。往復の時日を入れて五ヵ月であった。

自身が移民だったら『蒼氓』の書きかたはもっと違ったものになったろう。が、ふらりと乗った移民船内の生活描写は、ふたたび日本に帰れぬかもしれぬ彼らとはちがい、半年足らずで日本に戻ってくるのが決まった傍観者の観察である。この姿勢はあきらかにプロレタリア文学とは対蹠している。この傍観者的観察態度は以後の石川作品に変ることがない。

その観点となるのはヒューマニズムだろうが、それを表面には出さない。社会と人間のきしみを彼はやや虚無的に眺め、絶望的に投げ出しておきながらその底に悲哀感を漂わせる。ペシミズムにさえ見える。

『蒼氓』の中で、東北移民の娘お夏の生活からくる性格について作者の注釈ないし批評が挿入されているが、こうした手法は石川の以後のどの作品にも一貫している。それが早くもこの初期の作品にあらわれている。小説家は人生の傍観者だといった態度に徹しているようにみえる。

わたしの感想では、石川の事実上の第二作は『日蔭の村』だと思うが、石川もこれによって自信を得たと云っている。彼の小説にみる稀有な構成力はここに端を発している。

石川のものの見方は「常識」的であり、彼の小説は常識をひねったものだという評を聞く。だが、それは菊池寛や芥川龍之介らがアイルランド文学やアナトール・フランス流に常識を顛倒させて新理知派の名をとったのとは違い、石川のは現場観察からきている。石川は作品に好んで警句を使う。が、それは書物で得た芥川や菊池の警句とは異なる。

石川の『生きてゐる兵隊』は発表誌が発禁になることによって、かえって名を知られた。いま読むと、これがどうして発禁になったかわからない。南京攻略をめざして無錫（むしゃく）から北上する一分隊の姿を描いたものだが、兵隊が姑娘（クーニャ）を殺す場面が検閲にひっかかった。が、従軍の石川達三が目撃したのはそれだけの場面ではなかったろう。兵隊が姑娘をただ短剣で殺す、その裸の女の死体を眺めた笠原伍長は「もったいないことをしたのう」と云う。「南京虐殺」を暗示した省筆である。これが戦争の罪悪であり、悲惨というものだ。石川は検閲を予想し、その告発に自ら筆を律している。それでも起訴され、蟄居を余儀なくされた。これが石川に大きな衝撃となる。翌年発表の『武漢作戦』のトーンダウンがそのことを物語る。

蟄居のあいだ石川は『結婚の生態』『三代の矜持』『人生画帖』『智慧の青草』『転落の詩集』『若き日の倫理』などをつづけさまに発表した。これらによって流行作家としての地歩が確立する。

石川が社会を主に対象として書くのがいわゆる社会派小説、世相を主とするのがいわゆる風俗小説だと思うが、もちろんこの二つは画然と分れているのではなく連繋し合っている。どちらをとっても石川の書くものに曖昧さは少しもない。男女の情痴描写で読者の関心をひきつける同時代の風俗小説作家とは違う。雰囲気や抒情で流すことも排する。男女の心理描写は理詰めであり、その分析はまるで裁判記録を読んでいるようである。じじつ、石川ほど検事調書の形式を駆使した作家も珍しい。

石川の構成力の図抜けていることは、長篇小説においてよく発揮されている。綿密な設計図を引いて、その上を筆が進行している感じで、途中の迷いも逡巡もない。一つの焦点にむかってすべての叙述がまるで遠近図法を見るかのように効果的に集中している。石川の原稿は連載ものでも書き下しでも、原稿が予定よりもずっと早くできるとは編集者の多くが云うところである。その構成力は現文壇第一であった。

石川の小説は、社会もまた人間と同じき興味で眺めているごとくである。その点からいわゆる社会派というカテゴリーはあたらない。社会や世相の変遷と共にその中に生活する人間の風俗も変ってゆくが、人間の本質を見つめる眼は変っていない。

新宿で会食したのは数年前だった。ベレー帽をかぶってきて、絵の話などした。スケッチ・ブックに描いた女のデッサンを見せたが、綿密に描きこんであった。うまいとはいえなかった。外に出てから、ぼくはね、こんどだれもが試みなかった新しい形式の小説を書くよ、と微笑して云った。へえ、どんな型の小説ですか、とわたしはきいた。いま、ちょっと説明できないな、と云い残して、頑丈な、均整のとれた石川達三の後姿は駅の中に消えた。

これから多彩な展開を待っていたのに残念なことである。

石川達三は徒党（？）を持たなかった。したがって周囲から追従批評を聞くことのない幸福を持った。孤独だが、仕合せであった。作家として、阿諛（あゆ）のない、真の声が聞けるほど至幸はない。

白の謀略——公木元生氏の口舌

ノン・フィクションとかドキュメント的なものを小説にするのはひじょうにむつかしい。「事実は小説よりも奇なり」といいますが、事実そのものが小説というわけにはまいりません。小説にするからには事実を歪めることなくフィクションを入れなければならない。それでなければ小説としての効果は出ません。ドキュメントはドキュメントとしての面白さ、小説は小説としての面白さ、両者は別個の興味です。

しかし、両者は同じ記録性に立つので、いわば同根ということから、そのドキュメンタリーなものを小説に直すというのはたやすくできそうに思われるが、実際はそうはゆかない。かえって逆のようです。

それはどういうことかというと、「事実」のなかに虚構を入れると、「事実」の部分がふやけてしまう。事実は厳とした存在なのに、いかに効果の上からとはいえ、部分的にでも虚構を入れると客観的存在性をつき崩してしまうからです。しかも小説となると、風景描写や心理描写や会話を入れなければならない。風景描写はともかくとして、心理描写はあくまでも作者の想像上の所産ですから事実と違うことが多いでしょう。どうしても作者の知ったかぶりになる。作中の会話にいたっては、それを書く作者自身が面映ゆくなるていのものです。

それも個人的なドキュメントならまだよいのです。たとえば犯罪者の行動を追ったカポーティの『冷血』のようなものなら小説にできます。しかし、組織的なケースになると、小説では容易に書けるものではない。近ごろ流行のロッキード事件のような「汚職小説」にかならずしも成功したものがないのは、右に述べたような事実と虚構部分との接着がうまくいってないからだと思います。

わたしも組織的なケースを小説に書こうと何度か志しましたが、けっきょく小説の虚構部分が事実をふやかしてしまう、事実としての資料が小説という形式から曖昧になってしまう、その境界線がぼやけてしまい、事実のもつ訴える力が弱まると思って、やめてしまいました。それに、よくいわれるように組織を書けば個人が不在となり、個人を描こうとすれば組織の描出がかすんでしまうのです。

ドキュメンタリーなものを小説として成功しているのは大佛次郎の『地霊』『詩人』など一連のロシア革命を背景にしたものでしょう。これらの会話は多く記録に拠っているので安心して読める。しかし、同じ作者のその後の作品『ドレフュス事件』はともかく『パナマ事件』とか『パリ燃ゆ』とかがさきのもののようには面白くないのは、やはり後者に記録性が強いからでしょう。やはり面白さは小説にあるということになる。むつかしいものです。

小説だと描写があるから場面なり人物なりが眼の前にいきいきと浮んでくる。人物は動き、会話するので、ひじょうに具体的になる。読者はその場に居合わしているような現実感をうける。つまり臨場感です。演劇の面白さの一つは、江戸時代のことでもそこに居合わして見ているような臨場感にあることでしょう。赤穂藩主浅野長矩(ながのり)が殿中で吉良義央(よしなか)を斬ったというのは当時の記録にあるが、塩谷判官(えんやはんがん)が高師直(こうのもろのう)を松の廊下で刃傷(にんじょう)におよぶ現場を「目撃」する臨場感[*1]にはとうてい及びません。

というわけで、敗戦後、日本がアメリカ占領軍の支配下にあった七年間、その期間に起った奇妙な事件、しかもいまだ解決となっていない一連の事件を小説にしたいという慾がこのごろまた起って参りました。

この種一連の政治的な奇体な事件は、占領軍の撤退とともに嘘のように発生しなくなっている。ということは、警察機関も法務機関も行政機関もすべて握っていたオールマイティの占領軍の力だとどんな謀略でもできたということだと思います。すくなくともそう想像されます。

占領軍といってもアメリカ人が直接に出てきて工作をしたわけではありません。その点、日本で行うのは、人種の相違、毛色の違いからまことに不便です。すぐに見わけられてしまう。これが東洋でなく、ヨーロッパ大陸だと都合がよい。したがって、占領軍がそのような実行班をつくろうとすれば、日本人か東洋人を使うしかありません。これに占領軍の命令的な意向によって治安機関が協力させられていれば、少々なボロでもかくすことができます。

日本占領中のいわゆる極秘文書も近ごろはアメリカ側からだいぶん発表されるようになりました。しかし、前に述べた一連の奇妙な事件の報告類といった記録は少しも出ておりません。これを出すとアメリカの恥部をさらすことになるからでしょう。

断っておきますが、これらの現地工作はアメリカ本国からの指令とは思えません。占領軍はかつての日本の関東軍の性格と似ている。現地軍の独断専行がずいぶんある。マッカアサーが朝鮮戦争に原爆使用を主張してトルーマン大統領にクビを切られるにいたったのはその極限です。しかし、もちろん対日占領政策はアメリカ政府の方針ですから、その意味では占領軍はその方針の実行機関でした。

アメリカの対日占領政策は一九四九年（昭和二十四年）一月に中国共産軍が北京に入城して中国全土が中共の領有になることが決定的になる以前から転換された。アジア大陸にソ連と中国という二大共産国が出現したとき、アメリカは脅威にさらされるというので、日本を極東の防波堤にしようと考えた。日本の民主化をすすめた進歩的といわれるGHQ（総司令部）内のGS（民政局）のメンバーを入れかえにかかったのも、GII（参謀第二部）がにわかに強くなったのも、GSがつくった芦田均内閣を倒したのもGIIの線です。

下山国鉄総裁が轢死体となって常磐線の綾瀬駅近くの線路上で発見されたのは四九年七月のことです。政府は逸早く総裁の他殺を発表し、これは国鉄人員整理に反対する国労内の共産党分子が殺害したものだという推定を流した。[*2]対ソ戦略に処するには、鉄道輸送機関に反逆分子がいては作戦につまずくので、まずこれを一掃するために一つのテロ事件をおこし、左翼に対する恐怖心を国民にあたえるためです。占領当初、アメリカは日本に残る軍国主義を一掃するために民主主義化をすすめたが、これが期待以上に効果があがったため、というのは薬が効きすぎていまさら右旋回が容易でなくなったので、事件をつくったのです。これは理論だけではラチがあかないとき、もっとも速く効果があらわれる方法で、世界にその例は少くありません。これには単独でなく前後に一連の動きが必要です。

こういうことは、これまでにもいろいろな本に書いてある。だが、それらが小説でないために、どうも眼の前に人物が躍動するというわけにはゆかない。さきほど申した意味の臨場感がないわけです。

まず、占領政策の転換を小説ではどう描いたらよいか。説明ではこれまでどおりの記述になっていけない。やはり登場人物をとおして、その背景から分るようにしなければならない。

そこで考えに浮んだのは、日本人でGHQの高官の行動を直接に毎日のように見ている者です。その者の眼を通して描く方法です。が、実際にはそういう日本人はひじょうに少い。ほとんどいない。けれども、その家庭の使用人とするなら不自然ではなくなる。たとえば腕のいいコックにしたらどうだろう。コックならあまり注目されないし、おいしいものさえつくれば主人は満足して可愛がる。コックの眼をとおして高官の行動を見ることができる。そうして、そのコックが単純に高官にやとわれるというよりも、そのきっかけとなる事件があるほうがよいので、また別に占領中に起ったような事件を設定する。この高官は高級軍人でGⅡの責任ポストにあるものとする。コックはかりに尾形とします。

だが、これではコックが家庭内の高官を見ているというだけで外で行動する高官は見られない。

そこで、当時、謀略工作班に使われていた日本人のグループの一人を出す。かりに乾太郎という名にします。記録によるとアメリカから来た軍籍のある二世がそれらの班長格になっています。ムカイ軍曹とかマック・マッカタなどというのは有名です。また別に第八軍のアイケルバーガー中将に属していたキャノン機関というのもある。キャノンは衣笠丸事件[*3]や鹿地（かじ）事件[*4]で名前が出すぎて影（シャドー）の存在ではなくなって失敗した例ですが、知られてない機関はまだいっぱいあった。その手先としてつかわれているものには、旧特高係や旧憲兵などでパージとひっかえに傭われたのが多かったようです。旧軍人の集りで「柿ノ木坂グループ」とよばれるものも関係があったといわれています。まあ、そういう人間を小説に出してみよう。そうして、その者がやがてはコックとつながりができるようにする。

　これは、わたしが直接に当事者から聞いた話ですが、芦田内閣の官房長官だった人が、旧華族の夫人連と帝国ホテルのロビーだかで偶然に遇った。聞けばホテルで戦災孤児救済のために慈善パーティを開いての帰りだという。官房長官は手を拍（う）った。というのはGHQの高官をもてなすのに接待役の教養ある婦人がいないのです。まさか街から兵隊相手のいかがわしい女をつれてくるわけにもゆかない。だが、旧華族夫人連はいずれも良家の子女として学習院などで教育をうけ、行儀作法があり、フランス語も堪能で、それに美しい貴婦人です。思いついた官房長官はAというもっとも社交的な旧華族夫人にうちあけて懇請した。A夫人は仲間の夫人と相談してこれを快諾した。そこからGSの高官連と、パーティの席でホステスをつとめる旧華族婦人たちとの親密がはじまります。これは小説として華やかな場面です。きっと効果をあげる。しかもA旧華族夫人とGSの実力高官とが恋愛に陥る。夫人だけでなく、B夫人も、C夫人もそれぞれ昵懇な相手ができます。

　これをGⅡがかぎつけ日本の治安当局をつかって両人を尾行、張り込みなどしてスキャンダルをつかみGS高官の追い落しにかかる。この尾行組の中に謀略班につかわれる乾太郎がいることにします。

　ドキュメントのほうでいえば、両人の尾行には国家警察庁長官が自ら指揮にあたったふしがあります。当時の国警長官の手記にはそうと思える文章が載っています。国警はGⅡ、検察庁と自治体警察はGS

ににぎられていました。

さて、こうして尾形コックと乾工作員といちおう二人の主要人物ができたが、次にこの二人をどのようにしてつながりをもたせるかです。

それには、やはりそのころの政治的な出来事を使うしかありません。その出来事のなかで、両者が動けば、しぜんと関連をもつきっかけがつくれるような気がします。

いま、その主な出来事をふりかえってみますと、二十三年一月の帝銀事件がある。東京都の防疫班員と称する男が赤痢の予防薬といって青酸カリ化合物を行員十六名に飲ませ、十二名を殺害して、行金を奪った。画家の平沢貞通が犯人にされて裁判で死刑が確定し、目下仙台の拘置所にいる。が、平沢の犯行とするにはいろいろと辻褄の合わないところがあります。凶器である青酸カリの入手先が不明のままであり、占領軍の防疫係である将校二名の名前を口にしているが、これは実在の人物であり、一般の日本人の知らない名であった。それにその青酸カリ化合物で死亡した人もあり生き残った人もあるので、致死量の問題や遅効性の問題などが出た。これは特殊な毒物ではなかろうかということで、旧満州で戦争用に細菌の開発研究をすすめていた旧陸軍の特殊部隊の復員軍人に捜査がむけられたことがあります。

この特殊部隊というのは関東軍防疫給水部というのが表むきの名称で、石井という中将が長となっていた第七三一部隊というのです。この部隊では開発する毒物のために中国人をたくさん捕えてきて人体実験をしては殺していた。同部隊に所属していた下士官や兵隊をソ連軍が訊問して、その裁判記録も出ております。

ところが石井元中将はじめ幹部クラスはソ連軍が旧満州に進入する前に逸早くアメリカの軍用機によって日本へ運ばれ、占領軍のG3（作戦部）に所属する機関で、やはり作戦用の細菌開発の秘密作業に従事していた。そこでこの方面での、警視庁の捜査は占領軍の厚い壁にぶっつかって頓挫してしまった。その方面とは縁のない平沢が逮捕されたのは、警視庁の捜査方針が転換したあとなのです。帝銀椎名町（しいなまち）支店にあらわれた犯人が都の防疫班員を称したことといい、石井部隊が防疫給水部と云っていたことと「防疫」が奇妙に一致します。

そこで、小説でこの事件をとり入れるとするとどうなるか。たとえば、ある日、乾工作員がこの第七三一部隊の裁判記録を読んで、帝銀事件の犯行とつながっているのではないかと考えたとする。そうして自分が働いている占領軍機関にはじめて疑惑の眼をむける。このようにすると、乾工作員と尾形コックとの立場が接近したものになり、両人の交渉が生じるということになる。二人の主要人物がはじめてひとつところに立つということになります。まあ、こんなふうにひとまず考えてみよう。

けれども、それだけでは占領軍の現場的な謀略の面しか出ない。日本の政治のほうが抜けておる。それは、「日本を全体主義の防壁とする」という四八年一月のロイヤル陸軍長官声明にあらわれているようなアメリカの方針にしたがって日本の政治を変えるという面です。この実際面の推進はやはり現地軍司令部であるGHQです。

さきほども申しましたように、アメリカの当初の対日占領政策は軍国主義の潰滅のために戦力の基盤となった重工業などの撤去、財閥の解体などに重点的にむけられます。これはGSのおもな仕事でした。しかし、四八年匆々(そうそう)のロイヤル声明にみられるような路線の変更になると、GHQでも政策の手直しを急いでしなければならなくなった。つまり、日本をアメリカのための共産国圏への防波堤にするために再軍備させる必要にせまられてきた。そのためには重工業設備の撤去も中止にする、財界をふたたびもり立てて軍需産業を強くするという方向になる。したがって、日本政府も、これまでGSサイドだった片山哲内閣や芦田内閣からGⅡの息のかかった吉田内閣になる。この自由党政権が長期につづくことになります。

独占資本の分散をねらった集中排除法が大幅に緩和されたり、製鉄業界の再編成が行なわれたり、警察予備隊を増強したり、予期される朝鮮戦争にそなえる一方、自分らの手で育ててきて、そして期待以上に育った民主勢力に対するアカの弾圧がはじまります。

第二次吉田内閣ができるときもＧＳ側からの妨害があった。このＧＳはＧⅡと対立上、吉田政権の崩壊をめざして自由党内の少数をたきつけて党内クーデターをおこなわせようとしたが、これが露見して吉田は党内を「粛清」したりする。こうした機会をつかんで吉田に認められ、急速にのし上った幸運児がいる。彼は政界が万事金で動くことを知り、金銭政治哲学を身につける。

世の中がこういう混乱期にはかならず怪政商が出るものです。それは戦前の資本家とは縁もゆかりもないもので、むしろ戦後のどさくさに乗じてのし上ったヤミ屋的な男です。

敗戦前後、機を見るに敏なこういう人物が軍の所蔵物資や隠匿物資、はては占領軍の物資までも不正に所得してヤミで横流しして大儲けをした例はまことに多い。が、その多くの者が後で没落しているのは、その場の金儲けだけに終ったからです。もし、野心的な政治家とかかわりを持ったならばそういうことはない。発展するばかりです。げんにそういう実例があります。これも小説の中に出してみよう。

つまり、小説の方法としては多元描写になります。作者は、全知全能の神のごとき立場をとる。上からすべてを見下ろしたように描く。俯瞰的描写です。

これは本格的な小説に多くみられるのですが、手法としてはむつかしい。一人称的な手法のほうが容易です。こっちのほうがリアリティが出せるからです。日本では自然主義を輸入していらい、私小説なるものが生れ、発達したから、とくに一人称的なリアリズムが尊重されてきた。多元的描写はあまり伸びていない。

たとえば政治を扱った一人称的小説は戦後もありますが、政治は多方面であり多岐にわたっているのに、一人の人物がそれらのすべての現場に立ち合うというわけにはゆかない。そこに制約がある。それをあえて全体的に描こうとすれば、一人称的な人物が全知全能の神のようになってしまって、かえって不自然になります。リアリティを出すために使った方法がリアリティに減殺(げんさい)されるという皮肉な結果になります。

また、多元的描写でも、対象が多いために気をつけないとまとまりに欠けることになります。それだと、描かれてあることは多いけれど、相互の関連が密着してないために、焦点がぼやけて印象がうすくなる。悪くすると、ごたごたとならべられてあるだけということになりかねない。

このたくさんならべられている対象物を一つにまとめるために、よく「団子の串刺し」という言葉がいわれる。相互の関連をつなぐための要素をつくるわけです。が、これがどうかすると狂言まわしの役だなどといわれるように無性格なものに陥りやすい。多元的描写というのは、この意味でむつかしい。

むつかしいといってやめてしまってはなんにもなりませんから、なんとか工夫を見つけなければならない。ああでもない、こうでもないと構想を組み立てては崩し、崩しては組み立てています。

たとえば冒頭に申しました下山事件にしても、謀略による他殺だとすると、その工作は綿密な計画のもとに行なわれたにちがいないから、その予行演習といったものが事前にあったかもしれません。実際はどうかわかりませんが、小説の上だと工作員らによるそういうリハーサルがあったほうが現実感が出ます。その予行演習の段階で、いろいろと小説的な創作ができるのではないか。そこからも、さきほど申しました他の対象とつながる人間的なきっかけができるのではないか、そんなふうにも考えられます。

まだ十分に練り上げる段階にもなっておりませんが、現在のところ、そのようなモヤモヤから形あるものをと模索中というところでございます。

なんだか変な話になりました。また話そのものが曖昧模糊たるもので恐縮していますが、わたくしのような才能のない小説書きのあわれな苦悩といったものをお察しいただければ幸いでございます。

世界が激動しても、人間は変わらないんだよ

人間を描く、それが基本

――先生の作品はこれまでも数多く映画やテレビで映像化されていますが、今回〔作家生活四十周年記念として、民放各局が清張作品十二編を映像化〕のように短期間に十二本も放映されるのは空前絶後でしょうね。

松本　まあ、絶後かどうかは知らないけど（笑）。今度の十二本は、『迷走地図』の他はほとんど初期の短編。誰の作品もそうだけど、初期の作品は力が入っているんだよ。

――その初期の作品が今もなお読者や視聴者を引きつけていることについて、作者としてはどう思われますか？

松本　私の作品は推理小説が多いんですがね、それをなんとか文学に近づけようという意気込みで書いてきた。そのためにはトリックや意外性ばかりではダメであって、人間をわからねばいかん。

どんな犯人でも、みんななにかしらの動機を持っているわけですから。で、その動機を描いていくと、ひとりの人間の心理解剖になる。これがあるから、一般の読者がいまだに読んでくれているんじゃないかと思う。

また、ひとりの人間を描写するためには、その人間を取り巻く環境も描かなければならない。その部

分が社会的であったりするので、「社会派」とも言われてきたんです。

——人間を取り巻く環境といえば、ここ数年、世界中が揺れ動いていますね。このような激変の中で松本先生が描く人間像もかなり変わってきていますか？

松本　いや、人間というものはいつまでたっても変わらない。人間の環境には個人的なものと社会的なものとふたとおりあるわけだが、その変化によって人間像、本質が変わってくるとは思えない。

例えば、ソ連が大崩壊したという社会的環境がある。それは多少とも日本に影響しているが、あくまで外側の変化であって人間の本質を変えるものではない。

小説の世界で言うと、人間を主体にして書けば、その人物をめぐる環境の変化が影法師のようにくっついている。そして、人間を主体にして書く小説こそが永遠とも言えるような生命力を持ち得るんじゃないかな。

現実を踏まえて虚構を作る

——話は遡りますが、松本先生は青年時代から作家を志していらっしゃったんですか？

松本　私はね、作家志望じゃなかったの、初めは。新聞社の広告部にいたり、いろんな仕事に携わっていたんです。ただ、作家になってから振り返ってみると、多くの仕事をしたことで世間的な見聞がかなりできたとは言える。

直接、自分が「体験」したことに限らないさまざまな「見聞」だね。それを「経験」と呼んでもいい。人から聞いたこと見たことが豊富な経験になった。それは他人を通しての経験であるけれど、解釈するのは「私」という人格ですから、私なりのものになる。それが私にとって大きな作家的経験になっている。

そういうものを持っている人間は強いと思うね。また、そうした経験の多い少ないが作品の膨らみに影響してくると私は思っています。

——作家としてのスタート時点で目標とする人物とか作品はあったのでしょうか？

松本　ない。あまりね、私は先人を目標にしたこともないし、また強く影響を受けたこともないんだ。

ひとつ言えるのは、私の場合、私小説にはほとんど興味がなかった。私小説とは、志賀直哉がいい例だが、自分自身の体験だけで書いていく。

ところが、私は架空の世界を書くほうが好き。ただ、芥川龍之介のように完全に架空の世界を作り出すというのでもない。さっき言ったように、作家的な経験を活かした上で虚構の世界を作り上げていく。だから、先人のものを読む場合もそういう小説に感心する。例えばサマセット・モームね。彼は元イギリスのスパイで、任務のためにハノイに行った。その経験を踏まえて書いたいくつかの作品がおもしろい。『冬の船旅』という短編は、船乗りと一緒に食事をする女性を観察した傑作ですよ。モームはそこに人間を見い出したわけだ。私もそういう書き方がいちばん好ましいと思うね。

——現実を踏まえた虚構の世界を建設し、それを舞台に人間の本質を描くということですね。しかし最近は、世相の中に浮かび上がる人間を断片的に切り取って、軽いタッチで描く小説やテレビドラマも多いんですが、そういったものをどう思われますか？

松本　まあ、人生の断片を切り取って小説にする技法は昔からあります。ただ、その場合は、その断片によって人生の全体像がわからなければ意味がない。チェーホフの『かわいい女』なんかそうだよ。あくまで人間の本質に迫った切り取り方をしている。

ところが今は、かけらみたいなものをちょこっと取って軽妙な筆で書いて、それでよしとする作家もいる。自分勝手な主観だけで捉えて真実を歪めてしまう傾向がある。それは私の賛成しないところだな。

——世相や流行に流されがちな若者についてはいかがですか？　何か若い世代へのメッセージをお願いできればと思うのですが。

松本　どう考えろとか、どう生きろとか私が強制するわけにはいきませんよ。

若い者は、やはりディスコだのセックスだの、ある種の享楽を求めるでしょう。でも、誰でもいつか、そんなことをやっていても空しいと感じるようになる。そのときに心の充実を得られるものを自分で探していけばいいいんだ。

〝底辺〟から見上げる姿勢

――ところで、松本先生が選ばれるテーマは実に広範囲に渡っていますね。『点と線』のような時刻表トリックを駆使した本格推理もあれば、『迷走地図』のように政界の腐敗を描いた作品もある。『昭和史発掘』のような歴史の暗部に光を当てられた大作もお書きになってらっしゃる。

松本　それはね、私の好奇心、インタレストだね。それがもう八方に広がるというより、散っているわけだ。

『点と線』を例にとると、あれをもっと掘り下げれば別の時刻表トリック的な推理小説ができたかも知れない。けれども、私のインタレストはまた別の分野に走るものだから、『点と線』の分野は捨ててまた新しいものに鍬を入れる。

つまり、今までほかの作家が気づかなかった、手を入れていない土壌を開拓するというやり方だね。それも、開拓さえすればそれでいい。整地した後、舗装したり建物を建てたりする作業はほかの人に任せて、私はまた別の未開拓地を求めていくわけだ。

――その飽くなき好奇心の根源にあるものはなんですか？

松本　「疑い」だね。根本は疑問符。例えばね、警視庁なり交番なりに「本日の交通事故による負傷者○名、死者○名」と出てるでしょう。その死者の中に、実は交通事故に見せかけた犯罪で死んだ人がいるんじゃないか、と考える。普通なら、「あ、交通事故死か」と見逃してしまうようなことから犯罪の匂いを嗅ぎ取るのが私の役目だと思うんだよ（笑）。

――だから、既成の事実として書かれた歴史なども疑って検証を重ねるわけですね。

松本　そう。体制に対しても疑うし、学界的に偉い人が言ったことでも鵜呑みにせずに疑ってかかる。だいたい、偉い学者が発表した説だからといってそのままにしていたら新しい解釈は何もできない。まず疑い、資料をよく読み、その上で出した自分の結論と偉い人の結論が合わないとなれば自分で新説を立てる。そういうことですよ。

もう少し加えて言うと、歴史にしても社会現象にしても、上から見ないで底辺から見上げること。なかには上から見下ろして支配階級的な意見を言う作家もいるけれど、私はそういう態度はとらない。世の中には、環境によって底辺の世界に住まざるを得ない人もいるわけだし、私もその位置からものを見ることを忘れたくない。それがいいか悪いかは別にしてだよ。

──まず疑ってかかるという姿勢は、先生の作家としての使命だとお考えですか？　それとも、生まれ持った資質のようなものですか？

松本　それは性格だな（笑）。ただし、もともと持っていたというより、こうしてものを書き出してから身についた性格だね。

初出・註・解題

閉じた海

文藝春秋　一九七三年十一月（臨時増刊）
○「松本清張の世界」特集号に、「書きおろし社会推理小説　280枚」として一挙掲載。

よごれた虹

オール讀物　一九六二年十一月
○「ノンフィクション」特集に掲載。掲載号前号の予告には「名篇『日本の黒い霧』の迫力を再現する意欲作」とある。「ノンフィクション」と銘打たれているものの、同時掲載された六篇いずれとも、内容は小説。

●今月の特別長篇小説
佳人薄命　長篇推理　100枚　曾野綾子
●ノンフィクション特集
名篇「日本の黒い霧」の迫力を再現する意欲作　100枚　松本清張
五味康祐　島田一男
南條範夫　吉行淳之介　新田次郎
11月号　予告
オール讀物

初収：『断崖　松本清張初文庫化作品集2』（双葉文庫、二〇〇五）

＊1　物価統制令による公定価格（一九四六～五二）。

雨

別冊宝石　一九六六年八月

初収：『推理小説代表作選集　推理小説年鑑1967年版』（講談社、一九六七）、『ミステリー傑作選二　犯罪現場へどうぞ』（講談社文庫、一九七四）

＊1　犬追物＝馬上より弓矢で犬を射止める武術。行縢＝腰から脚にかけてのおおい。

＊2　朝倉や　木の丸殿に　わがをれば　名のりをしつゝ　行くは誰が子ぞ（新古今和歌集）

資料編

私小説と本格小説——対談・平野謙

群像　一九六二年六月

初収：『平野謙対話集　芸術と実生活篇』（未来社、一九七一）

○著者と平野謙による主な対談には他に、日本近代文学の作家群について論じた「作家にとって実生活とはなにか」（「群像」一九七五年二月／『文芸批評家の道　平野謙対談集』講談社、一九七五）がある。また、平野謙による清張論を集成したものとして、『松本清張探求　1960年代平野謙の松本清張論・推理小説評論』（森信勝編、同時代社、二〇〇三）がある。

推理小説の作者と読者——鼎談・高木彬光／水澤周

思想の科学　一九六二年十月

○「日本の推理小説」特集に掲載。

＊1　一九五二年に北海道・札幌市で起きた警官射殺事件。この事件について、松本清張はノンフィクション『日本の黒い霧』（一九六〇）中の一章「白鳥事件」および短篇『泥炭層』（一九六五）で、また高木彬光は長篇『追跡』（一九六一）で作品化した。

＊2　一九五五年に静岡・三島市で起こった殺人事

件。関連する裁判で高木は特別弁護人を務めた。
＊3　一九六〇年に東京で起こった幼児誘拐殺人事件。この事件をモチーフの一つに、高木は長篇『誘拐』（一九六一）を執筆。
＊4　三井財閥総帥。
＊5　日本開発銀行総裁（一九五一〜五七）。
＊6　当時、経団連副会長。のち会長（一九六八〜七四）。

作家と批評家――対談・権田萬治

権田萬治『宿命の美学』（第三文明社、一九七三年）
○権田萬治による著者へのロングインタビューとして、「コーヒーと推理小説と古代史と」（「別冊幻影城」一九七六年一月／『松本清張推理評論集　1958-1988』中央公論新社、二〇二二）がある。
＊1　藤原京期（六九四〜七一〇）の古墳。一九七二年三月発見。

広津氏と「松川裁判」

文芸　一九六八年十一月
○広津和郎追悼特集に掲載。
＊1　一九五二年に東京で起こった列車暴走事件。
＊2　一九五一年に山口で起こった強盗殺人事件。

松川裁判の「愉しみ」

群像　一九六八年十二月
○広津和郎追悼特集に掲載。

リアリズムの多彩

小説新潮　一九八五年四月
○石川達三追悼特集に掲載。

「石川達三」メモ

文学界　一九八五年四月
○石川達三追悼特集に掲載。
○著者と石川達三による対談として、「権力は腐敗する――政治はここまで腐っている」（「別冊潮」一九六七年一月）、「文壇の〝社会派〟大いに語る」（「オール讀物」一九七三年二月／『松本清張の世界』文春文庫、二〇〇三）がある。

世界が激動しても、人間は変わらないんだよ

週刊プレイボーイ　一九九二年四月七日

○紙誌掲載のものとしては、生前最後のインタビューとなった。

白の謀略――公木元生氏の口舌

別冊文藝春秋　一九七七年三月

○著者自身を思わせる語り手による架空講演録「公木元生氏の口説」シリーズの一篇。シリーズには他に「公木元生氏の口説」（「別冊文藝春秋」一九七四年十二月）、「本の岐れと末」（同　一九七五年十二月）、「沙翁と卑弥呼」（同　一九七六年六月）がある。いずれも掲載誌の小説欄に掲載されたが、単著・全集未収録。

＊1　赤穂事件の舞台を『太平記』の南北朝時代に置き換えた浄瑠璃・歌舞伎「仮名手本忠臣蔵」の一場面。

＊2　国鉄労働組合。

＊3　一九四九年、船舶「衣笠丸」によって北朝鮮への密輸が発覚した事件。

＊4　一九五一年に作家・鹿地亘が拉致・監禁された事件。清張は『日本の黒い霧』の一章「鹿地亘事件」でとりあげた。

松本清張略年譜および関連年表

一九〇九年（明治四十二年）
十二月二十一日、福岡県企救郡板櫃村（現・北九州市小倉北区）にて、父・峯太郎、母・タニの間に生まれる（二月十二日、広島県広島市生まれとの説もある）。本名は清張（きよはる）。

一九一六年（大正五年）
下関市立菁莪尋常小学校に入学。

一九一七年（大正六年）
天神島尋常小学校に転校。

一九二一年（大正十年）
　小牧近江ら、同人誌「種蒔く人」創刊（二月）、以後のプロレタリア文学運動の先駆となる。

一九二二年（大正十一年）
板櫃尋常高等小学校高等科に入学。

一九二三年（大正十二年）
　江戸川乱歩、『二銭銅貨』（「新青年」四月）でデビュー。

一九二四年（大正十三年）
同校高等科卒業。川北電気企業社小倉出張所の給仕に採用される。

一九二七年（昭和二年）
川北電気が不況により小倉出張所を閉鎖し、失職。この頃、八幡製鉄（現・日本製鉄）や東洋陶器（現・ＴＯＴＯ）の文学好きな職工たちと交流。

一九二八年（昭和三年）
小倉市の高崎印刷所に石版印刷の見習職人として就職。
　全日本無産者芸術連盟（ナップ）、機関誌「戦旗」創刊（五月〜三一年十二月）。

一九二九年（昭和四年）

三月、文学仲間がプロレタリア文芸誌「文芸戦線」「戦旗」などを講読していたため小倉署に検挙され、清張も十数日間留置される。その間に父が蔵書を焼き、読書を禁じる。

一九三〇年（昭和五年）
徴兵検査を受け、第二乙種補充兵。

一九三三年（昭和八年）
版下工の技術修業として、半年間福岡市の嶋井オフセット印刷所の見習となる（翌年、高崎印刷所に戻る）。

小林多喜二、治安維持法違反容疑で逮捕ののち拷問死（二月二十日）。

一九三四年（昭和九年）
この頃までに弾圧で作家の逮捕・転向、グループ解散、雑誌の廃刊などが相次ぎ、それまでのプロレタリア文学運動は下火になったとされる。

一九三五年（昭和十年）
小林秀雄、「私小説論」連載（五月〜八月）。フランスと日本の近代文学を比較し、「社会化した私」の概念を提唱。

石川達三、『蒼氓』で第一回芥川賞受賞（八月）。

一九三六年（昭和十一年）
十一月、内田ナヲと結婚。

一九三七年（昭和十二年）
二月、高崎印刷所を退職。十月、朝日新聞九州支社の広告部意匠係臨時嘱託となる。

一九三八年（昭和十三年）
一月十八日、長女誕生。

石川達三、『生きている兵隊』（「中央公論」三月）を発表、掲載誌が即日発売禁止となる。

一九三九年（昭和十四年）
朝日新聞九州支社広告部嘱託となる。

一九四〇年（昭和十五年）
朝日新聞西部本社（九州支社が昇格）広告部意匠係常勤嘱託となる。三月二日、長男誕生。

一九四二年（昭和十七年）
六月二十日、次男誕生。

一九四三年（昭和十八年）
一月一日付で広告部意匠係社員となる。教育招集として十月から三ヵ月、久留米の第五十六師団歩兵第一四八連隊に入隊。

一九四四年（昭和十九年）

六月、臨時招集として久留米の第八十六師団歩兵第一八七連隊に二等兵として入隊、第七八連隊補充隊に転属、朝鮮に渡り、敗戦までの一年間、衛生兵として、京城（現・ソウル）市外の竜山に駐屯。

一九四五年（昭和二十年）

八月、敗戦を全羅北道井邑で迎える。十月末、本土送還され、妻の実家（佐賀県神埼町）に帰る。朝日新聞社に復職。

一九四六年（昭和二十一年）

七月二十日、三男誕生。生活費のため、箒の仲買をアルバイトとして始める（四八年春まで続けた）。

横溝正史、「金田一耕助シリーズ」第一作となる『本陣殺人事件』連載（「宝石」四月～十二月。単行本は翌年刊行）。

水上勉、宇野浩二の序文による身辺小説『フライパンの歌』でデビュー（七月）。

一九四八年（昭和二十三年）

東京・豊島区の帝国銀行で十二名が毒殺され、現金が奪われる（帝銀事件。一月二十六日）。画家の平沢貞通、容疑者として逮捕（八月二十一日）。

高木彬光、江戸川乱歩の推挽を受け『刺青殺人事件』でデビュー（五月）。

伊藤整、評論「逃亡奴隷と仮面紳士」発表（六月）。

一九四九年（昭和二十四年）

国鉄の下山総裁、失踪翌日に東京・足立区で轢死体で発見される（下山事件。七月五日）。

東京・三鷹駅で無人列車が暴走（三鷹事件。七月十五日）。

福島県で上り列車が脱線、乗務員三名が死亡（松川事件。八月十七日）。

一九五〇年（昭和二十五年）

六月に発表された「週刊朝日」の「百万人の小説」に『西郷札』で応募。十二月、三等に入選。

井上靖、『闘牛』で芥川賞受賞（一月）。

一九五一年（昭和二十六年）

『西郷札』が同年上半期の第二十五回直木賞候補作となる。大佛次郎、長谷川伸、木々高太郎より激励を受ける。

一九五二年（昭和二十七年）
「三田文学」編集の木々高太郎の薦めを受け、同誌に『記憶』『或る「小倉日記」伝』発表。
北海道・札幌市で警察官が射殺される（白鳥事件。一月二十一日）。
日本航空機が伊豆大島で墜落（もく星号墜落事故。四月九日）。
サンフランシスコ平和条約発効、日本の占領状態が終了（四月二十八日）。
一九五三年（昭和二十八年）
一月二十二日、直木賞候補作品だった『或る「小倉日記」伝』が芥川賞選考委員会に回され、第二十八回芥川賞を受賞。十一月一日付で朝日新聞東京本社に転勤、広告部意匠係主任となる。
一九五四年（昭和二十九年）
青函連絡船・洞爺丸沈没（洞爺丸事故。九月二十六日）。
一九五五年（昭和三十年）
坂口安吾、死去（二月十七日）。
静岡・三島市で丸正運送店の女性店主が絞殺される（丸正事件。五月十二日）。
一九五六年（昭和三十一年）
五月三十一日付で朝日新聞社を退社。
一九五七年（昭和三十二年）
二月、『顔』で第十回日本探偵作家クラブ賞受賞。
一九五八年（昭和三十三年）
『点と線』『眼の壁』が出版され、ベストセラーとなる。一月号より「太陽」に連載開始した「虚線」が同誌終刊により二回で中絶、「宝石」三月号より「零の焦点」と改題し再開（～六〇年一月）。五月、『ある小官僚の抹殺』発表（「別冊文藝春秋」）。
水上勉、『点と線』をこの頃読み、自身も推理小説を書き始める（のち『霧と影』として刊行）。
一九五九年（昭和三十四年）
執筆量の限界を試すため、積極的に執筆した結果、書痙にかかる。以後約九年間、専属速記者・福岡隆を雇い口述筆記を行なう。七月、『小説帝銀事件』で第十六回文藝春秋読者賞受賞（十一月、単行本刊行）。
東京・杉並区で英国海外航空の日本人スチュワーデ

スの死体が発見される（三月十日）。

一九六〇年（昭和三十五年）

「文藝春秋」に『日本の黒い霧』を連載し、ノンフィクションの分野に進出（連載は一月号〜十二月号。単行本は六一年五月までに全三冊で刊行）。

荒正人、「文学と社会」（「読売新聞」六月七日〜八日）で「探偵小説の新傾向として、社会派とでも名づけるべきものが目立ってきた。松本清張がその開拓者である」と言及。この頃より、「社会派推理」の名称が使われ始める。

水上勉、日本共産党のトラック部隊事件を題材にした『霧と影』、水俣病を題材にした『海の牙』でそれぞれ直木賞候補となる（一月、七月）。

一九六一年（昭和三十六年）

国税庁発表の一九六〇年度所得額で作家部門一位となる。この年より直木賞選考委員となる。九月、自身の推理小説観に関する文章をまとめた『随筆黒い手帖』を刊行。十一月、一九五九年のスチュワーデス殺人事件を題材にした『黒い福音』刊行。

大岡昇平、「群像」に連載（一月〜十二月）した『常識的文学論』で井上靖『蒼き狼』や松本清張『日本の黒い霧』を批判。

高木彬光、『破戒裁判』（六月）刊行。

水上勉、推理小説的構成に自身の私小説的題材を交えた『雁の寺』第一部で直木賞受賞（七月）。

平野謙、「『群像』十五周年に寄せて」（「朝日新聞」九月十三日）で「純文学」は歴史的な概念であると主張、以後、「純文学論争」起こる。

伊藤整、「『純』文学は存在し得るか」（「群像」十一月）で松本清張、水上勉を評価。

一九六二年（昭和三十七年）

高木彬光、白鳥事件を題材にした『追跡』（八月）刊行。

一九六三年（昭和三十八年）

八月、『日本の黒い霧』『深層海流』『現代官僚論』などで第五回日本ジャーナリスト会議賞受賞。同月、日本推理作家協会理事長に就任、四期八年間務める。最高裁で「松川裁判」の被告人全員の無罪確定（九月十二日）。

水上勉、洞爺丸事故などを題材にした『飢餓海峡』

刊行（九月）。

一九六四年（昭和三十九年）

四月、初めての海外旅行に出発、欧州・中東を歴訪して五月帰国。七月より「週刊文春」に『昭和史発掘』を連載開始（〜七一年四月まで。単行本は六五年〜七二年に全十三冊で刊行）。

一九六五年（昭和四十年）

江戸川乱歩、死去（七月二十八日）。

一九六六年（昭和四十一年）

十二月、『砂漠の塩』で第五回婦人公論読者賞受賞。同月、読売新聞社より刊行開始した『書き下ろし新本格推理小説全集』全十巻の「責任監修・解説」を務める。

一九六七年（昭和四十二年）

三月、『昭和史発掘』『花氷』『逃亡』などにより第一回吉川英治文学賞受賞。

一九六八年（昭和四十三年）

広津和郎、死去（九月二十一日）。

一九六九年（昭和四十四年）

木々高太郎、死去（十月三十一日）。

一九七〇年（昭和四十五年）

十月、『昭和史発掘』などにより第十八回菊池寛賞受賞。

一九七一年（昭和四十六年）

四月、松本清張全集第一期全三十八巻刊行開始。この年、日本推理作家協会会長に就任、二期四年間務める。

一九七四年（昭和四十九年）

二月、もく星号事件を題材にした『風の息』刊行。

一九七七年（昭和五十二年）

日本推理作家協会を退会。

大岡昇平、『事件』刊行（九月。翌年、日本推理作家協会賞受賞）。

一九七八年（昭和五十三年）

平野謙、死去（四月三日）。

一九七九年（昭和五十四年）

直木賞選考委員を辞退。

一九八一年（昭和五十六年）

横溝正史、死去（十二月二十八日）。

一九八二年（昭和五十七年）

十一月、松本清張全集第二期全十八巻刊行開始。

一九八五年（昭和三十年）

石川達三、死去（一月三十一日）。

一九八七年（昭和六十二年）

十月、フランス・グルノーブルで開催された第九回「国際推理作家会議」に招かれて出席。

一九九〇年（平成二年）

平沢貞通、八王子医療刑務所で死去（五月十日）。

一月一日、「社会派推理小説の創始、現代史発掘など多年にわたる幅広い作家活動」により八九年度朝日賞受賞。

一九九一年（平成三年）

井上靖、死去（一月二十九日）

一九九二年（平成四年）

四月、脳溢血で倒れ入院。七月、肝臓癌と判明。八月四日、死去。享年八十二。

解説　松本清張と社会派推理小説

藤井淑禎

「社会派推理小説」といえば、松本清張がその始祖にして代表的存在、ということになっている。しかし、文学史的には確固とした呼称と言ってよい「社会派推理小説」だが、ひとたびその内部に目を向けると、成立に至るまでも、その性格も、そしてその帰趨も、実はいろんな問題を抱えていたことがわかる。

まず、その成立までを見てみよう。『点と線』（一九五八年刊）によって一大推理小説ブームをまきおこした清張だが、超人的な量産ペースの合間をぬうように、この頃から推理小説論、推理小説史論のたぐいを精力的に発表し始める。それ以前は推理評論といえばもっぱら江戸川乱歩の独擅場だったが、晩年になるにつれ後に『探偵小説四十年』（六一年刊）として結実する自伝に力を注ぐようになった乱歩と入れ替わるようにして、小説だけでなく推理評論の世界でも、清張が前面に出てくる格好になったのである。

昭和二十年代が木々高太郎と乱歩との探偵小説の文学性をめぐる論争の時代であったとすれば、昭和三十年代は清張の独り舞台であった、と言っても言い過ぎではない。それほど、清張の発言は、推理文壇を超えて広く世の中に浸透し、圧倒的な支持を受けた。しかし、それは必ずしも自然な流れとしてそうなったのではない。そこには、清張の周到な計算と企みがあったのである。

　それらの評論のうちでも重要なのは、「推理小説時代」（五八年五月、のち「推理小説の読者」と改題）と「推理小説独言」（六一年四月、のち増補のうえ「日本の推理小説」と改題）の二つだ。

　前者の論で清張は推理小説ブームを分析しつつ、児戯的なトリックを信奉するいわゆる本格派中心の「今の推理小説」では、多くの読者の支持は得られないだろう、と指摘している。そのうえで、それらの作品中における名探偵の現実離れした行動を批判して、「『何という神の如き明智（初出では名智と誤植――藤井注）であろう』式の表現で、本職の警官や衆愚を尻目に、ひとりで超人的な活躍をする。読者は、この探偵に作者のロボットを感じるが、人間を感じることができない」とまで言っている。「明智（めいち）」は一種の掛け言葉として機能して「明智（あけち）」を連想させずにはおかないから、清張はここで、本格派のトリックや名探偵の活躍を児戯的として一蹴し、その代表に乱歩を据える、という手の込んだ論理展開を試みていたことになる。乱歩を本格派の領袖と極め付けてその非現実性をおとしめ、その対極に、動機・社会性・人間描写に力点を置いた新しい推理小説の担い手たち（もちろんリーダーは清張自身だ）を位置づけ、みずからの勢力拡大をはかる、という戦略的な作戦を展開したのである。

　清張の推理小説論中ではもっとも知られている「推理小説独言」では、有名な、「探偵小説を『お化屋敷』の掛小屋からリアリズムの外に出したかったのである」とのマニフェストが鮮烈な印象を与える。前掲の「推理小説時代」からすでに三年が経過し、その売れっ子ぶりはもはや不動のものとなっていた。それに裏打ちされた一種の自信が表現をエスカレートさせ、乱歩についても、児戯的なトリックに加えて、ある時期から通俗ものに走り、「氏の輝かしい生命はその時に終った」(「日本の推理小説」中の増補部分)と容赦はない。

こうした清張の一連の戦略的な発言以降、乱歩に代表される児戯的なトリックを弄ぶ「本格派」に対して、人間と社会を描く「社会派」、という見方が広まったことはまちがいない。その意味では、本格派と乱歩を蹴落とし、推理小説界のヘゲモニーを握ろうとする清張の野心を、これら一連の評論活動の中に見ることも可能なのである。

本格派に代わって推理小説界の主流となっていく、清張を領袖とするグループが社会派で、その作品が「社会派推理小説」というわけだが、顔触れとしては、清張と双璧をなす水上勉のほかには、有馬頼義(よりちか)、土屋隆夫、黒岩重吾、高木彬光、笹沢左保、梶山季之、三好徹、佐賀潜、邦光史郎、樹下太郎らが主要なメンバーとされている。

作品としては、清張の『点と線』(五八年二月刊)、『眼の壁』(同前)、『ゼロの焦点』(五九年十二月刊)、『砂の器』(六一年七月刊)、水上では『霧と影』(五九年八月刊)、『海の牙』(六〇年四月刊)、『飢餓海峡』(六三年九月刊)などが主なものだが、こうしてみると、社会派推理小説の全盛期は、それほど長くは続かなかったことがわかる。始まりが『点と線』の連載開始の五七年二月だとすれば、清張が『日本の黒い霧』(六〇年一月連載開始)でノンフィクションに進出し、水上が『雁の寺』(六一年三月第一部掲載）で私小説的作品に方向転換していった六〇年前後には、すでに凋落の兆しが見え始めていたとも言えるからだ。

もちろん、これ以降も、清張にしても水上にしても社会派推理小説家としての活動は続けられたが（本書所収の『よごれた虹』『雨』『閉じた海』も、それぞれ六二年、六六年、七三年の発表であり、早々に撤退した水上とは対照的だ）、凋落の一因として、社会問題の告発を小説の形で行うことの有効性への疑問が、彼らのなかに芽生えたことが考えられる。それが、ノンフィクションの試みや、まったく別方向の私小説的作品への方向転換に彼らを導いていったのだ。

清張の場合、小説の有効性への疑問からノンフィクションに至る歩みは、『点と線』→『ある小官僚の抹殺』（五八年二月）→『小説帝銀事件』（五九年五～七月）→『日本の黒い霧』（六〇年一～十二月）へと続く流れを見ていくことで、内実をつぶさに知ることができる。

周知のように『点と線』は、社会問題としては汚職事件の犠牲となる小官僚の悲劇を描いた作品だが、トリックなどのミステリー性に押されて、小官僚の悲劇のほうは不十分な描き方に終わった。これをうけて再挑戦したのが『ある小官僚の抹殺』だが、ここでは、資料に基づいたノンフィクション的な前半部分と、数年後に探偵役の「私」を登場させて熱海の旅館の密室での小官僚の縊死の真相を推理させた後半部分とが、分裂気味になってしまっている。

この失敗を受けて『小説帝銀事件』では最初から探偵役の新聞記者を登場させて統一をはかったものの、この頃から、社会問題としての告発を小説の形で行うことへの疑念が清張の中に芽生えたようだ。そもそも、清張は当初、たとえば疑獄と小官僚の死の真相といったような「もっと社会的な、現代の複雑怪奇な様相を書くには、推理小説の方法はある程度有効ではないか」（「推理小説の発想」）。初出は『推理小説作法』五九年四月）と考えていた。「こういうものを描こうとしたとき、推理小説的な手法を用いることによって、はじめて、本当の意味での無気味さ、恐ろしさが描かれるのではないか」と。こうした考えに基づいて『ある小官僚の抹殺』の後半部分や『小説帝銀事件』は書かれていたわけだが、これに対して直後の『日本の黒い霧』は基本的には事実の列挙と「……と私は思う」とをかけ合わせたノンフィクションスタイルとなっている。その理由として清張は、「なぜ『日本の黒い霧』を書いたか」（六〇年十二月。のちにこれが『日本の黒い霧』の「あとがき」となる）のなかで、こう告白している。『日本の黒い霧』のようなノンフィクションを志向するようになったのは、小説のかたちにすると「読者は、実際のデータとフィクションとの区別がつかなくなってしまう」、「なまじっかフィクションを入れることによって客観的な事実が混同され、真実が弱められ」てしまうからだ、と。

重要なのは、「小説」をうたっていては、そのなかにいくら真実を書いたとしても、読者としては半信半疑にならざるをえないということだ。読者における事実性の判定は複合的に決定されるにしても、その第一関門として「レッテル」があるのであり、そうした「レッテル」が事実性を疑わせたり、保証したりするということを、かつての清張は十分には自覚していなかったように見える。どんな掲載誌のどんな欄か、どんな位置づけか、という「レッテル」こそがすべての始まりなのだと言ってもいい。

ちなみに『ある小官僚の抹殺』は『別冊文藝春秋』に掲載され、そこでの位置づけは「社会小説」

となっていた。とすれば、この雑誌で、この位置づけで、ということになれば、いくらそこに「実際のデータ」＝「客観的な事実」を混ぜたとしても、読者は真偽の判断に困惑するばかりだろう。その意味では、「もっと社会的な、現代の複雑怪奇な様相を書くには、推理小説の方法はある程度有効ではないか」という『ある小官僚の抹殺』や『小説帝銀事件』のかつての方法そのものが、告発の手段としては見込みちがいだったのであり、無効だったのだ。

いずれにしても、こうしたさまざまな試行を通じて、清張は小説とノンフィクションとの差異と棲み分けについて認識を深め、社会問題の告発の際にはノンフィクションの方向へ、つまりは『日本の黒い霧』の方向へと向かうことになったのだった。そしてその関心はまた、現代のみならず、やがて近過去、さらには古代史にまでも伸びていった。

清張のそうした模索の軌跡は、われわれが小説とノンフィクションという問題について考えるうえで、貴重な手がかりを与えてくれるのである。

（ふじい・ひでただ　日本近代文学研究）

カバー写真
Charlez Malasaña “For Dia”（2019）

装丁
細野綾子

松本清張

1909年、福岡県小倉（現・北九州市）に生まれる。50年、《週刊朝日》主催の〈百万人の小説〉で「西郷札」が三等に入選。53年「或る『小倉日記』伝」で第28回芥川賞を受賞。55年、短篇「張込み」で推理小説に進出し、56年に作家専業となる。58年に刊行した初の推理長篇『点と線』は大ベストセラーになり、一大推理小説ブームを引き起こす立役者のひとりとなった。70年『昭和史発掘』で第18回菊池寛賞、90年朝日賞受賞。92年死去。

閉(と)じた海(うみ)
——社会派推理(しゃかいはすいり)レアコレクション

2024年4月25日　初版発行

著　者　松本清張(まつもとせいちょう)

発行者　安部順一

発行所　中央公論新社
〒100-8152　東京都千代田区大手町1-7-1
電話　販売 03-5299-1730　編集 03-5299-1740
URL　https://www.chuko.co.jp/

DTP　今井明子
印　刷　図書印刷
製　本　大口製本印刷

Published by CHUOKORON-SHINSHA, INC.
Printed in Japan　ISBN978-4-12-005780-9　C0093

定価はカバーに表示してあります。
落丁本・乱丁本はお手数ですが小社販売部宛にお送りください。
送料小社負担にてお取り替えいたします。

松本清張の本

松本清張推理評論集
――１９５７―１９８８

戦後推理界に「社会派」の領域を拓いた巨匠による、知られざる論跡の全貌。単著・全集未収録のミステリ関連評論三十八篇（＋α）を初集成。

解説・巽昌章

単行本

任　務

――松本清張未刊行短篇集

国民作家が終生描き続けた「組織・社会と個人との葛藤」をテーマに、これまで単著・全集未収録だった短篇小説を精選した全十篇。

解説・権田萬治

単行本

歴史をうがつ眼

司馬遼太郎との十時間にも及んだ伝説の対談「日本の歴史と日本人」、青木和夫を聞き手に清張史学のエッセンスを語った表題作ほか、〝日本とは何か〟を問う歴史講演・対談集（書籍初収録三篇含）。

単行本

保阪正康の本

松本清張の昭和史

没後三十年を経て、清張史観はいかに評価されるべきか。清張から「時代の記録者」としてバトンを託された著者が清張史観の核心を伝える。阿刀田高、加藤陽子各氏との対話を収録。

単行本